Rozenn

ISBN : 979-10-9478631-4
ISSN : 2430-4387
Rozenn, Livre I

LAËTITIA DANAE

Rozenn

Livre I

(Roman)

« Il est écrit à propos de ceux d'entre eux [les djinns] qui sont maléfiques :

« Ils ont des coeurs avec lesquels ils ne comprennent rien ;
ils ont des yeux avec lesquels ils ne voient pas,
ils ont des oreilles avec lesquelles ils n'entendent pas » ».

Dictionnaire élémentaire de l'Islam, TAHAR GAÏD, archipress.org

À Maman qui y croit toujours pour deux

Famille Maddy

Règne sur Pretamia
Race : *dagnir*

CALLAHAN MADDY : Sultan de Pretamia
PADMÉ MADDY : Sultane de Pretamia
CALLUM MADDY : Prince aîné
CAMERON MADDY : Prince cadet
CAYDEN MADDY : Prince benjamin
CASEY MADDY : Princesse benjamine

Famille Kaplang

Règne sur la Bulle de Mydriav

Race : *djinn*

Eskandar Kaplang : Émir de Mydriav
Elil Kaplang : Emira de Mydriav
Odeleen Kaplang : Princesse aînée
Rozenn Kaplang : Princesse cadette
Daire Kaplang : Princesse benjamine

Famille Sohan

Règne sur la Bulle de Brymeriel

Race : *djinn*

Locas Sohan : Émir de Brymeriel
Vivien Sohan : Emira de Brymeriel
Ishmer Sohan : Fils illégitime de Locas Sohan
Karmin Sohan : Prince légitime
Loula Sohan : Princesse légitime

Famille Roya

Règne sur la Bulle de Saeed

Race : *djinn*

Jahangir Roya : Emir de Saeed

Anahita Roya : Emira de Saeed (décédée)

Cece Roya : Princesse aînée

Aziliz Roya : Princesse cadette

Caste des Terres Libres

Nomades

Race : *djinn*

Première partie
Djinn inaccessible

Chapitre 1

FUITE ENTÉNÉBRÉE

Faire des djinns les esclaves de nos désirs nous ôte-t-il une part de notre humanité ?

Zakaria al Nihel,
Rapport sur la conférence pour le droit des djinns à Varda

Je n'ai jamais demandé à naître djinn.

Être comme moi, c'est l'assurance de mener une vie d'incertitudes mêlée à des craintes et un ressentiment féroce. La discrétion est devenue une seconde nature pour mon peuple. Et pour quoi ? Échapper à des êtres vicieux, avides de ce qu'ils ne peuvent obtenir autrement que par la force. Rien d'autre.

Les gens comme moi sont pacifiques et mènent une existence simple sur les Terres Libres depuis des siècles. Pour certains d'entre nous, il n'est pas prudent de s'établir trop longtemps quelque part, mais j'ai eu la chance de vivre à l'abri du besoin et de la menace représentée par les dagnirs. Issue d'une Caste sédentaire, aucun véritable danger ne pèse sur moi et mes congénères tant que nous ne nous éloignons pas de la Bulle, cet arbre gigantesque et protecteur qui étend ses ramures haut dans le ciel. Ouvrir les yeux le matin sans avoir à me demander où je me trouve, avoir un pied-à-terre, un refuge digne de ce nom, déambuler dans la Bulle sans craindre que quelqu'un ne m'espionne ou ne manigance un plan pour m'enlever. La voilà, la vie que je mène.

Hélas, tout le monde n'a pas ma chance…

Les djinns qui ne sont affiliés à aucune Caste sont voués à prendre la fuite pour assurer leur sécurité. De grandes familles lèvent régulièrement le camp et ne prennent jamais leurs aises trop longtemps au même endroit.

Rien que pour cela, je voue une haine implacable à ceux qui leur imposent ce mode de vie : les Sang Visage, ces chasseurs de djinns hors la loi. Je donnerais n'importe quoi pour que les choses changent. Pour qu'au lieu de fuir, ces djinns soient en mesure de se défendre.

— Tu es réveillée ?

Le visage d'Odeleen, ma sœur aînée, s'encadre dans l'ouverture de mon pavillon végétal. Je chasse mes humeurs noires et me compose une expression décidée.

— Bien sûr. Tu me prends pour qui ?

Elle me fait signe de parler moins fort et jette un œil derrière son épaule pour s'assurer que la cité dort à poings fermés.

— Cesse de râler, habille-toi en vitesse.

Je m'empresse d'obéir et enfile les manches d'un manteau informe que je serre autour de mes épaules.

Mon autre sœur, Daire, qui partage mon lit pour la nuit, a tendance à se réveiller au moindre craquement de brindilles. Elle redresse la tête, anxieuse.

— C'est le moment ?

Sa voix n'est plus qu'un couinement tant elle est dévorée par l'angoisse.

— Oui, il faut partir maintenant, je confirme.

Nous rassemblons nos effets dans le plus grand des silences. J'ai du mal à refréner ma fébrilité et mes doigts se mettent à trembler lorsque je noue le cordon de la besace autour de ma taille. Ce que je m'apprête à faire, je le regrette déjà.

Ce matin, un changement va se produire, un changement lourd de conséquences. L'aube n'est pas encore là, les trois lunes dispensent une lumière qui ne parvient pas à percer l'épaisseur compacte des branchages, et le silence est rompu par les piaillements insistants d'une harde d'oiseaux nocturnes. Dans quelques heures, les fleurs sauvages s'ouvriront au contact des premières clartés, plongeant la Bulle sous une brume de pollen. Père nous fera appeler, car il souhaitera nous annoncer une nouvelle sans précédent.

À cette idée, mon estomac se contracte douloureusement. Je ne veux pas entendre ce qu'il a à nous dire, car je connais déjà sa décision. S'il me demandait mon avis, je piquerais sûrement une crise, faisant frémir la forêt tout entière. Je préfère fuir le restant de mes jours plutôt que de me plier à sa requête.

Plus rien ne sera jamais pareil. L'un des rouages de mon monde s'est enrayé, mon équilibre va bientôt s'écrouler comme un vulgaire château de cartes.

— Est-ce que tu hésites ?

Je fais semblant de ne pas entendre Daire et entreprends de fourrer quelques affaires dans mon sac, mais elle s'entête et répète sa question, plus fort cette fois. Avec un soupir, je me retourne.

— Bien sûr que j'hésite. Seulement, on n'a pas le choix, je te l'ai déjà dit.

— On pourrait aller parler à Père, insiste-t-elle, le regard malheureux. Si on lui expliquait que ce n'est pas la solution, que…

— Ne te torture pas. Ils ont pris leur décision comme ils le font chaque fois. Si on reste ici, on en sera les instruments. Ce n'est pas plus compliqué que ça.

Je déteste faire du mal à ma petite sœur. Quand je vois ses épaules s'affaisser et ses lèvres frémir, je n'ai qu'une envie : la serrer fort dans mes bras et lui dire que tout va s'arranger. Sauf qu'aujourd'hui, j'ai la certitude que rien ne va s'arranger. Rien du tout.

Odeleen nous attend un peu plus loin en mâchant une feuille d'eprel. Elle se redresse en nous voyant sortir avec nos bagages.

— Vous plaisantez, j'espère. On ne peut pas emmener tout ça, c'est impossible.

Elle tourne brusquement la tête sur le côté, aux aguets. Je n'ai rien entendu, mais je ne peux pas m'empêcher de l'imiter, la peur au ventre.

— J'ai mis des provisions et quelques vêtements confortables dans ma besace, j'explique.

— Et qu'y a-t-il là-dedans ? s'enquiert-elle en pointant du doigt les paquetages de Daire.

Cette dernière tangue dangereusement sous la charge des sacs.

— Mes toilettes et mes plus jolies paires de babouches. Je ne me voyais pas les abando…

Le regard de son aînée suffit à la faire capituler.

— Bon d'accord, soupire-t-elle en les laissant tomber à ses pieds, en plein milieu de l'entrée.

— Où est ta canne ?

Un long gémissement plaintif lui échappe.

— Allons, Odee, tu sais que je n'en aurai pas besoin, je suis médiocre dès qu'il s'agit de me battre.

L'intéressée reste de marbre et ordonne en articulant soigneusement chaque syllabe :

— Va chercher ta canne.

L'air très abattu, Daire obéit et s'engouffre dans l'ouverture de notre pavillon. Elle en ressort quelques secondes plus tard en agitant son arme sous notre nez.

— Voilà, tu es contente ?

Nous descendons les marches qui serpentent dans le cœur de la Bulle en contournant les brasiers de lucioles encore fumants qui nous avaient réchauffées la veille. Nous avançons sur la pointe des pieds, évitant instinctivement les veilleurs qui montent la garde, nous fondant dans l'obscurité.

Gênée par la pénombre ambiante, Daire trébuche à plusieurs reprises, mais Odeleen la rattrape toujours à temps. Quant à moi, je serre les mâchoires d'appréhension. Mon cœur cogne comme un fou dans ma poitrine. Ce que l'on s'apprête à faire est presque au-dessus de mes forces. Presque.

Au terme de plusieurs minutes, ma jeune sœur souffle avec des trémolos dans la voix :

— Quand Père et Mère apprendront ce que l'on a fait…

Ces quelques mots piquent mon âme du douloureux sentiment de la culpabilité. J'imagine la tristesse s'installer dans les pupilles de nos parents. Ils seront tellement accablés par notre départ…

Et pourtant, je carre les épaules avec détermination.

— Ils comprendront pourquoi on s'est donné tout ce mal. On ne va quand même pas les laisser régenter notre vie sans protester. Père nous a toujours conseillé de faire ce que l'on pensait juste.

— Non, gémit Daire avec plus de force, cette fois. Tu sors ces phrases de leur contexte. Il ne nous a jamais dit de quitter la Bulle avant l'aube pour lui échapper. Jamais.

Nous nous arrêtons et échangeons un regard. Un calme apaisant règne aux alentours.

— Il ne nous a pas élevées comme ça, insiste Daire. Partir comme des voleuses, ça n'a rien de juste. Si ça se trouve, il entendra ce qu'on a à lui dire. Donnons-lui la chance de nous expliquer. Nous en parlerons devant un bon lait au miel et quelques loukoums, en famille.

— Arrête tes pleurnicheries.

Je n'ai pas cherché à être cassante, mais Daire ravale ses sanglots dans la seconde, trop étonnée pour protester. Je ne peux pas la laisser instiller le doute dans nos esprits. Se dégonfler maintenant, ce serait renoncer à faire nos propres choix.

Je poursuis :

— Hier soir, tu étais d'accord sur ce point. Nous devons partir. Non seulement pour nous, mais également pour préserver notre peuple. C'est tout aussi difficile pour toi que pour moi, tu sais. J'ai l'impression de les trahir, mais ce que nous faisons aujourd'hui, on nous en remerciera plus tard. Est-ce que tu comprends ?

Elle hoche la tête en reniflant bruyamment.

— Oui, je crois.

— Bien.

Nous descendons le long des marches inégales taillées dans l'écorce de la Bulle. Nos pas sont étouffés par le lichen qui grignote le bois.

Odeleen s'arrête devant une échelle qui donne sur les étages inférieurs, puis se tourne avec lenteur pour murmurer :

— Il fait encore nuit et le pavillon aux tapis n'est pas gardé, à cette heure-là. Si chacune d'entre nous arrive à prendre le sien, nous irons bien plus vite qu'à pieds. Lorsque l'on s'apercevra de notre absence, nous serons déjà très loin de la Bulle.

Il me semble entendre un petit grincement en contrebas, ce qui accroît mon sentiment d'urgence. Peu désireuse de discuter les suggestions de mon aînée dans pareille situation, je m'empresse de répondre :

— C'est d'accord, allons récupérer les tapis et partons d'ici avant de nous faire prendre.

Daire obtempère sans chercher à protester. Elle tremble comme une fleur malmenée par le vent, toute frêle dans son grand manteau de voyage.

Nous dévalons l'échelle et traversons une trouée artificielle faite d'écorce et de branchages. À chaque angle, nous nous coulons le long du tronc, l'oreille tendue, avant de nous engager sur les chemins un peu branlants.

Nous parvenons enfin au pavillon niché dans le tronc creux de la Bulle. L'obscurité est totale et les fragrances de térébenthine se font plus fortes. Je suis entrée dans cette pièce un nombre incalculable de fois, j'en connais chaque coin et recoin. Petite, j'aimais m'asseoir à même le sol pour observer les mouvements presque lascifs des tapis enchaînés, n'attendant que d'être déroulés pour s'envoler.

Sur ma droite, j'entends un froissement de tissu au moment où Odeleen fouille dans ses poches pour en extraire une petite bourse. Quelques secondes plus tard, une poignée de lucioles s'en échappe et se met à voleter autour de nous, projetant leur lueur blafarde sur les cloisons en bois.

Les tapis agitent leurs franges sur des étagères haut perchées. Je caresse le tissu épais de celui qui m'appartient et il se love langoureusement contre ma paume, tel un chat qui ferait le gros dos. Je n'ai pas le temps de retirer l'œillet métallique qui l'empêche de prendre son envol que des bruits retentissent et me glacent jusqu'à la moelle.

— Les princesses ont disparu, j'ai trouvé des affaires éparpillées devant le nid de l'une d'entre elles !

Daire… Daire avait laissé tous ses sacs à l'entrée avant de partir ! Je me maudis intérieurement.

— Elles ont peut-être été enlevées. Déployez-vous autour de la Bulle immédiatement !

L'ordre déclamé à voix haute agit sur les tapis comme un stimulant. Ils remuent sur leur présentoir en soulevant quelques feuilles éparses, jusqu'à faire trembler murs et étagères. Si nous décidons de les libérer maintenant, ils seront incontrôlables.

Un stress viscéral déferle le long de ma colonne vertébrale. Sans même nous concerter, Odeleen, Daire et moi filons comme le vent, abandonnant l'idée de nous enfuir par la voie des airs.

Je me jette dans le vide et me rattrape de justesse à une branche. J'avale la distance qui me sépare de la terre ferme, trouvant des prises sur de fragiles ramifications, défiant quiconque de faire de même.

Les globes à vers luisants s'agitent au-dessus de ma tête alors que des silhouettes se détachent dans la semi-pénombre. La Bulle s'éveille plus tôt que prévu, et nous en sommes la cause.

Une fois que j'estime pouvoir me laisser tomber sans risquer une fracture, je lâche la branche et me réceptionne dans une roulade qui fait s'envoler les feuilles mortes sur mon passage. Je ne réfléchis plus, je cours maintenant à en perdre haleine, avec l'impression que des cristaux acérés déchirent mes poumons. Mon souffle devient rauque et sifflant. Et mon cœur… mon cœur se fraye déjà un chemin entre mes côtes. Dans la précipitation, j'en oublie presque de penser à mes sœurs et il est trop tard quand je m'aperçois que nos trajectoires ont complètement dévié les unes des autres.

Sur ma droite, bien loin, Odeleen galope entre les arbres avec une vélocité presque aérienne. Sa peau, devenue plus sombre, se fond remarquablement bien au milieu des vers luisants qui brasillent comme de petites étoiles froides. Concentrée, je décide de faire de même et m'enfonce plus profondément dans la forêt. Je ne vois Daire nulle part, mais j'espère de toutes mes forces qu'elle a échappé à nos poursuivants.

Nous sommes sœurs, nous nous retrouverons toujours, c'est inscrit au plus profond de nous.

Au loin, les veilleurs nous talonnent. Je les entends organiser une battue en se criant des ordres. Le cœur au bord des lèvres, j'allonge mes enjambées. Je cours en dépassant mes limites pendant ce qui me semble être une éternité.

Puis, sans crier gare, je perçois une foulée se calquer à la mienne. Le pas n'est pas aussi empressé que celui de Daire, ni aussi léger que celui d'Odeleen ; j'ai donc affaire à l'un de mes poursuivants. Je n'ai pas le temps de me retourner qu'il me plaque déjà au sol. Emportée par la violence du choc, je m'écroule. Des racines venimeuses brûlent mes pommettes au passage.

Une silhouette robuste s'assoit à califourchon sur moi et je balance les jambes dans tous les sens en hurlant comme une possédée. Ma canne est tombée un peu plus loin, je tends le bras dans l'espoir de l'atteindre.

— Lâchez-moi, je vous l'ordonne ! je glapis avec colère.

— Roz, c'est moi. Arrête de te tortiller comme un ver.

La voix basse est comme une caresse à l'oreille et je me fige, interdite. En plissant les yeux, j'arrive à distinguer des cheveux en bataille, ainsi qu'un immense regard luisant et expressif.

— Ishmer ?

— Je ne voulais pas t'effrayer.

Il soulève son grand corps pour me laisser de l'espace. Je me tâte distraitement, m'assurant que je n'ai rien de cassé.

— Tu es fou, ma parole ! J'ai eu la peur de ma vie !

— Désolé, glousse-t-il avec un sourire contrit.

À le voir ainsi, solaire et bienveillant, la situation me paraît presque irréelle.

— Il faut que j'y aille, il n'y a pas de temps à perdre.

Son sourire se transforme en grimace.

— Pourquoi ? Qu'est-ce qui vous a pris de quitter la Bulle comme ça, sans au moins un garde pour vous escorter ?

— Tu n'as pas compris que nous ne partions pas en promenade ramasser des champignons ? On s'en va pour de bon, Ishmer.

Les jambes flageolantes, je m'appuie contre le tronc de l'arbre le plus proche. Cette course-poursuite m'a vidée de mes forces, l'adrénaline a déserté tout mon corps.

Ishmer me contemple, attendant que je reprenne mes esprits. J'ouvre la bouche pour parler. Ne sachant pas comment formuler mon histoire, je la referme. J'aimerais me confier et lui expliquer pourquoi je fais tout cela, mais le temps presse, je dois retrouver mes sœurs. Je crains aussi de le mettre inutilement en porte à faux avec mon père. Moins il en saura et plus il sera préservé par la suite. Sans compter que s'il apprend la vérité, il se donnera tout le mal du monde pour me faire oublier ce projet qui confine à la folie. Je le connais.

— Fais-moi confiance et contente-toi de ce que je vais te dire. Nous devons quitter le camp. Mon père est sur le point de conclure un accord et s'il l'applique… ce sera la fin des djinns libres. Nous serons pour toujours les esclaves des dagnirs.

Je fais volte-face, m'apprêtant à plier bagage, mais ses doigts se referment autour de mon poignet pour m'arrêter dans mon élan. Ses sourcils sont froncés. Il ne me croit pas, évidemment.

— Tu donnes dans le mélodramatique, maintenant ? N'exagère pas, ça ne peut pas être aussi grave que ça, si ?

Je secoue la tête.

— Tu sais très bien que j'aime profondément mon père. Jamais je ne lui ferais de la peine si je n'y étais pas obligée.

Ishmer me relâche puis croise les bras sur son torse, piqué par la curiosité.

— Explique-moi ce qu'il s'est passé. Et ensuite, je m'engage à te laisser partir.

— Je n'ai pas le temps de faire la causette, je grogne. J'ignore où sont les filles et nous devons nous éloigner de la Bulle. Oublie que tu nous as vues et retourne te coucher, Ishmer. Cette histoire ne te concerne pas.

Mon ami reste impavide et me barre le passage. J'évalue rapidement mes chances de fuite, puis avec un soupir, je finis par rendre les armes :

— Très bien, je vais tout te raconter. Mais fichons le camp d'ici le plus vite possible et allons chercher mes sœurs.

Chapitre 2

ALLIANCE ANCESTRALE

L'ascension de la Caste Maddy sur les Terres Libres a toujours été un événement attendu. Magnanime, elle tolère chaque créature venue fouler son sol.
Elle règne avec fermeté et surtout un grand sens de la justice.

La légende des rois Maddy,
GRANDE BIBLIOTHÈQUE DE PRETAMIA

La nuit était encore douce et les feux à lucioles crépitaient joyeusement dans la ramure de la Bulle. En face de moi, l'amusement faisait pétiller les iris d'Odeleen.

— C'est ridicule, se défendit-elle, pudique. Tu te fais des idées.

Je ne pus m'empêcher de pouffer derrière ma main.

— Ben voyons. Comme si tu n'avais pas remarqué à quel point il te dévorait du regard.

Ma sœur toussa pour réprimer un rire discret. Elle n'était pas très habituée à s'épancher et je doutais que ce soir, les choses soient différentes.

Karmin Sohan, le prince de Brymeriel, était arrivé dans la soirée et n'avait cessé de lui adresser des œillades insistantes. Toutes les jeunes djinns en âge de se marier lui collaient aux babouches, mais il n'avait d'yeux que pour ma sœur. Je soupçonnais Odeleen de ne pas être insensible à ses nombreux charmes, même si elle jouait la carte de l'indifférence.

Les rumeurs prétendaient que notre père et l'émir de Brymeriel envisageaient une alliance durable entre nos deux familles. Lier son fluide à celui d'un autre s'avérait être l'unique moyen de conclure un pacte de cette envergure. En d'autres termes : le mariage.

L'attirance qui s'installait entre Karmin et Odeleen pourrait grandement faciliter la transaction, mais que leur union soit arrangée me donnait des haut-le-cœur. Et si je ne me réjouissais pas à l'idée que l'on choisisse pour moi le père de mes futurs enfants, Odeleen, elle, était encore plus réfractaire.

— Ça m'est complètement égal, feignit-elle de s'insurger. Ce n'est pas parce que je suis une princesse que je dois me marier.

Cette fois-ci, je m'esclaffai franchement.

— C'est ça. Ton visage tout entier est en train de se transformer en feu de forêt. Tu es ma sœur, je te rappelle, je sais parfaitement à quoi tu penses.

Pour toute réponse, elle m'ébouriffa les cheveux et je la repoussai en gloussant de plus belle.

— Père n'osera jamais me contraindre à me lier à quelqu'un dont je ne suis pas éprise. Karmin et moi nous connaissons depuis toujours, mais cela ne fait pas de nous des amoureux pour autant. Puis soyons honnêtes, les émirats djinns ne sont pas ce qu'il y a de plus… raffiné. Nous sommes peut-être princes et princesses, il n'empêche que l'on vit tous dans la boue.

Pour appuyer ses dires, elle montra d'un mouvement de main notre Bulle verdoyante, ce rempart de végétation aux mille couleurs. Mon père était l'un des rares djinns à ne souffrir d'aucune entrave, ce qui signifiait qu'il pouvait employer ses dons à sa guise. Lorsqu'il touchait le sol, les racines sortaient des entrailles de la terre et se muaient en de gracieux roseaux. Ceux-ci s'entremêlaient entre eux, bâtissant de belles habitations résistant aux intempéries. C'était de cette manière qu'il avait créé la Bulle, un arbre aussi grand qu'une montagne, qui dominait la forêt de son œil insondable. Même si l'architecture de nos refuges était agréable à regarder, elle n'en restait pas moins modeste.

D'autres familles avaient fait un choix différent, celui de lever le bivouac pour partir vers des contrées plus reculées. Notre région était envahie par les bois, nous offrant des cachettes pour échapper aux Sang Visage et aux dagnirs trop curieux.

Voyant que je ne disais rien, Odeleen poursuivit sur un ton plus doux :

— N'es-tu pas d'accord ? Les dagnirs vivent tous dans des châteaux aussi solides que le roc. Nos émirs passent leur vie à se cacher, au milieu des animaux sauvages. C'est un peu injuste, quand on y pense…

— Si je suis ton raisonnement, tu aimerais épouser un dagnir pour qu'il t'extirpe de ta condition.

J'écopai d'un regard furieux et vaguement blessé.

— Je ne suis pas superficielle à ce point, figure-toi. Si nous devons sans cesse être aux aguets, c'est à cause des dagnirs. Alors non merci, je ne tiens pas à épouser mes bourreaux.

Je hochai la tête, l'air appréciateur. Son avis sur la question rejoignait le mien. Je n'aimais pas du tout cette vie instable et je ne la souhaitais à personne. Hélas, il n'y avait pas d'autre alternative pour des êtres comme nous.

— De toute façon, ça n'arrivera jamais, assurai-je. Les Sohan sont des Intouchables, Père ne laissera pas passer cette chance.

Ma déclaration nous plongea dans un silence pensif. Je baissai les yeux sur mon bras. La lueur des lucioles faisait danser des reflets surréalistes sur ma peau. Celle-ci s'adaptait instantanément et sa carnation oscillait entre le pourpre tendre et l'orange. Mes doigts ressemblaient à des boutons de coquelicots.

Sur le dos de ma main, entre le pouce et l'index, mon entrave se tortillait comme un serpent. Je suivis son motif de l'ongle. Dès que j'entrais en contact avec elle, un nœud se formait dans mes entrailles et un tiraillement douloureux me tordait l'estomac, comme si des pics à glace lacéraient mes chairs.

Père affirmait que cette sensation venait de mon pouvoir qui luttait contre l'entrave. C'était pourquoi j'évitais de la toucher. J'avais l'impression d'avoir été marquée au fer rouge et que la douleur engendrée ne disparaîtrait jamais complètement.

Lorsque des bruits de pas me parvinrent, je levai distraitement la tête, m'attendant à voir quelques djinns prendre leur tour de garde. À l'entrée du nid de Père, plusieurs silhouettes s'échangaient de brèves confidences à l'oreille. De loin, je distinguai la cape brodée de Locas Sohan, émir de Brymeriel et père de Karmin.

— Qu'est-ce qu'il fait ici ? chuchota Odeleen en plissant le nez d'inquiétude.

Je haussai les épaules pour seule réponse.

— Approchons, me dit-elle en se redressant lentement.

Une petite voix me soufflait que c'était une très mauvaise idée. Nous n'étions pas autorisées à assister aux entrevues de notre père. Cela dit, j'imitai ma sœur sans broncher. Elle avait cette capacité naturelle d'étendre son ombre sur tout le monde, à tel point que les gens la suivaient sans réfléchir. Père appelait cela du charisme.

— Tu m'as fait mander, mon ami ?

À travers les mailles des roseaux, Odeleen et moi distinguions les éclats renvoyés par les torches à lucioles. Elles paraient la peau de notre père de délicats reflets irisés. Son visage n'en était que plus saisissant.

Lui, d'habitude chaleureux et aimable, laissa échapper une réplique qui me liquéfia :

— Locas, j'ai reçu une missive venant de Pretamia.

À ma gauche, Odeleen se redressa légèrement et me transperça de ses iris. Nous partagions la même confusion. La péninsule de Pretamia était occupée par les dagnirs, nos ennemis par nature.

L'émir de Brymeriel parut tout aussi surpris. Il se racla la gorge à plusieurs reprises.

— Qu… quoi ? Pretamia, tu es sûr ? Que te veulent-ils ? Ça ne leur ressemble pas du tout.

Père se contenta de lui tendre un parchemin frappé d'un sceau que je ne parvenais pas à discerner de là où je me tenais. Locas le déroula en tremblant légèrement et s'abîma dans la lecture pendant de longues secondes. Je retins mon souffle.

Son front se plissait de plus en plus à mesure qu'il approchait de la fin. Lorsqu'il leva le nez de la missive, sa paupière était agitée d'un tic nerveux.

— Je n'arrive pas à y croire.

Les lèvres pincées, Père rangea le parchemin dans une de ses poches avant de se prendre la tête dans les mains.

Ça ne sentait pas bon. Pas bon du tout.

— Ne me dis pas que tu vas accepter ! supplia Locas. C'est… c'est tout bonnement terrible, ce qu'il t'oblige à faire. N… nous trouverons un moyen de contourner cela. Et puis, Karmin et Odeleen semblaient si bien s'entendre !

Père ne bougeait pas. L'émir de Brymeriel marmonnait toujours, des accents implorants dans la voix :

— C'est de la folie. Ou alors on nous fait une mauvaise blague. Je crois même que

de mémoire de djinn, c'est quelque chose qui n'a jamais été envisagé. Si tu veux mon avis, c'est contre nature.

— Ne dis pas n'importe quoi, répondit enfin mon père en se passant une main sur la joue pour gratter l'ombre de barbe qui lui mangeait le visage. Bien sûr que c'est quelque chose qui se fait. En Amadée, c'est devenu une pratique courante.

— En Amadée, ce sont tous des sauvages qui ne savent pas aligner deux mots correctement.

— Locas…

— Non, Eskandar. Nous sommes amis et je ne peux pas te laisser faire pareille erreur sans te mettre en garde au préalable. Depuis des siècles, nos familles s'unissent pour perpétuer la lignée des Intouchables. C'est notre seule chance d'échapper à l'emprise des dagnirs. En étant Intouchables, ils ne peuvent accéder à notre fluide, à notre magie.

— Je sais, soupira mon père.

— Alors, explique-moi pourquoi – pourquoi ! – tu hésites. Renvoie-lui un message en lui conseillant d'arrêter de te prendre pour un idiot ! C'est d'un ridicule…

L'émir de Brymeriel était connu pour son caractère tempétueux, mais je ne l'avais jamais vu perdre son sang-froid de la sorte. Père, toujours stoïque, croisait et décroisait les mains juste devant lui. Il semblait plongé dans ses pensées.

— J'hésite pour une bonne raison, fit-il en articulant soigneusement chaque mot. Dans sa missive, tu l'as bien remarqué, Callahan Maddy m'offre trois choix. Je peux décider de ne pas accéder à sa requête, et nous entrerons en guerre. Or, tu sais comme moi qu'une guerre signerait la fin de la Caste Kaplang. Nous ne serions plus qu'un souvenir, immortalisés dans quelques livres poussiéreux. Je peux aussi envoyer mes filles, et…

— C'est de la folie pure et simple, coupa Locas d'une voix dure. Odeleen était promise à mon fils. Mon fils !

— Je ne l'ai pas oublié, murmura Père.

— De toute évidence si, puisque tu comptes la marier à un dagnir.

Près de moi, la respiration d'Odeleen se bloqua. Je sentais déjà les larmes me monter aux yeux. J'espérais avoir mal entendu, mal compris. Mais il semblait que la démarche de mon père était on ne peut plus claire.

— Callahan Maddy explique qu'un conseil se réunira pour organiser les entrevues de nos enfants respectifs afin qu'ils s'apprivoisent. Il précise bien que si aucun de ses trois fils ne convient à mes filles, il comprendra.

— Il comprendra, s'esclaffa Locas. Il comprendra ! Ne sois pas naïf, Eskandar. Maddy enfermera tes enfants et les saignera jusqu'à ce qu'il ne leur reste plus une seule goutte de fluide !

— Elles sont Intouchables, comme nous, contra Père. Il pourra les ponctionner tant qu'il voudra, il n'obtiendra jamais aucun fluide.

L'émir de Brymeriel entreprit de faire les cent pas, sa longue tresse grise battant contre ses hanches.

— Elles sont peut-être Intouchables, mais elles sont jeunes et ingénues. Ta petite, là… Daire ! Il suffit que l'on parle un peu trop fort pour qu'elle tombe dans les pommes. Combien de temps penses-tu que ça lui prendra pour accepter de céder ce qui fait d'elle une djinn ? Si tu les sers sur un plateau d'argent, tes filles deviendront les esclaves et le garde-manger du sultan Maddy !

Chapitre 3

BRISER LES CHAÎNES

Aujourd'hui, j'ai reçu mon entrave. Je n'ai pas encore les mots pour décrire la douleur que cela m'a procuré, mais je pense qu'elle me hantera des années durant. Les dagnirs m'ont marqué comme du bétail et pourront désormais se servir de mes pouvoirs sans mon consentement. Si j'ai eu un seul instant la naïveté de croire que mes enfants à naître, eux, pourraient jouir de leur magie, je me trompais lourdement. Un des apprentis Artisans m'a affirmé que l'entrave se transmettait par le sang. Notre peuple a été asservi pour de bon.

Journal de bord de **Qamar Badr**

La clairière dans laquelle nous avons trouvé refuge est luxuriante, dévorée par la mousse. La rosée perle le long des feuilles au-dessus de nos têtes, avant de goutter autour de nous pour atterrir dans des flaques translucides. La lueur des lunes nous donne des allures immatérielles.

Je n'arrive pas à identifier l'expression qu'arbore Ishmer, mais je sens que la nouvelle l'a contrarié. Il est le fils de l'émir de Brymeriel, demi-frère de Karmin et de la jeune Loula ; lui aussi est un Intouchable. Il aurait irrémédiablement fini par épouser l'une d'entre nous afin de perpétuer la lignée de sa famille. Manifestement, mon père en a décidé autrement, brisant ainsi des siècles de tradition. Pour la première fois dans notre Histoire, il a choisi d'unir ses filles à la vile race des dagnirs.

— Tu as peut-être mal entendu… murmure mon ami.

Ces quelques mots, prononcés avec une voix fêlée, me font monter les larmes aux yeux. Je les ravale discrètement et explique sur un ton monocorde :

— Au contraire, c'était clair comme de l'eau de roche. Mon père a décidé de nous vendre à Callahan Maddy, mes sœurs et moi. S'il nous met le grappin dessus, tout sera terminé.

Ishmer cille sous le poids de mon regard humide. J'ai l'impression qu'il aimerait dire quelque chose, mais qu'il se retient de toutes ses forces.

— Si vous n'y allez pas, il déclarera la guerre aux djinns.

— Si nous y allons, il aura la mainmise sur le fluide de notre peuple, je réponds du tac au tac.

Il fronce les sourcils, encore indécis.

— Est-ce que tu peux me laisser partir, maintenant ? j'insiste avec force. Tu m'avais promis que je pourrais m'en aller.

— Je viens avec vous.

— Quoi ?

J'ai parlé un peu trop fort. Je tends l'oreille pour m'assurer qu'aucun veilleur n'est en approche. Ishmer n'en démord pas, imperturbable :

— Je veux t'accompagner. Vous êtes des princesses, vous avez besoin d'une escorte.

J'ai bien envie de lui rire au nez, car je sais qu'il se montre friand de plaisanteries en tout genre. On ne peut pas vraiment dire qu'il ait reçu une éducation militaire très poussée. Fin comme une tige et plus grand que la moyenne, Ishmer manie la canne comme une Belle manie la plume à parchemin. Il s'intéresse beaucoup plus au bricolage qu'aux duels. S'il me fallait une escorte, il ne serait certainement pas mon premier choix.

En voyant sa moue déterminée, je réalise qu'il est très sérieux et sincèrement désireux de nous apporter son aide. Soucieuse de ne pas le froisser, je réponds :

— Si on se fait prendre, ce sera une catastrophe. En venant avec nous, tu jetteras le déshonneur sur ta Caste.

Il saisit ma main qu'il serre avec tendresse.

— Alors tu ne comprends pas ?

— Qu'est-ce que je ne comprends pas ?

— Roz, les choses sont très claires pour moi. Aussi loin que je m'en souvienne, j'ai toujours été ton ami. C'est mon devoir de veiller sur toi.

Ma gorge se noue.

— Je sais.

— Tu ne peux pas me laisser en retrait. Vous risquez votre vie toutes les trois.

Je lui souris faiblement et il m'attire à lui. J'inspire à fond contre sa peau, puisant une force incommensurable dans cette étreinte.

— Les princes Maddy ne vous attraperont jamais, m'assure-t-il doucement.

Les ricanements d'un happeur à bec noir brisent la quiétude de la forêt. Je l'écoute distraitement déblatérer un chapelet d'insanités sans m'en approcher. Mon ami et moi nous frayons un passage à travers l'humus en nous tenant la main.

— Tu les sens ? me demande-t-il.

Je lui réponds par un petit grognement. Non, je ne sens pas mes sœurs. Une magie ancienne veut que, même si nous sommes perdues, nos chemins finissent toujours par se recroiser. C'est ainsi. J'avance donc sans but, parce que je sais que je vais tomber sur l'une d'entre elles.

Et ça ne rate pas. Après un temps infini durant lequel nous nous appliquons à nous éloigner le plus possible de la Bulle, un léger chuchotis venant du nord me parvient.

— Tu as entendu ?

Il hoche la tête sans piper mot.

Quelques secondes plus tard, Odeleen et Daire apparaissent, dévalant une pente tapissée de feuilles mortes.

— Enfin, tu es là ! me salue mon aînée avec soulagement.

Ses bas sont maculés de terre, mais elle semble en pleine forme. Sa bouche prend un pli sévère lorsqu'elle jauge celui qui m'accompagne.

— Que fait-il ici ?

— Quel plaisir de te voir aussi réjouie à l'idée que je sois là ! raille l'intéressé.

— Il veut venir et j'ai dit oui.

Contrairement à Odeleen, Daire lui adresse un sourire lumineux.

— Salut, Ishmer. Contente de te savoir de notre côté.

Son visage est barbouillé de sève et des branchages s'emmêlent dans ses cheveux. Elle, d'habitude si apprêtée, a piètre allure aujourd'hui.

Nous décidons de nous reposer quelques heures au fond d'une petite grotte naturelle entourée de pissenlits géants. Les soleils finissent par émerger et une légère bruine apporte une touche de fraîcheur, faisant remonter les senteurs qui émanent de la végétation.

Daire et moi nous serrons contre Ishmer. Je ferme résolument les paupières en chassant l'image de Père de mon esprit. L'idée de le décevoir me hante et je devine qu'il doit être hors de lui à l'heure actuelle. Nous sommes parties sans prévenir et sans même lui laisser un mot pour lui expliquer nos agissements.

— Ne tardons pas trop à repartir, nous conseille Odeleen, le regard alerte.

Elle a préféré rester à l'entrée de la grotte et s'est accoudée contre la pierre, faisant tournoyer sa canne entre ses doigts.

— Vous avez pensé à l'endroit où vous vous cacherez ? demande Ishmer. Parce que ce n'est pas le tout de vouloir échapper à votre père, il faut aussi que nous trouvions un coin tranquille, où personne ne nous mettra la main dessus.

Odeleen se trouble un instant. La vérité, c'est que nous n'avons pas poussé notre plan bien loin. Échapper aux veilleurs de Père nous semblait déjà assez périlleux comme cela. La seule chose sur laquelle nous étions tombées d'accord, c'est qu'il n'était pas question d'être unies à des dagnirs, princes ou non.

Face à notre silence, mon ami soupire bruyamment.

— Ça m'aurait étonné. Moi j'y ai pensé, figurez-vous.

Daire se redresse et l'étudie de ses grands yeux curieux.

— Quelle est ton idée ?

— Amadée.

— Ne dis pas n'importe quoi, Ishmer, proteste Odeleen en fronçant les sourcils. Nous serions complètement folles de partir là-bas. En plus…

Elle s'interrompt, cherchant ses mots.

Amadée, là où la nuit ne connaît jamais de fin… Les dagnirs et les djinns s'y côtoient. On prétend même qu'ils s'y marient. C'est aussi un repère à brigands, un coupe-gorge, une terre que l'on foule en prenant le risque de ne pas en revenir. Il règne un sacré chaos en ces lieux. Je n'ai jamais voulu vérifier si les rumeurs disaient vrai.

— C'est le seul endroit où personne ne pensera à aller vous chercher. Et même dans le cas contraire, on ne vous trouvera jamais.

Je réfléchis quelques instants à ce qu'il vient de dire. L'idée ne me plaît pas plus qu'à Odeleen, mais avons-nous seulement le choix ?

Finalement, ma sœur décrète qu'il ne faut pas prendre de décision en hâte et le silence retombe. J'observe la forêt s'éveiller lentement et me concentre sur le pouce d'Ishmer qui réalise des cercles concentriques le long de mon épaule.

Lorsque je redresse la tête, Daire s'est profondément endormie, le visage niché contre le torse de mon ami. Trop agitée pour m'abandonner au sommeil, je rejoins Odeleen. La ligne dure de ses lèvres trahit son débat intérieur. Hormis ce tic, rien ne laisse voir à quel point elle est bouleversée tout au fond d'elle. Odeleen est ainsi.

Si le sultan Maddy envisage de nous faire intégrer sa famille, c'est parce que dans notre sang coule une magie puissante. Nous sommes des Intouchables et des Morphes. Notre force réside dans nos émotions, et ces émotions nous trahissent continuellement. Il suffit d'observer Daire et sa peau d'une délicieuse couleur indigo, signe qu'elle dort paisiblement. Odeleen, plus encline à dissimuler ses sentiments, ne laisse presque rien deviner. Sa carnation mate reste inchangée en toutes circonstances.

— Nous nous sommes comportées comme les dernières des empotées, affirme-t-elle avec calme, sans me regarder.

— Cela ne fait aucun doute. Nous avons quitté le camp sans la moindre préparation, avec pour seul objectif de nous soustraire à trois mariages arrangés.

Ma sœur soupire et soudain, je me sens envahie par la curiosité.

— C'est Karmin qui te manque ?

Ma question semble l'exaspérer. Elle laisse échapper un rire sans joie.

— Karmin ? C'est une blague ?

— Oh, ne fais pas celle qui ne comprend pas. Tu sais pertinemment ce que je veux dire.

— Écoute, Rozenn, le mariage est la dernière chose que je souhaite, que ce soit avec un prince dagnir ou un djinn. Élever de la marmaille dans un monde comme le nôtre ne m'attire pas du tout. Qu'aurait-on à offrir à nos enfants, hein ? Une vie de fuites et de peur !

— Nous sommes Intouchables, je m'insurge. Les dagnirs ne peuvent pas nous ponctionner.

Cette fois-ci, ses prunelles s'arriment aux miennes. La gravité qui les transperce me bouleverse au plus profond de mon être.

— Et alors ? Être Intouchable est une force, c'est indéniable, mais l'esprit est une matière si fragile, si friable. Ils pourraient nous briser comme de simples coquilles d'œufs.

Je médite ses paroles un bon moment. Moi qui espérais une conversation légère en abordant le sujet de Karmin Sohan, je me suis lourdement trompée. Odeleen n'a jamais été éprise de lui ni de personne. Elle s'y refuse.

— Quelle existence allons-nous mener, dans ce cas ?

Je sens la panique m'envahir insidieusement. J'aimerais être avec Père et Mère, retrouver la Bulle et mes repères. La vie de cavale n'est pas faite pour moi.

Odeleen me répond d'une voix d'outre-tombe :

— Commençons par briser nos chaînes. Le reste attendra.

Chapitre 4

BELLES DE CHAHEM

GOULES (OU BELLES) : *créatures qui peuplent les contrées autour de Chahem. Elles passent leurs journées à fouiller la terre des fosses, à la recherche de cadavres et de chairs putrides.*
Les rumeurs prétendent que leurs capacités sont très aléatoires, mais tout le monde s'accorde à dire que leur force est phénoménale et qu'il faut se tenir loin de leur territoire.

Encyclopédie des Contes et Mystères en Terres Libres

Nous avons marché sans but pendant deux jours, nous contentant de quelques baies et de l'eau des sources. Durant ces deux jours, pas un village ne s'est dessiné à l'horizon.

Quant à moi, je suis passée par tous les états d'esprit. Entre espoir et lassitude, j'ai imaginé de toutes mes forces la vie que je pourrais avoir en Amadée.

Daire a pleuré à plusieurs reprises, balbutiant que Père et Mère lui manquaient affreusement. En bon ange gardien, Ishmer veille sur elle et lui chuchote des paroles d'encouragement. Il essuie également ses larmes lorsqu'elle est prise d'une vague nostalgique.

Et Odeleen… Odeleen ne laisse rien transparaître, comme à son habitude. Si je ne la connaissais pas aussi bien, je jurerais qu'elle sait dans quoi elle nous embarque. La réalité est cependant différente. Elle est aussi perdue que nous et peine à mettre un pied devant l'autre.

La pénombre s'installe lorsque nous décidons de faire une halte. Depuis plusieurs lieues, une odeur nauséabonde nous prend au nez, bien loin du doux parfum des fleurs géantes. Il nous est impossible de deviner sa provenance. Je dépose mon sac et plante ma canne à côté de moi. Je ne suis pas certaine d'être capable de dormir dans cette atmosphère irrespirable.

Odeleen s'accroupit et sort quelques fruits qu'elle nous tend gentiment. Je la sens à cran, mais comme toujours, elle ne veut rien nous montrer et se comporte comme la grande sœur qu'elle a toujours été.

Je mords dans la chair en essayant d'oublier que je ne mange que ça depuis deux jours.

— Non merci, décline ma cadette en repoussant la main d'Ishmer. Je n'arriverai pas à avaler quoi que ce soit avec cette puanteur infecte.

Elle accompagne sa réplique d'un froncement de nez dégoûté. Mon ami hausse les épaules avec indifférence et engloutit sa portion en quelques secondes.

— À la longue, on ne sent plus rien.

Daire soupire, sceptique.

— Je m'inquiète. Ça sent un peu comme…

Elle s'interrompt, les yeux dans le vague.

— La mort, conclut Odeleen, imperturbable. Ça sent la mort.

Je ne peux retenir un frisson d'appréhension. Mon aînée a mis les mots sur quelque chose qui me dérangeait. Oui, la forêt est imprégnée de l'odeur de la mort et des cadavres en décomposition. Pourtant, tout autour de nous, il n'y a que la verdure et des arbres à la cime aussi haute que les tours d'un château.

Finalement, nous nous endormons à même le sol, à défaut d'avoir trouvé un abri digne de ce nom dans les environs. Lovée contre Odeleen et Daire, j'en oublie les exhalaisons morbides et je me laisse porter par un sommeil bienvenu.

Un craquement suivi d'un étrange glapissement me réveille sur le champ. Je saute sur mes jambes, prête à prévenir les autres d'une minute à l'autre.

Frottement.

Gargouillis.

Soupir.

Et cette odeur immonde qui persiste, rendant l'atmosphère poisseuse.

L'esprit encore un peu embrumé, je tends le bras et ma paume se referme sur la canne toujours plantée dans le sol. Sans vraiment savoir pourquoi, je m'éloigne du groupe en suivant les bruits qui brisent le silence de la forêt. Je ne vais pas bien loin. Sous le couvert des arbres, une silhouette s'affaire, accroupie au milieu des feuilles mortes. De là où je me tiens, j'ai l'impression qu'elle creuse un trou à la seule force de ses mains. Ses borborygmes se font malheureux, comme si elle pleurait.

Une fois à sa hauteur, je murmure :

— Qui êtes-vous ?

Comme dans un cauchemar, l'ombre lève brusquement la tête et la lueur des pleines lunes me renvoie un visage encadré par des cheveux noir corbeau. C'est impossible… Ce visage, c'est le mien !

Poussant un cri strident, je cherche à faire demi-tour, mais ma botte se prend dans un enchevêtrement de racines noueuses. Je m'étale de tout mon long. La créature s'approche de moi, l'air curieux. Son corps, caché par une cape usée, se meut avec aisance, et son visage – mon visage – est d'une pâleur alarmante. Quelle est donc cette nouvelle farce ?

Avec empressement, je recule sur les fesses le plus vite possible, mais la silhouette me suit sans précipitation. Je ne sais pas où je suis ni ce que je dois faire. Ce qui importe, c'est d'échapper à mon double.

Au milieu de la terre humide et des mauvaises herbes, ma main rencontre une chose molle et glissante. Un instinct primitif me pousse à baisser les yeux et je manque de défaillir. Des rangées de boyaux couverts d'un liquide visqueux et collant. Le choc m'empêche de hurler.

La créature s'approche toujours plus près et dans un dernier sursaut de bon sens, j'empoigne ma canne, balance mon bras de haut en bas pour la déployer, et l'abats sur son nez. Elle glapit et fait un pas en arrière, plus surprise que blessée. J'en profite pour me redresser et me rattrape de justesse lorsque mon pied patine contre quelque chose que je ne parviens pas à discerner.

Mon double revient à la charge, déchargeant sur moi son haleine fétide, et je suis prête à l'accueillir. J'écrase ma canne là où devrait se trouver son estomac, l'obligeant à se plier pour éviter l'assaut. Je l'enfonce ensuite en plein dans son plexus. C'est à peine si elle semble ébranlée par l'attaque. Je commence à désespérer. Je suis habituée à combattre à la canne, mais pas contre un adversaire qui absorbe aussi bien les coups.

— Rozenn !

Sûrement alertés par les borborygmes du monstre, Odeleen, Ishmer et Daire apparaissent, échevelés et la mine fatiguée. Je prie intérieurement pour qu'il ne s'agisse pas d'une illusion de mon esprit affolé. C'est déjà suffisamment perturbant de s'affronter soi-même, ça le serait tout autant de subir les assauts de monstres ayant pris l'apparence de mes proches.

Odeleen plante le bout de sa canne dans le dos de la créature, attirant ainsi son attention.

— Cours, Roz, m'ordonne-t-elle. File te mettre à l'abri.

— Il n'en est pas question ! je proteste.

La créature se tourne vers ma sœur. La surprise se peint sur ses traits.

— Qu'est-ce que…

Daire et Ishmer, qui se tiennent derrière elle, semblent tout aussi estomaqués.

— Mais… c'est moi ! s'écrie ce dernier.

Je contourne la créature pour voir son visage sous le même angle que mon ami. J'ai toujours l'impression d'être face à mon double.

Sans plus attendre, Odeleen s'élance, arme brandie. La créature esquive habilement son premier coup puis fond sur elle en quelques pas. Une fraction de seconde plus tard, ma sœur pousse un grognement en percutant durement le sol. À deux mains, elle place sa canne en travers de la gorge du monstre pour le tenir à distance. Ishmer intervient en frappant l'arrière de son crâne. Peine perdue, le monstre réagit à peine.

Soudain sorties de nulle part, de grosses racines aussi épaisses que des bras émergent du sol et s'arriment au corps de la créature. Celle-ci a beau résister, les lianes s'enroulent autour de son cou, de ses chevilles et de ses mains, l'entravant pour de bon. Elle continue de s'agiter vainement en poussant des hurlements.

Avec précaution, Odeleen s'extirpe de son étreinte et se redresse. Ses genoux tremblent tellement qu'ils s'entrechoquent.

— Qu'est-ce que c'était que cette chose ? Et que…

— Je pense que vous avez eu votre lot d'aventures pour les prochaines années.

Autour de nous, des dizaines de djinns se déploient, l'air solennel. Au comble de la gêne, j'aperçois mon père qui approche d'une démarche légère, les mains dans le dos.

— Père… murmure Daire.

Éclatant en sanglots, elle se jette à son cou et le serre de toutes ses forces. Mon père lui rend son étreinte et pose un baiser affectueux dans ses cheveux.

Plus réservées, Odeleen et moi faisons quelques pas dans sa direction, gardant tout de même une distance raisonnable. Je ne suis pas aussi expansive que ma cadette, mais le voir me comble d'une joie contradictoire. Sa silhouette qui se découpe dans les ténèbres est si rassurante…

Derrière nous, la bête continue de se débattre contre ses liens comme une furie.

— Vous avez perdu l'esprit, nous gronde Père. Cette partie de la forêt est dangereuse et vous êtes au cœur même de Chahem. Ne vous ai-je jamais appris à vous fier aux constellations pour vous orienter ? Moi qui vous croyais débrouillardes, vous venez de me prouver que vous n'êtes encore que des enfants qui ne regardent pas plus loin que le bout de leur nez !

Je suis bouche bée. Mon esprit a cessé d'écouter dès qu'il a prononcé le mot « Chahem ». Cette ville fantôme que personne ne trouve jamais, car elle est en mouvement constant. Un jour elle peut s'établir au nord des Terres Libres, et le suivant à l'ouest. Les légendes disent que l'un des premiers sultans Maddy se débarrassait des cadavres des djinns ponctionnés dans une fosse, en plein cœur de Chahem. Des êtres abominables se seraient approprié les lieux, se nourrissant des chairs décomposées et ensevelissant les restes dans le sol pour le prochain festin. Ma mémoire se réveille. Je revois la créature creuser dans la terre, les boyaux sur lesquels j'ai glissé…

— Les Belles de Chahem… je murmure, les membres glacés d'effroi.

Un très joli nom pour désigner les goules. Mon regard se pose sur la bête qui continue de lutter contre l'emprise des racines. La honte m'envahit.

— C'est exact, approuve mon père avec sévérité. Une Belle de Chahem. Une chance que l'on vous ait trouvés avant qu'elle ne fasse plus de dégâts. Ce ne sont pas quelques coups de cannes qui seraient venus à bout d'une telle monstruosité.

Odeleen renifle discrètement. Je devine qu'elle retient ses larmes tant bien que mal.

— Je vous demande pardon, Père. L'idée de la fuite était de moi.

Je m'apprête à protester, mais ma sœur me plante son talon dans le pied, ce que mon père ne peut pas voir à cause de l'obscurité.

— Et pourquoi cela ?

— J'ai entendu votre conversation avec Locas Sohan. J'ai pensé qu'il était mieux de s'éclipser plutôt que d'envisager une union avec nos ennemis.

Autour de nous, les autres djinns échangent quelques murmures. Apparemment, la nouvelle d'un prochain mariage était encore tenue secrète.

Père la jauge longuement sans rien dire, puis finit par ouvrir les bras.

— Venez ici, mes chéries.

Comme si elles n'attendaient que ce signal, mes jambes se mettent en marche et je me laisse aller contre mon père. Je sens la présence d'Odeleen et Daire autour de moi. Pour la première fois depuis des jours, j'ai la certitude d'être en parfaite sécurité.

Chapitre 5

Magie et fluide

Boire le fluide d'un djinn est aussi délectable que boire un nectar divin.
L'espace de quelques heures, de quelques jours, de quelques mois,
nous devenons, nous aussi, des dieux.

Raania Az Malala,
noble de Pretamia

— J'ai eu très peur, les filles, nous confie Père d'une voix sévère. C'était imprudent et surtout indigne de vous de partir de cette façon. Votre mère est dans tous ses états.

Je me mords la lèvre, envahie par des émotions conflictuelles. Si je suis heureuse de le voir, le problème reste entier et ses remontrances ne font qu'alimenter mon ressentiment.

Odeleen tente de calmer le jeu :

— Je vous présente toutes mes excuses pour cette frayeur. Seulement, il va falloir que nous discutions sérieusement de cette proposition que le sultan Maddy vous a faite. Vous jouez avec nos vies…

Sa voix prend un accent désespéré et fait écho à mes propres angoisses.

Père nous entraîne vers un sentier boueux, loin de son escorte. Nous le suivons sans rechigner.

— J'aurais dû vous en parler dès que j'ai reçu cette invitation, consent-il, mais cela n'excuse pas votre fuite, loin de là. Votre mère et moi-même avions prévu de vous expliquer les raisons de notre choix.

— Vous avez déjà pris votre décision… réalise Odeleen, une main sur la bouche.

Père recule, la tête tournée sur le côté dans une attitude distante. Son profil marqué ressort dans l'obscurité.

— Ce n'est ni le moment ni l'endroit pour en discuter. Rentrons à la Bulle.

La mort dans l'âme, nous revenons auprès des autres djinns. Je me sens comme une petite fille qui se retrouve bringuebalée dans le monde des adultes.

Père se tourne vers un Ishmer fuyant. Jusqu'à présent, mon ami essayait de ne pas se faire remarquer en gardant la mine basse.

— Il nous faudra discuter aussi, jeune homme. Votre complicité dans cette affaire n'est pas négligeable.

Celui-ci s'empourpre légèrement.

— Je comprends…

Un des djinns m'apporte un tapis brodé de fils d'or sur lequel je m'installe sans desserrer les dents. Quelques instants plus tard, nous quittons la terre ferme dans un formidable fatras. Le tapis ondule légèrement, laissant l'air filtrer entre ses franges. Un vent d'altitude cingle mes oreilles, mais j'entends tout de même mon père dire :

— Lorsque j'affirme que vous avez agi sur un coup de tête, je pèse mes mots. Quelle idée de fuir la Bulle à pied, sans carte ni boussole !

— Nous avons bien pensé à prendre les tapis volants, couine Daire qui a planté ses ongles dans les nœuds argentés. Hélas, vos hommes nous ont repérées avant.

Sa répartie est bien fragile et je ne cherche pas à surenchérir. Il a raison, nous avons été naïves et nous aurions pu en payer le prix fort cette nuit. S'il n'était pas apparu à temps pour nous sortir de l'impasse, la Belle n'aurait laissé derrière elle que nos corps enterrés dans le sol. Cette réflexion me fait monter une nouvelle bouffée de colère. À présent, c'est contre moi et ma stupidité que je suis énervée.

— Votre statut ne vous dispense pas de faire preuve d'astuce, réplique-t-il, intraitable. Si vous étiez tombées sur des Sang Visage, qui sait ce qui serait advenu de vous ?

— Pour ce que ça change, je marmonne, n'en pouvant plus de me mordre la langue.

Les yeux de mon père me transpercent sans la moindre chaleur.

— Peux-tu répéter ?

Désireuse d'éviter le conflit, je talonne mon tapis qui s'éloigne sensiblement du reste du groupe dans un long chuintement. Père éperonne le sien, me barrant le chemin. Je suis forcée de faire une embardée pour ne pas le percuter. Derrière son épaule, mes sœurs écoutent notre échange avec appréhension.

— Peux-tu répéter ce que tu viens de dire, Rozenn ?

— Bien sûr, je raille en prenant la voix la plus moqueuse que j'ai en réserve. Je disais simplement qu'entre se faire attraper par des chasseurs de fluide et épouser un prince Maddy, la différence n'est pas bien grande.

Mon père n'est pas un Morphe, mais s'il l'avait été, je pense que son épiderme aurait viré au vermillon à ce moment précis. Ses traits se durcissent et la jointure de ses doigts devient blême. Habituellement, je cherche à lui être agréable et à museler mon tempérament sanguin. Aujourd'hui, c'en est trop !

— Pour ta gouverne, c'est moi qui suis l'émir, Rozenn. Cela signifie que tu dois m'obéir et faire ce que je te dis. Que ça te plaise ou non, tu dois te plier à mes décisions.

Il tape sèchement du plat de la main sur son tapis, qui s'éloigne aussi vite que le vent.

Je brûle de rétorquer quelque chose, mais la rage m'étouffe. D'un bruit de bouche, j'enjoins mon tapis à le suivre, rapidement talonnée par mes sœurs. Bientôt, nous volons tous dans une ambiance polaire.

— Tu n'aurais pas dû lui répondre, me reproche Odeleen, à voix si basse que je l'entends à peine.

— Oh, ça va, hein, je râle. Jure-moi que tu ne partages pas mon avis.

Elle ne relève pas.

Pendant plusieurs heures, je me laisse porter sans réfléchir, me concentrant sur les courants aériens qui font gonfler mon tapis. Voler me procure habituellement un sentiment de pleine jouissance, je ne me lasse jamais des paysages splendides que m'offre la hauteur. Aujourd'hui, je suis juste triste et mon père qui se tient raide comme un pic n'arrange rien.

— Vous avez remarqué que nous ne voyions pas la Belle de la même façon, intervient soudain Daire d'un air qui se veut léger.

Un peu hébétée, je lève la tête vers elle.

— De quoi parles-tu ?

— La Belle, répète-t-elle patiemment. Si je ne m'abuse, j'ai entendu Ishmer dire : « Mais… c'est moi ». Sauf qu'au moment où je la regardais, c'était mon propre visage que je voyais.

L'image sinistre de la Belle de Chahem me revient en mémoire.

— Comment expliquez-vous ça ? insiste-t-elle.

— C'est certainement une particularité des goules, hasarde Ishmer en haussant les épaules.

— Tu te trompes, interrompt mon père. Rappelez-vous que Chahem est avant tout une fosse, un endroit où les premiers sultans Maddy jetaient les corps des djinns qui ne leur servaient plus. La goule n'a aucun pouvoir à part entière, si ce n'est la capacité de préserver du temps tout ce qu'elle touche. Les membres et les organes ne pourrissent pas et restent *consommables*. En les ingérant, elle s'imprègne sûrement d'un peu du fluide des djinns.

Un désagréable frisson me parcoure l'échine, et ça n'a rien à voir avec le vent qui s'infiltre dans mes vêtements.

— Ce que vous insinuez, c'est que cette Belle a consommé le fluide d'un djinn qui pouvait voler le visage de qui il voulait ? conclut Odeleen, l'air nauséeux.

— Plutôt un djinn qui, quand on le regardait, nous montrait notre propre reflet. On les appelle les djinns-miroir.

J'en ai déjà entendu parler. Parmi tous les pouvoirs de djinns, celui-ci m'a toujours intriguée. Ce sont des Morphes qui, contrairement à nous, peuvent prendre l'apparence de ce qu'ils touchent ou voient. La Belle, en absorbant le fluide du djinn, est parvenue à répliquer ce pouvoir. Une chose que je n'aurais jamais crue possible.

Les loupiottes à lucioles rayonnent encore sur les socles lorsque nous arrivons en plein cœur de la Bulle. Il ne nous a fallu que quelques heures pour abolir la distance qui nous séparait du campement.

Mon père nous envoie faire un brin de toilette avant de nous intimer de venir le trouver dans ses quartiers au lever des soleils.

En entrant dans mon nid, la colère qui s'était amenuisée pendant le vol émerge à nouveau. Rien n'a bougé, mon mobilier est resté tel quel. Des interstices dans l'écorce laissent filtrer les pâles lueurs matinales qui éclairent le parquet bien ciré. Au loin me parviennent le doux murmure de la brise qui joue dans les feuilles irisées de la Bulle et les joyeux brouhahas des djinns déjà réveillés.

Je me défais de mes habits avant de me laver le visage à l'eau claire. Tout en enfilant des vêtements propres, je rumine dans ma barbe. Les efforts que nous avons faits n'ont abouti à rien. Je ne suis pas en Amadée, loin de la menace que représentent les Maddy. Au contraire, celle-ci est plus proche que jamais. Je ne pourrai pas lutter contre elle, cette fois-ci.

Le pavillon de Père est vaste et sent bon la sève. Lorsque j'y pénètre, des images tout droit sorties de mon enfance s'invitent dans ma mémoire. Je ne compte plus les heures durant lesquelles mes sœurs et moi avons fouillé sa bibliothèque en pin, à la recherche d'histoires et de légendes folkloriques. Plus petites, nous nous lovions toutes les trois sur la grande méridienne tendue de velours, attendant que notre père revienne de ses missions diplomatiques.

Déjà assises dans un coin, Odeleen et Daire patientent sans échanger une parole. À ma vue, Mère se lève et m'étouffe sous une tendre embrassade en couvrant mon visage de baisers.

— Ma fille, ma chère fille. Comme tu m'as manqué !

Je lui souris et sens son amour dévaler en moi. J'aime profondément ma mère. Elle seule parvient à calmer le volcan qui sommeille en moi.

Aujourd'hui, sa mine est soucieuse et des cernes bordent ses magnifiques yeux verts. Cela dit, ils n'enlèvent rien à sa beauté vertigineuse.

Une fois les effusions passées, elle laisse mon père avancer. Il m'examine sans aménité. Je devine qu'il m'en veut toujours de ma petite repartie dans les airs.

Lorsque nous prenons place en face de lui, il ne s'embarrasse pas de politesses :

— Comme vous le savez, nos rapports avec les dagnirs n'ont jamais été au beau fixe. Ils ont réduit nos ancêtres en esclavage, avant de nous offrir une liberté toute relative. Ceux qui ne sont pas affiliés à une Caste vivent dans la peur à cause des Sang Visage qui les pillent sans vergogne. C'est une chose que je ne peux plus tolérer et le sultan Maddy est également de cet avis. La seule manière pour moi d'assurer notre sécurité et de faire valoir nos droits, c'est d'envisager une alliance durable. J'espère que vous comprendrez pourquoi je vous envoie à Pretamia…

L'air me manque. Non, il n'a pas dit ça. J'ai certainement mal entendu. Daire enfouit son minois dans ses mains, ses épaules secouées de soubresauts. Odeleen l'attire contre elle, réprimant bravement ses propres larmes. Et moi… moi je serre les poings, tâchant de réguler ma respiration, retenant cette vague incontrôlable de révolte. Mon fluide gronde comme un brasier ardent.

Mère me dévisage avec inquiétude, devinant que je m'apprête à exploser. D'une voix douce, elle complète :

— Nous ne faisons pas cela pour vous punir. Votre père et moi-même comprenons votre réaction, nous ne vous en voulons pas. Vous avez fui parce que vous craigniez un mariage forcé, mais ce n'est pas ce que le sultan Maddy nous propose. Il aimerait seulement que vous rencontriez ses fils. S'il y a la moindre étincelle entre vous, un mariage signerait un monde de renouveau, dans lequel les djinns auraient une place à part entière, loin du mépris et de la traque. Si nous nous allions aux dagnirs, la menace représentée par les Sang Visage pourrait n'être qu'un souvenir.

— Il est temps d'agir et d'agir correctement, poursuit Père. Mon rôle en tant qu'émir consiste à prendre des décisions qui auront des répercussions positives sur notre peuple. Certaines de ces décisions ne sont pas pour me réjouir, elles vous paraissent peut-être épouvantables, mais notre sécurité passe par une alliance avec les Maddy. Je ne vous oblige pas à les épouser, mais faites montre de bonne volonté.

Il m'adresse un regard entendu et un peu sévère.

— Vous enfuir était puéril et indigne de vous. Vous devez faire honneur à votre rang. Là où vous irez, chacun de vos gestes, de vos paroles ou de vos mimiques sera sujet à interprétation. Vous faites partie de l'élite des djinns. Les Intouchables. Le fluide dans votre sang ne peut être bu à des fins malhonnêtes. Il vous appartient et rares sont les djinns à pouvoir s'en vanter. Le sultan ne peut rien contre vous, alors gardez la tête haute, mes filles.

— Quand souhaitez-vous que nous partions ? s'enquiert Odeleen en caressant machinalement la chevelure soyeuse de Daire.

— Le plus tôt sera le mieux. Je me suis engagé personnellement auprès du sultan à vous faire escorter jusqu'à Pretamia. Le voyage prendra environ deux semaines et vous mettrez ce temps à profit pour revoir les règles de bienséance, ainsi que le protocole en vigueur sur la péninsule. Je compte sur votre intelligence pour ne pas jeter le déshonneur sur la Caste Kaplang, tout en prenant soin les unes des autres. Pendant une durée de trois mois, vous résiderez au palais de Pretamia et apprendrez à connaître chacun des fils Maddy. Il est primordial que vous fassiez bonne impression. Une union avec eux donnerait des enfants Intouchables, un moyen pour tous les peuples d'envisager un traité de paix durable. Le sultan Maddy a également une benjamine. Il n'est pas hostile à l'idée que Karmin ou Ishmer l'épouse dans un avenir proche. Cela dit, ce n'est pas au programme pour le moment. Je compte sur vous. Le destin de notre peuple ne dépend plus que de vous.

C'en est trop pour moi. Incapable de faire face plus longtemps, je quitte les lieux sans y avoir été invitée, faisant mine de ne pas entendre mon père qui me somme de rester.

Chapitre 6

Sur le départ

Un jour, j'ai bu le fluide d'un djinn Intouchable.
Pendant plus de trois décennies, j'ai été capable d'envoûter n'importe quelle personne rien qu'en émettant quelques notes.

Confessions sur mon lit de mort,
Parsa Ansen,
chanteur lyrique

Je comprends la position délicate tenue par mon père. Je comprends aussi qu'il se retrouve pieds et poings liés face à l'invitation de Callahan Maddy. Comment refuser une proposition de paix entre nos deux peuples ? Ce serait un moyen efficace d'alléger le calvaire des djinns, et d'ainsi aller vers une législation moins arbitraire. C'est du moins ce que le sultan prétend, à grand renfort de belles paroles et d'amabilité. Comme le dit si bien un de nos proverbes : « Rien n'est plus rusé que le dagnir voulant conclure un marché ».

Ce que je n'accepte pas, c'est que ce soit à moi de me sacrifier. J'ai le sens de la préservation. Certains diront que ça confine plus à l'égoïsme, mais ma nature est ainsi faite. Je n'ai pas la grandeur d'âme d'Odeleen, ni les élans spontanés de Daire. À la fin du laïus de Père, leur désir d'échapper au mariage n'était plus qu'un souvenir, une folie passagère. Elles s'étaient senties investies d'une mission extraordinaire, persuadées de pouvoir sauver notre peuple tout entier. Je voyais plus cela comme un maillon supplémentaire à la chaîne qui me maintenait captive sous le joug des dagnirs.

— Ne fais pas cette tête, petite sœur, me sermonne gentiment Odeleen, qui entre sans frapper dans mon nid. Tout va bien se passer.

J'en déduis que l'entrevue avec nos parents ne s'est pas éternisée après mon départ théâtral.

La réserve habituelle de mon aînée a laissé place à un air confiant que je ne m'explique pas.

— Dis-moi, c'est la perspective de t'unir à un dagnir prétentieux qui te met en joie ?

Bafouer. C'est encore ma seule défense contre ce qui m'attend.

Ma sœur se rembrunit, heurtée.

— Ne fais pas l'enfant. Il faut voir ce qui nous arrive comme… comme…

— Une bénédiction ? je raille, l'œil mauvais.

— Non ! s'écrie-t-elle, courroucée. Une opportunité ! Je n'ai pas plus confiance en eux que toi, mais si nous sommes assez malignes, nous pourrions apporter quelque chose à notre peuple. C'est peut-être l'occasion rêvée de sortir de la peur que les dagnirs nous inspirent. Les djinns nous en remercieront.

— Oui, bien sûr. Moi aussi je suis impatiente d'épouser un morveux raté qui ne pète pas plus haut que son…

— Rozenn ! intervient une voix de stentor. Un peu de tenue. Être princesse, ça commence par utiliser le langage châtié. Tu n'es pas mal éduquée, tu fais partie des hautes sphères, alors comporte-toi comme l'exige l'étiquette.

Je jette un rapide regard en direction de mon père, les mains sur les hanches. Les soleils qui se glissent entre les feuillages forment des flaques de lumière sur sa barbe soyeuse, et il a revêtu ses plus beaux atours. Autour de lui, les djinns s'affairent pour préparer les convois, allant et sortant des pavillons les bras chargés de vivres et de paquetages.

Lorsqu'il voit que je fais volte-face sans même prendre le temps de lui répondre, il m'attrape le coude sans la moindre douceur.

— Et tu restes là quand je te parle, jeune fille !

— Ah non, hein ! je m'insurge. Je suis déjà bien gentille de vous laisser contrôler ma vie comme il vous plaît, ne m'obligez pas non plus à adopter une attitude de circonstance.

Je me dégage de son étreinte et soutiens son regard flamboyant.

— N'ayez crainte, Père. Une fois à Pretamia, je ferai les courbettes et les minauderies qui s'imposent. En attendant, tant que je suis dans la Bulle, j'exige de pouvoir me comporter comme il me sied.

À mesure que les mots affleurent à mes lèvres, je vois sa bouche s'ouvrir un peu plus. Malgré mon tempérament impulsif, j'ai toujours pris garde de ne jamais lui tenir tête. Je me contentais de rester dans l'ombre d'Odeleen, tout en étant l'épaule consolatrice de Daire. Tout cela, c'est terminé. La Rozenn timorée est morte et enterrée !

Un soir, je prends Ishmer à part et lui expose mon plan de dernière minute. Il n'est plus question de s'enfuir désormais, mais plutôt de se défendre en cas de nécessité. Je dois assurer mes arrières.

— J'ai besoin de tes talents, j'annonce avec sérieux.

Ishmer affiche tout de suite un air inquiet et s'agite sur son pouf.

— J'ignore ce que tu me veux, mais je te le dis derechef : ce n'est pas une bonne idée. Sais-tu que les patrouilles ont été doublées ? Si je me fais pincer dans ta chambre alors que tu seras bientôt promise à un Maddy, je vais en prendre pour mon grade.

Il se met à geindre lorsque mon poing l'atteint à l'épaule. L'air boudeur, il la masse plusieurs secondes avant de lancer :

— Mon père m'a passé un sacré savon, tu n'as même pas idée ! Je crois que la prochaine fois que vous fuguerez, j'y réfléchirai deux minutes au préalable au lieu de vous suivre comme un idiot.

Son petit sourire en coin vient contredire ses paroles. Je m'en amuse en laissant échapper un rire bas, puis tourne nerveusement la tête sur le côté lorsque des pas de djinn passent un peu trop près de ma porte.

— Commence déjà par la boucler et écoute-moi, j'ordonne dans un souffle.

Je sors ma canne cachée sous ma couche et la lui montre. Taillée dans un bois noble et incrustée de glyphes dorés, elle m'a été offerte avec mon tapis volant lorsque j'avais dix ans, comme le veut l'usage. Une fois étendue, elle s'adapte spontanément à ma taille et épouse mes mouvements à la perfection.

L'index d'Ishmer en effleure le coin arrondi.

— Eh bien quoi ? demande-t-il. Que souhaites-tu que j'en fasse ?

— Je sais parfaitement que tu as apporté des modifications à ta propre canne.

Même si la pénombre nous recouvre entièrement, pas besoin d'être voyante pour deviner qu'il a pâli. Son silence est éloquent et il laisse passer une dizaine de secondes avant de répondre d'une voix vacillante :

— Comment es-tu au courant ?

— Je t'ai vu il y a deux lunes, lors de notre dernière visite à Brymeriel. Tu la montrais à Karmin.

Même si Ishmer est un enfant illégitime et que Karmin n'est que son demi-frère, ces deux-là partagent tout et sont particulièrement complices.

— D'accord, capitule-t-il enfin. J'ai bien apporté une défense supplémentaire à ma canne. Je sais que c'est formellement interdit, mais la menace que représentent les Sang Visage enfle de plus en plus. J'ai pensé que si… si j'intégrais une lame à ma canne, je serais plus à même de me défendre contre eux.

De tout temps, les djinns se sont battus avec des cannes. Celles-ci sont rétractables et peuvent tenir dans une poche, grâce à un très vieux mécanisme. Le tranchant du métal est l'arme des dagnirs, elle n'a pas sa place dans notre culture. En cachant une lame à l'intérieur même de sa canne, Ishmer a fait une très grosse bêtise. Mais ce n'est pas moi qui lui en tiendrai rigueur…

— Ne dis rien à mon père, s'il te plaît, me supplie-t-il en prenant ma main dans la sienne.

Je sursaute, un peu surprise, et esquisse un sourire sauvage.

— Tu es mon meilleur ami, andouille. Comment peux-tu imaginer que je vais te dénoncer ? Non, en fait, j'aimerais que tu fasses la même chose avec la mienne.

Père nous a laissé emporter nos plus belles et plus luxueuses toilettes, celles que nous ne portons que pendant les visites protocolaires à Brymeriel. Paraît-il que le sultan de Pretamia a déjà tout prévu pour nous et qu'il est inutile de trop charger les tapis. Je ne m'explique donc pas que les convois soient si nombreux. Les bagages de Daire ont même dû être saucissonnés comme des rôtis sur un tapis géant.

Par la suite, on nous annonce que nous suivrons le convoi jusqu'à l'océan embrumé, et qu'une fois là-bas, nous gagnerons Pretamia à dos de shadhahvars, les montures utilisées par les dagnirs. Nos effets, eux, seront chargés sur un bateau à destination du palais.

À quelques minutes du grand départ, Mère demande à me parler. Je sais déjà que les adieux vont être difficiles. Si je n'ai pas hérité de ses superbes yeux d'un vert perçant et son attitude distinguée, elle m'a tout de même donné son extrême sensibilité des choses. La voir pleurer doucement fait monter une envie soudaine de la rejoindre dans son chagrin.

— Tout va bien, ma fille ? s'enquiert-elle. Es-tu toujours en colère contre nous ?

Ses sourcils se froncent d'inquiétude. Je pose ma paume en travers de sa joue, notre manière à nous de saluer ou de montrer notre affection.

— Je ne vous en veux pas, Mère. Vous n'y êtes pour rien dans cette affaire.

— Cette décision a été prise conjointement, il est injuste que tu ne blâmes que ton père. Nous sommes tous les deux responsables. Il nous en coûte de vous laisser partir.

Je soupire. Mon père m'a parlé d'une façon détestable, comme si je n'étais qu'une enfant récalcitrante. Tandis que ma mère… ma mère m'a toujours traitée en égale.

Lisant dans mes pensées, elle me dit :

— Il n'est pas ton ennemi. C'est vrai, il peut se montrer extrêmement dur et entêté avec vous, mais il pense bien faire en prenant les décisions à votre place. Tu n'as pas idée de ce qui t'attend à la cour du sultan Maddy, mais lui en a parfaitement conscience.

— Alors pourquoi nous envoie-t-il là-bas ?

C'est à son tour de lâcher un soupir. Son regard se perd dans le vague, comme si elle réfléchissait.

— Malgré tout ce que tu penses savoir, il a confiance en vous. La situation qui règne à Pretamia est… chaotique. Tu le découvriras bien vite. Des bruits courent et vous êtes notre seul espoir pour essayer d'endiguer les malversations des Sang Visage. Contre toute attente, même s'il ne le dit pas explicitement, ton père compte sur vous trois pour démêler tout cela. Odeleen et sa clairvoyance, Daire et sa curiosité. Et toi. Toi et ton instinct.

— Mon instinct ?

— Tu te méfies de tout et de tout le monde, nous savons tous pertinemment que tu n'accorderas jamais ta confiance à ces gens.

Au loin, un des djinns donne le signal de départ. Mon cœur s'emballe à cette annonce et je serre la main de ma mère un peu plus fort.

— J'ignore ce qui nous attend. Qu'est-ce que je dois faire ?

Elle m'adresse un sourire blême.

— Contente-toi d'observer et d'être aimable. Garde également un œil sur Daire, elle est la plus fragile d'entre vous. Nous avons demandé à Rakhshan de vous escorter et de rester à vos côtés tout au long de votre séjour.

Je suis un peu étonnée face à l'annonce.

— Il est revenu de son voyage ?

— Tout à fait. Si tu as vent de quoi que ce soit, n'hésite pas à lui parler, nous serons mis au courant dès que possible.

Je hoche vigoureusement la tête.

— Et… et pour les princes ?

À l'idée du mariage arrangé, une vague de dégoût me submerge.

— Pour les princes, eh bien, apprenez à les connaître. Ce n'est pas parce que l'arbre est pourri que les pommes qui en tombent le sont aussi.

Je la regarde avec des yeux ronds. Qu'insinue-t-elle, au juste ?

Un nouvel appel retentit plus loin. Elle me presse contre sa poitrine, faisant tinter les bijoux autour de ses poignets. Son visage est empreint d'un entrain forcé.

— File, maintenant. Et n'oublie pas que toutes mes pensées t'accompagnent.

Tandis qu'elle embrasse tour à tour mes sœurs en leur prodiguant des recommandations de dernière minute, mon père se détache de ses conseillers et vient vers moi. Mettant en pratique les avertissements de ma mère, je prends une mine que j'espère neutre.

Maladroitement, il me tapote l'épaule.

— Fais attention à toi.

Sa voix est un peu bourrue et je me contente d'acquiescer sans piper mot. Rancunière comme pas deux, ce serait au-dessus de mes forces que de m'excuser pour mon comportement.

Nous quittons la région sous des hourras pleins d'espoir. Les beaux discours de mon père semblent avoir inspiré les membres de la Caste aussi bien qu'ils l'ont fait pour mes sœurs. Tous sont sortis de chez eux pour chanter leurs espérances et nous souhaiter un bon vol. Sur leurs visages se lit la même émotion : une confiance absolue.

On nous a placées sur le plus joli tapis du convoi, le seul qui épouse nos mouvements et nous chatouille la peau à son contact. Le deuxième accueille notre professeur de bienséance ainsi que Rakhshan et Iqbal, nos gardes du corps personnels. Une demi-douzaine de djinns a été mandatée par mon père et chevauche des tapis volants aussi rapides que le vent. Baissant la tête, je regarde la Bulle s'éloigner, impuissante. Nous avançons à toute vitesse, mais je distingue un instant le visage chagriné de ma mère et le rictus tremblotant d'Ishmer. Une fois que la forêt se referme sur eux et qu'il ne reste de la Bulle que les feuilles mordorées de l'arbre géant, je me rencogne sur mon assise.

Daire babille sans discontinuer et Odeleen prend le temps de lui donner la réplique. Personnellement, je n'ai pas la patience ni l'énergie de faire comme si ce voyage m'enthousiasmait.

— Et toi, Roz, tu penses qu'ils seront comment ?

L'air absent, je tourne la tête vers ma cadette.

— Pardon ?

— Les princes, précise-t-elle d'un ton pressant. Comment ils seront, à ton avis ?

Odeleen me jette un regard qui traduit ses émotions intimes. Je sens qu'elle a envie d'y croire. Elles ont besoin de se dire que quelque chose de positif va sortir de tout cela.

— S'ils ont vécu toute leur vie dans de grands châteaux bâtis sur le sang et les cadavres des djinns, j'en déduis qu'ils seront plutôt capricieux.

Je souris intérieurement en voyant la consternation se peindre sur leurs traits. Non, je ne souhaite pas entrer dans leur jeu, c'est au-dessus de mes forces.

— Tu pourrais faire un effort, quand même, souffle Odeleen. C'est pour le peuple…

— Je pourrais, mais je n'en ai pas envie. Il y a trois jours, vous clamiez haut et fort qu'on ne pouvait pas se laisser enchaîner dans des unions qui nous révulsaient. Et maintenant vous me tournez le dos, vous reniez ce pour quoi nous sommes parties.

— C'est pour le peuple ! répète Daire. On ne peut pas l'abandonner en aussi mauvaise posture. Il faut que tu arrêtes de penser uniquement à ta petite personne, Rozenn.

Elle me scrute avec appréhension, craignant de m'avoir vexée, puis poursuit d'une voix plus éteinte :

— En plus, Père nous a bien assuré qu'il ne nous obligeait à rien. Si le courant ne passe pas avec les princes, nous ne serons pas forcées de les épouser.

Je grimace.

— Réveille-toi, Daire. Il a dit ça pour nous pousser à y aller. Une fois sur place, la pression sera telle que nous n'aurons pas d'autre choix que de nous acoquiner avec ces imbéciles.

Ma remarque semble avoir fait mouche chez ma cadette. Elle penche la tête sur le côté.

— Tu le crois vraiment ?

— Bien sûr que oui.

— Pense aux belles robes que l'on pourra mettre, argumente-t-elle, les pupilles brillantes. Ils nous couvriront de jolies choses et nous serons chouchoutées comme de vraies princesses.

Je lève les yeux au ciel. Des robes et des jolies choses… merci, mais non merci ! Quitte à choisir, je préférerais être une djinn anonyme. Au moins, personne ne me dirait quoi faire et qui aimer.

Mon regard se porte sur la forêt en contrebas. Bientôt, ce mur de végétation aura disparu au profit des paysages désertiques.

— Tu sais, lâche enfin Odeleen, Père a pris l'habitude de nous tenir éloignées des rumeurs qui circulent sur les djinns, mais j'ai surpris une conversation entre deux veilleurs il y a plusieurs semaines.

Elle paraît hésiter.

— Qu'est-ce que tu as appris ?

— Eh bien… j'ignore s'il s'agit de la vérité, mais ils prétendaient que la vie des djinns libres n'était pas si idyllique qu'on pourrait le penser. Je ne connais pas bien le détail, se dépêche-t-elle de préciser, mais ils soupçonnaient le sultan Maddy de ne pas en avoir terminé avec l'esclavage des djinns. Sur l'instant, je me suis dit que c'était un ramassis de bêtises.

J'en suis comme deux ronds de flanc.

— Tu divagues, tranche Daire en papillonnant des paupières. Tout le monde sait que l'esclavage a été aboli il y a près de trois siècles. S'il y a bien une chose que l'on a apprise, c'est que les djinns peuvent aller et venir comme bon leur semble. Certains travaillent même en étroite collaboration avec les dagnirs. Ils sont juste un peu plus rares, c'est tout. Nous restons de notre côté et eux du leur. Les Sang Visage sont nos prédateurs, pas les sujets du sultan Maddy.

— Nous verrons cela. Moi, je te raconte seulement ce que j'ai entendu dire.

— Père ne nous aurait jamais envoyées à Pretamia s'il avait eu des soupçons à ce sujet, conclut Daire en haussant les épaules. Ces veilleurs ne savent pas de quoi ils parlent.

Pourtant, je n'en suis pas intimement convaincue. Les paroles de Mère me reviennent en mémoire : « La situation qui règne à Pretamia est… chaotique. Tu le découvriras bien vite. ». Des mots que je ne risque pas d'oublier de sitôt.

Chapitre 7

SHADHAHVARS

Les tapis volants… Caomenys Maddy en était fou. Il appréciait leur grâce, leur célérité, et rêvait de chevaucher le vent. Il s'imaginait coloniser le monde par la voie des airs, conquérant sur un tapis créé à son intention. Hélas, ce qu'il ignorait, c'était que le tapis magique appelait la magie. Lorsqu'il s'aperçut que seul un djinn pouvait dompter pareille merveille, il entra dans une rage froide. Détruits dans les flammes jusqu'au dernier fil de soie, il n'en garda qu'un spécimen pour le plaisir des yeux.
L'art de créer les tapis volants se perdit, mais la ténacité des djinns ne disparut pas pour autant. Dans les forêts, les déserts et au bord des ruisseaux, leur savoir perdurait. Certains tissaient puis dénouaient les nœuds des tapis à l'infini.
La laine et le coton chantaient encore dans le cœur des djinns,
créant les tapis les plus beaux, les plus maniables ou,
au contraire, les plus indociles.

Les secrets du tapis,
Harmand Ardeshir

Les premiers jours de voyage se révèlent éprouvants. Nous ne sommes pas habituées à voler sur de longues distances et le froid s'insinue rapidement sous nos vêtements, nous gelant les mains et les orteils. Pour couronner le tout, je m'aperçois que je n'avais encore jamais côtoyé Daire dans un espace restreint aussi longtemps, si bien que ses pépiements finissent par m'agacer. Odeleen, fidèle à ses habitudes, se contente de nous couver du regard avec bienveillance, telle une mère poule.

Nous volons toute la journée et n'observons une halte que pour manger, à basse altitude pour que le vent ne nous cingle pas le visage. J'en profite pour parler aux autres djinns, avec la sensation que si je ne le fais pas maintenant, l'occasion ne se reproduira plus. D'ici quelques jours, je serai condamnée à ne croiser que des dagnirs pendant les trois prochains mois.

Rakhshan, un membre de la garde personnelle de Père, m'adresse par moment un sourire rassurant. Du plus loin que je me souvienne, il a toujours été là. Il m'a vue naître et semble éprouver des élans paternels à mon égard. Il ne s'est jamais éloigné de nous très longtemps, sauf peut-être avant notre fuite, où il était en mission à l'extérieur de Mydriav. Nous passons de longues heures à discuter de ce qui nous attend sur le territoire dagnir, imaginant à quoi doit ressembler Pretamia. Pour la première fois depuis bien longtemps, je me sens comprise.

— Votre réaction est parfaitement naturelle, Princesse. Ceci dit, ne soyez pas prompte à juger votre père. Son statut d'émir le met face à de nombreuses pressions politiques. Au fond de lui, tout ce qu'il souhaite, c'est votre bonheur et celui des djinns.

Je lui adresse à ce moment-là mon premier vrai sourire de la journée. Avec Rakhshan, tout semble plus facile. Je ne compte plus les heures passées à débattre avec lui sur les sujets les plus divers qui soient. Ces échanges ont le mérite de me faire prendre conscience de l'étendue de mes lacunes et de ce qu'il me reste encore à apprendre. Toute ma vie, je me suis contentée de subir les décisions des autres. Je mène une existence privilégiée comparée à certains de mes semblables ; même si comme eux, je suis contrainte de vivre en pleine forêt pour me cacher des Sang Visage. Je ne connais rien du monde qui m'entoure ni des règles tarabiscotées qui le régissent.

Rakhshan, lui, a voyagé partout sur le continent avant de prêter serment à mon père. Je sais qu'il garde certains détails de ses aventures pour lui afin de ne pas m'effrayer, mais je bois ses paroles et le respecte infiniment.

Le voyage se poursuit et plus nous approchons des territoires dagnirs, plus l'air se fait chaud. La forêt verdoyante laisse peu à peu place à une terre sèche et craquelée. L'influence des dagnirs est telle qu'elle s'étend même sur son environnement. À force d'abattre les arbres et de provoquer la colère de la nature, cette terre est devenue malade. Contraints par la force des choses, les dagnirs ont reculé plus loin, vers la péninsule.

Une fois que les lunes s'épanouissent dans le firmament, notre apprentissage commence. Mithra Irupe, la djinn chargée de nous apprendre les bonnes manières, entre en jeu. Pendant de longues heures, elle tente de nous expliquer les coutumes dagnires et nous montre comment se tenir à table ou s'adresser à un membre haut placé de la société. Ces interminables leçons m'ennuient et au bout de cinq minutes, j'ai déjà envie de prendre congé.

Mithra est une femme à l'air revêche et au visage fripé comme un fruit trop mûr. Pointilleuse sur les détails les plus insignifiants, elle tire un plaisir évident à me reprendre sur mes manières qu'elle qualifie d'inconvenantes. Odeleen et Daire écopent de chaleureux encouragements, mais moi – qui ne donne pas assez du mien –, j'ai le droit à un bruit de bouche sévère.

— Non, Princesse Rozenn. Vous devez ployer la nuque tout en la gardant bien raide. Autrement, vous aurez simplement l'air d'une poupée désarticulée.

En grinçant des dents, je m'applique à reproduire la courbette obséquieuse des dagnirs. Ma préceptrice se contente de souffler en tordant nerveusement ses doigts boudinés. Odeleen et Daire, elles, luttent pour ne pas pouffer. Je dois paraître ridicule.

— Non, lâche-t-elle. Plutôt comme ça.

D'un geste ferme, elle tire mon menton sur le côté et penche ma tête en avant.

— Voilà, comme ceci. Imaginez que vous présentez votre front. C'est mieux.

De mon point de vue, j'ai surtout l'air d'un pantin dont on lèverait les fils pour le faire saluer une foule. Lorsqu'Odeleen s'adonne à cet exercice, on a l'impression que la révérence a été créée spécialement pour elle.

Les jours s'égrènent et les servilités cérémonieuses laissent place aux règles d'éloquence. Je me vois privée d'employer les mots « pouilleux » et « grouillots ». Mithra m'invite donc à les remplacer par « petites gens » en me précisant que mon langage familier ne fera qu'alimenter le mépris que les dagnirs nous portent.

Toutes ces convenances mettent ma patience à rude épreuve. À mesure que le temps passe, je dois me mordre les lèvres de plus en plus fort pour ne pas lâcher une raillerie de mon cru.

Il m'arrive de regarder mes sœurs se plier de bon cœur à tous ces principes en grimaçant. Je me dis alors que quelqu'un m'a fait une sacrée blague. Comment parviennent-elles à courber l'échine sans même sourciller ?

Au terme de quatre jours à caracoler dans les airs, l'océan embrumé apparaît enfin. Quand j'étais plus jeune et que les Sang Visage n'étaient encore qu'une vague menace, nous venions près de ces plages blanches. À l'époque, avant que les dagnirs ne s'approprient ces terres, elles étaient bordées par de grandes forêts luxuriantes. Les filles et moi nous amusions comme des folles dans les vagues, défiant les rouleaux furieux. Désormais, les lieux ont bien changé : le sol est d'un rouge poreux, l'aridité du climat écorche la peau au moindre coup de vent.

Les tapis perdent progressivement en altitude, jusqu'à atterrir dans le sable. Mithra nous dévisage tour à tour.

— C'est ici que nos chemins se séparent. Les shadhahvars sont un peu plus loin sur la crique et vous escorteront jusqu'à Pretamia. Nous ne voulons pas que votre comité d'accueil repère les tapis volants, alors il vous faudra marcher sur quelques lieues pour les rejoindre. Vos affaires seront acheminées au palais par bateau.

Elle désigne un trois-mâts qui se balance au milieu des flots. D'ici quelques heures, il aura atteint la côte.

— Quand arriverons-nous là-bas ? demande Odeleen en époussetant son pantalon de tulle.

— Je ne sais pas, Princesse. Personne n'est jamais revenu de Pretamia pour en parler. Allez-y, c'est le moment.

Les filles la saluent chaleureusement selon les usages. Je me contente de lui dire au revoir en agitant la main.

Accompagnées de Rakhshan et d'Iqbal – un autre garde djinn –, nous nous dirigeons vers la crique, les embruns nous balayant les cheveux. Comme Mithra l'avait affirmé, notre escorte dagnire est bien là et nous attend de pied ferme : sept hommes enrubannés dans des keffiehs et vêtus de burnous blancs. Leurs visages dissimulés derrière des tissus de la même couleur ne laissent entrevoir que leurs yeux très clairs. C'est la première fois que je me retrouve face à des dagnirs, je suis même surprise qu'ils nous ressemblent autant, si on oublie leurs habitudes vestimentaires un peu douteuses. Ils nous saluent d'un bref mouvement de menton. L'un d'entre eux s'avance et déclame d'une voix étouffée :

— Bienvenue sur nos terres, Princesses. Nous allons vous escorter jusqu'au palais de Pretamia, si vous nous le permettez.

Daire et Odeleen se courbent pour faire une révérence. J'oublie de les imiter, trop subjuguée par les montures qui paissent tranquillement derrière les palmiers, là où poussent quelques mauvaises herbes sèches.

Des shadhahvars.

Dans notre culture, ces créatures sont profondément respectées et on en voit peu à proximité de nos forêts. Elles abondent près des régions pretamiennes et éblouissent un paysage par leur simple présence. Gracieuses et minces, leurs muscles jouent sous un pelage doré qui poudroie à la lueur des soleils. Et ce n'est rien comparé à l'immense corne torsadée d'un blanc ivoire qui surmonte leur front.

— Vos shadhahvars ont été sellés, informe le dagnir en nous invitant à avancer d'un geste de la main.

Mes sœurs se rapprochent instinctivement de moi, comme intimidées. Je détache à contrecœur le regard de l'animal pour me tourner vers Rakhshan. Malgré ses évidentes réticences, il hoche la tête et nous obéissons.

À notre approche, les shadhahvars frappent le sol de leurs sabots fendus avec nervosité. Un des dagnirs m'entraîne vers ma monture. Lorsque celle-ci oriente sa tête dans ma direction, je découvre de grandes taches sombres sous ses yeux, lui conférant l'air un peu mélancolique. Je sens mon cœur se serrer. Chez nous, un tel animal s'ébattrait en liberté dans la nature.

Le shadhahvar qui m'a été attribué se laisse faire lorsque Rakhshan me hisse sur son dos. Même si je suis habituée à la hauteur en volant sur un tapis, me jucher sur cet animal me donne le tournis. Sa cage thoracique se gonfle et se dégonfle entre mes jambes avec une force peu commune. Je ne suis pas sûre d'apprécier cette impression de domination.

Je n'ai pas le temps de m'appesantir là-dessus puisqu'une fois que nous sommes tous installés, les dagnirs talonnent leurs montures. Celles-ci s'élancent sur le sable.

Je me dirige tout droit vers un lieu que je déteste déjà.

Les premières courbatures se manifestent très rapidement. Après deux heures passées immobile et le dos droit, j'ai l'impression que mes cuisses sont en feu. Mon shadhahvar trottine paresseusement et me ballotte d'un côté puis de l'autre. À ma droite, Daire se trémousse régulièrement pour apaiser ses douleurs, puis finit par somnoler, épuisée par ce voyage éreintant. Elle pique du nez à plusieurs reprises avant de se reprendre brusquement. J'aimerais beaucoup faire la même chose, mais les dagnirs silencieux ne m'inspirent rien de bon. Je n'ai pas l'intention de baisser ma garde en leur présence.

Je les fixe avec suspicion pendant un long moment, notant leurs attitudes et leur façon de se pencher les uns sur les autres pour se glisser quelques mots chuchotés. Aucun d'entre eux ne semble curieux de faire notre connaissance. On ne peut pas vraiment dire qu'ils sont très hospitaliers…

Le temps passe à une lenteur exaspérante. Autour de nous, tout n'est que désert et dessèchement. Un malaise grandissant m'oppresse la poitrine à mesure que nous approchons de Pretamia. Je le sens jusque dans mes tripes : je ne vais pas aimer cet endroit.

— Est-il possible d'observer une halte ? je glisse à Rakhshan qui n'a pas prononcé un mot jusqu'à présent.

Celui-ci m'examine de haut en bas et sourit imperceptiblement en me voyant me trémousser sur ma selle.

— Navré, Princesse Rozenn, mais c'est impossible. Notre escorte a reçu des ordres. En nous arrêtant maintenant, nous pourrions devenir des cibles pour les Sang Visage.

Il me tend une gourde. Je le remercie et fais de mon mieux pour ne pas la vider d'un trait.

— Nous serons bientôt aux portes du palais, poursuit-il. Je doute que Pretamia se trouve à plus d'une demi-journée de la plage.

— Vous voulez dire que nous n'aurons pas l'occasion de nous apprêter pour l'entrevue avec les princes ? panique Daire, bien réveillée cette fois.

Les lèvres de Rakhshan frémissent. Il a envie de rire, c'est évident.

— Ça, je ne sais pas, Princesse Daire.

Elle se tourne vers Odeleen.

— C'est une catastrophe ! Je ressemble à un épouvantail et je suis en nage. Sans parler de mes cuisses qui me font très mal ! Aucun des trois princes ne voudra m'épouser si je me présente comme ça, dégoûtante et percluse de douleurs.

— Tu es très bien, lui assure mon aînée. Les embruns de la mer ont apporté une petite touche rose à tes joues, ils vont adorer ça.

Et comme en écho à sa remarque, de grandes plaques écarlates s'installent sur l'épiderme de Daire. Sa façon à elle de rougir de plaisir face à un compliment.

Rakhshan surprend le regard soucieux que je pose sur ma sœur et approche son shadhahvar près du mien.

— Ne lui en veuillez pas trop, elle n'a que seize ans. À son âge, on ne rêve que du prince charmant.

Il parle juste assez fort pour que je sois la seule à l'entendre. Je raffermis ma prise sur la crinière de ma monture.

— Je n'étais pas aussi sentimentale, à son âge.

— C'est exact, convient-il d'un air amusé. Vous étiez une vraie petite manticore, votre mauvais caractère décourageait tous les pauvres garçons qui avaient le malheur de poser les yeux sur vous. Daire a bon cœur, elle pensait bien faire en vous suivant dans votre fuite et elle pense aussi bien faire en épousant un prince dagnir, comme son père le souhaiterait. C'est sa manière de fonctionner. Elle préfère arranger tout le monde.

Je n'avais pas vu la situation sous cet angle. Je hoche discrètement la tête et Rakhshan s'écarte de moi d'un habile coup de talon dans le flanc de son shadhahvar.

Les premières cités fortifiées apparaissent. Les maisons en argile aux toits de pisé s'imbriquent dans un ordre un peu aléatoire, donnant l'impression d'avoir été construites par des personnes un peu trop extravagantes. Nous nous enfonçons dans des ruelles où l'air est saturé d'iode. Les habitants s'arrêtent sur notre passage et observent notre procession avec une expression soupçonneuse. Ils sont tous vêtus de tuniques très amples qui gomment leurs silhouettes. Je sens leurs regards détailler nos tenues sans vergogne : les sarouels et les bandeaux bordés de breloques ne doivent pas faire partie de la mode dagnire…

— Oh, vous avez vu ? s'exclame Daire, la bouche incurvée. Ils nous ressemblent ! S'ils avaient une entrave, on pourrait facilement les prendre pour des djinns.

Cette idée paraît grandement la rassurer. Elle ne s'imagine pas un instant que ces êtres aussi semblables que nous puissent lui vouloir du mal. Radieuse, elle pose sa paume contre sa joue en guise de salut, mais l'effet est on ne peut plus direct : les badauds laissent échapper des exclamations outrées avant de nous tourner ostensiblement le dos. Certains se signent avec empressement, invoquant Shaabi, la déesse de la chance.

Ma jeune sœur s'en insurge :

— Quelles sont donc ces manières ? On m'avait dit que les dagnirs étaient impolis, mais là, ça dépasse l'entendement !

— Ne te mets pas dans tous tes états, la raisonne Odeleen. Ils ne sont pas habitués à voir des djinns, c'est tout.

— Nous sommes des princesses !

— Oui, mais vous êtes aussi des djinns, intervient l'un des hommes qui nous escortent, le regard rivé devant lui. Pour les classes populaires, les gens de votre espèce n'ont pas plus de valeur qu'un chameau, sans vouloir vous offenser.

Voilà qui commence bien… Nous sommes trop blessées pour trouver quoi répondre. Rakhshan n'a pas bronché, son visage n'exprime aucune émotion, comme si cette manifestation d'hostilité ne l'étonnait guère.

Si les classes populaires nous méprisent, alors qu'en est-il des nobles pretamiens ? J'ai la conviction que si Père avait entendu ce que cet homme vient de dire, il aurait catégoriquement refusé d'envoyer ses filles aussi loin de lui !

— Ces habitations sont bâties d'une drôle de façon, remarque Odeleen, résolue à chasser l'atmosphère tendue qui s'est installée.

Le dagnir oriente très légèrement la tête vers nous.

— Le quartier de Varda est connu pour son architecture qui sort de l'ordinaire. Attendez de voir le palais de Pretamia. Ces maisons-là ne sont que quelques bicoques badigeonnées d'adobe en comparaison.

Piquée par la curiosité, je scrute l'horizon, ma main en visière. Les habitations biscornues sont empilées les unes sur les autres dans un joyeux désordre. Plus nous nous approchons de Pretamia, et plus les ruelles sont étroites, tortueuses.

Décidé à jouer le guide touristique, le dagnir enrubanné nous explique que toutes les villes de cette région ont été érigées de manière à protéger les habitants des tempêtes de sable.

— Le désert est un fléau. Nous luttons contre son expansion tous les jours. Les températures sont extrêmement chaudes à certaines périodes de l'année, et l'architecture serrée ménage quelques zones d'ombre bienvenues.

Le voilà parti dans des explications sans fin et je m'en désintéresse très vite, laissant Odeleen l'écouter en hochant la tête à intervalles réguliers.

— Rakhshan, dans quoi nous sommes-nous embarqués ? je souffle en soutenant le regard peu amène d'une vieille dame à la peau ridée et brunie par des années de travail au grand air.

Sa main gantée se pose sur la mienne pour me réconforter. Ce geste plein d'empathie m'émeut plus que je ne saurais le dire.

— Tant que je serai là, Princesse, il ne pourra rien vous arriver.

— Vous ne comprenez pas…

— Peut-être. Peut-être que je ne comprends pas la situation avec votre acuité. Ce dont je suis sûr, c'est que le dagnir qui vous cherchera des crosses n'aura qu'à bien se tenir. J'ai rarement croisé un djinn aussi doué que vous au combat à la canne.

Je lui souris faiblement, même si j'ai bien envie de lui faire remarquer que ma canne n'a aucune chance face aux lames acérées des dagnirs. Nous sommes le bois, ils sont le métal.

Après une série de rues qui serpentent comme des ruisseaux, les portes de Pretamia apparaissent, hautes de plusieurs pieds. Il faut six gardes tout en muscles pour les ouvrir.

Les murs d'enceinte sont immenses et garnis de pics. Je n'en suis pas surprise, il est de notoriété publique que la péninsule a longtemps dû défendre son territoire contre les invasions de dagnirs venus d'autres confins du monde. Ces gens-là sont des as lorsqu'il s'agit de se faire la guerre pour quelques hectares caillouteux !

Au milieu de la cohue et du désordre qui règnent à chaque embranchement, la première chose qui m'interpelle est la poussière. Rakhshan nous conseille de nous protéger avec nos foulards. Je m'empresse d'obéir en toussant dans mes mains. Lorsque ma vue s'ajuste, je l'aperçois enfin, construit sur un plateau rocheux et inhospitalier : le palais de la Caste Maddy.

Hérissé de tours à bulbe défiant les lois célestes et de dômes étincelants sous les lueurs estivales, il se blottit dans le flanc d'une montagne, ne faisant qu'un avec la pierre ocre. Les murs aux créneaux dentelés s'amoncellent les uns sur les autres dans un amas compliqué. Les pinacles construits dans le giron de la roche étincellent de mille feux, m'obligeant à baisser les yeux.

J'ai du mal à identifier ce que cet endroit m'inspire. De ma vie, je n'ai vu qu'un seul palais : celui de Brymeriel. Et il ne ressemble pas du tout à cette demeure ostentatoire qui brille comme un astre.

— On dit que le mont Erh-Siavash – le pic que vous apercevez là-bas – est truffé de passages secrets, nous explique le dagnir. Ceci dit, personne n'a réussi à le prouver.

Il pointe ensuite les remparts du doigt. Ils doivent être à une centaine de lieues, mais sont si imposants qu'ils paraissent plus proches.

— La haute muraille grise qui s'étend au sud sépare Varda des terres volcaniques. Elle ceint la cité tout entière et isole cette zone des dangers de la chaîne de volcans où l'air est irrespirable et saturé de gaz.

Je suis du regard l'endroit qu'il nous indique, mais je ne distingue qu'un brouillard noir et compact.

J'ai à peine le temps de reprendre mon souffle que nos montures foulent une pelouse sans la moindre herbe folle.

Nous croisons quelques statues de marbre représentant des déités – les dagnirs semblent très pieux, contrairement à nous. Quelques paons déploient leurs queues aux mille yeux et viennent agrémenter ce tableau enchanteur.

C'est au milieu de ces jardins magnifiquement entretenus que Rakhshan m'enjoint à descendre de mon shadhahvar. Je caresse gentiment ses naseaux en guise d'au revoir, puis m'étire de tout mon long. Mes muscles contractés à l'extrême font remonter la douleur jusque dans ma nuque. Je serre les dents pour ne rien laisser paraître.

Le cœur battant à tout rompre et faisant fi de la splendeur étrange de ce palais hors norme, je me tourne vers notre comité d'accueil.

Chapitre 8

LE MIROIR SANS FOND

Le palais de Pretamia a été bâti dans la douleur et la sueur.
Autrefois demeure des Artisans, les lieux sont un imbroglio de couloirs et de pièces qui apparaissent toujours à des endroits improbables.
Les rumeurs prétendent que seuls les Maddy parviennent à s'y retrouver.

Passeur vers l'architecture, 2e volume,
Grande bibliothèque de Varda

Un homme grand et athlétique s'avance, flanqué d'une smala de silhouettes richement habillées. Ses cheveux d'un noir de jais tombent gracieusement sur ses tempes. Son visage est comme taillé à la serpe et son nez busqué lui donne beaucoup de caractère. Je dois admettre qu'il est particulièrement charismatique. Il dégage une prestance et une assurance qui en imposent.

— Mes salutations, Princesses Kaplang. Permettez-moi de vous souhaiter la bienvenue au sein du palais de Pretamia.

Il prend le temps de nous regarder de haut en bas d'un air appréciateur avant de poursuivre :

— Je suis le sultan Maddy. C'est un honneur de vous recevoir ici. Je veillerai personnellement à ce que votre séjour se déroule comme vous l'espérez.

Du coin de l'œil, j'aperçois Daire tenter de plaquer quelques mèches sur son front. La longue chevauchée les a rendus récalcitrantes. Vu les médisances qui courent sur les djinns, elle doit corroborer l'image qu'ils se font de nous, à savoir que nous ne sommes que des sauvages.

— Permettez-moi de vous présenter mon épouse, la sultane Padmé, ainsi que mes enfants.

C'est seulement à cet instant que je prends le temps de remarquer les dagnirs restés en retrait. Mon regard balaye très rapidement la femme plantureuse qui nous sourit d'un air pincé, dévoilant à peine les fossettes qui creusent ses joues.

— Mes fils, que vous serez amenées à mieux connaître dans les semaines à venir. Mon cadet, Cameron.

Le dénommé Cameron lève vers nous un regard franc et nous salue avec une grâce peu commune. Je ne peux m'empêcher de le fixer sans parvenir à démêler mes pensées. Je m'attendais à quelqu'un de parfaitement antipathique. En réalité, même s'il semble un peu crispé, je trouve qu'il a belle allure. Des boucles folles encadrent un visage harmonieux à la mâchoire carrée. Il est attirant dans son genre. Le nœud d'appréhension qui enserrait ma gorge se relâche légèrement.

— Voici Cayden. Nous venons de célébrer son dix-huitième anniversaire.

Il n'a que deux ans de plus que Daire. Celle-ci lui renvoie son sourire timide et pique un violent fard. S'il est étonné de ce changement de carnation brutal, Cayden ne laisse rien paraître. Ses traits ne sont pas encore départis des rondeurs de l'enfance, mais il est un peu plus grand que son frère. Sa beauté est plus classique, son port de tête plus fier.

— Et voilà Casey, ma plus jeune enfant. Dis bonjour, Casey.

Celle-ci effectue une rapide révérence, aussi bâclée et maladroite que la mienne. Elle ne doit pas avoir plus de quinze ans et son visage constellé de taches de son a l'air ouvert et franchement curieux.

— Enchantée, Princesses, salue-t-elle d'une minuscule voix de crécelle.

Elle m'adresse un sourire lumineux comme un soleil. Bien malgré moi, je ne peux pas m'empêcher de lui rendre la pareille.

— Cela fait beaucoup de prénoms en C, je lance sans réfléchir.

Je n'ai pas eu le réflexe de me taire à temps et écope du regard mortifié d'Odeleen. Prendre la parole sans y être invitée est une faute protocolaire, Mithra nous l'avait bien assez répété. Heureusement, ma réplique a un effet inattendu : les yeux du sultan se transforment en un océan de gaieté.

— Vous avez raison, ma chère. C'est une petite fantaisie qui me vient de mes ancêtres. Je m'appelle Callahan, et tous mes enfants portent un prénom qui commence par la même syllabe.

— Je croyais que vous aviez trois fils, j'enchaîne en désignant Cameron et Cayden.

Ma remarque semble beaucoup l'amuser.

— Mon fils aîné est en voyage sur les terres voisines depuis plusieurs jours et il vous prie de l'excuser de n'avoir pu vous accueillir selon les usages. Vous le verrez ce soir, lors du bal qui sera donné en votre honneur. Si vous voulez bien m'accompagner à l'intérieur…

Nous lui emboîtons le pas, suivis par la cour qui se presse à nos côtés dans des babillages indiscrets.

La richesse du palais dépasse toute imagination. Bien malgré moi, j'admire les boiseries et les magnifiques tentures qui tombent en drapé sur le sol. Ma réaction n'échappe pas à Cameron Maddy qui retient discrètement un rire.

Encadrée de mes sœurs, je m'avance dans le hall. Mes pas sont étouffés par un long et épais tapis débouchant sur un bassin creusé à même le sol, dans lequel nagent des poissons aux écailles phosphorescentes. En son centre se dresse un socle de marbre sur lequel est posée une jatte dorée. Au fond du hall, un monumental escalier à deux hélices attire les regards. Comme la Bulle et sa végétation luxuriante me semblent loin ! Étonnamment, je me sens oppressée dans cet endroit aussi vaste qu'une forêt. J'ai la sensation de ne pas être à ma place.

Si j'épouse l'un des princes comme c'est prévu, je serai condamnée à vivre et à élever mes marmots entre ces murs. Cette perspective me donne envie de hurler. Les djinns sont intimement liés à la nature. Dépérir derrière des murailles, voilà une idée qui pourrait me rendre malade.

— Quel joli vase ! s'exclame Daire en désignant la jatte du doigt. Quelle est son utilité ?

Quelques toussotements gênés lui répondent. Nos hôtes semblent surpris par sa question impromptue.

— Il s'agit de la Grande Urne, lui explique gentiment Callahan Maddy. La coutume veut que le sultan décide de son digne successeur et glisse son nom dedans. À ma mort, l'Urne sera brisée et un nouveau monarque sera proclamé.

— Avez-vous déjà choisi celui qui prendra votre place ? interroge Daire.

Sa candeur non feinte empêche quiconque de s'insurger de sa curiosité déplacée. Au lieu de quoi, le sultan paraît sous le charme.

— Oui, Princesse Daire. Mon épouse et moi avons déjà fait notre choix.

Derrière lui, Cameron et Cayden échangent un regard incertain.

— Il faut que vous sachiez une chose, précise le sultan Maddy d'une voix de velours. Ce palais a des particularités inhabituelles. Il y a plusieurs millénaires, les Artisans y vivaient et travaillaient dans leurs laboratoires. La magie djinn imprègne toujours les lieux, vous la sentez peut-être.

— Moi je ne sens rien, claironne Daire, le nez en l'air pour admirer les voûtes.

— Et pourtant elle est bien là, tout autour de nous. Elle se montre farceuse pour ceux qui ne sont pas habitués. Les salles et les corridors changent sans arrêt de place, selon un schéma aléatoire. N'ayez aucune crainte, vous trouverez toujours votre chemin grâce aux employés de maison. Nous mettrons à votre disposition une suivante qui sera en mesure de vous guider dès que vous quitterez vos appartements.

Trois jeunes filles apparaissent et s'inclinent en penchant la tête avec déférence. L'une d'entre elles se place derrière moi, tandis que les deux autres s'installent près d'Odeleen et Daire.

Le sultan nous sourit, affable.

— Nous allons vous laisser prendre vos aises dans vos quartiers et nous nous verrons aux festivités de ce soir. S'il vous faut quoi que ce soit, n'hésitez pas à en parler à votre suivante. Tous vos désirs sont des ordres, et elle se fera un plaisir de répondre à chacun de vos besoins. Quant à vous, Messieurs, ajoute-t-il en direction de Rakhshan et Iqbal, nous devons nous entretenir. Je vous invite à me suivre dans mon fumoir.

Il courbe brièvement l'échine, puis s'éloigne d'une démarche digne, accompagné de sa famille. Un peu déboussolée, je les regarde disparaître derrière une porte entrouverte. Rakhshan se retourne à deux reprises. Je devine qu'il n'est pas rassuré de nous abandonner ici.

— Ils ont l'air gentil, remarque Daire. Pas vrai, Rozenn ?

Je me contente de grogner.

— Ses fils sont très beaux, insiste-t-elle en se transformant à nouveau en coquelicot. Surtout le plus âgé, Cameron.

— Je suis bien d'accord, renchérit Odeleen, à la surprise générale. C'est sûrement un peu prématuré de dire une telle chose, mais ils ne me paraissent pas bien méchants.

— Princesse Rozenn ?

Je fais volte-face vers la voix qui m'a interpellée. Ma suivante et ses deux acolytes n'ont pas bougé. Je les avais presque oubliées.

— Oui ?

— Mon nom est Perle. Je suis chargée de vous guider et de m'assurer de votre bien-être le temps de votre séjour. Si vous le voulez bien, nous allons vous amener à vos appartements dès maintenant afin que vous puissiez vous apprêter.

Elle est jolie avec son petit minois en forme de cœur et ses cheveux couleur paille qui chatouillent ses paupières. Elle m'inspire une sympathie immédiate.

— Nous vous suivons, Perle.

— Tutoyez-moi, je vous prie. C'est l'usage, par chez nous.

En traversant les dédales de couloirs interminables, nous apprenons que les deux autres dames de compagnie se nomment Mokka et Atefeh. Si elles ne sont pas très bavardes, elles ne paraissent pas hostiles à notre égard. Bien au contraire.

— Les jeunes filles sont rares dans le château. Le sultan Maddy veille à ce que messieurs les princes ne côtoient pas n'importe qui.

Perle rougit quand elle s'aperçoit qu'elle a parlé plus que sa condition ne le lui autorisait. Les deux autres se sont raidies. Je m'empresse de les mettre à l'aise :

— C'est bon à savoir.

Dans un large corridor aux murs couverts de tableaux surréalistes, les suivantes nous indiquent trois portes à la poignée d'or. J'entre dans la pièce qui m'a été attribuée et me fige en découvrant ce que sera ma chambre pour les trois prochains mois. L'imposant lit recouvert de satin me paraît complètement disproportionné. Habituée à dormir dans une petite couche modeste, je me demande bien ce que je vais pouvoir faire de cet espace superflu et de tous ces coussins. De l'autre côté trônent une belle commode en merisier ainsi qu'une coiffeuse bardée de rosaces en diamant. Dans un coin, éloigné de tout le reste du mobilier, j'aperçois un grand miroir sur pieds. La façon dont il a été installé m'intrigue. Suivant mon regard, Perle bredouille :

— Ne vous inquiétez pas, Princesse. Il s'agit d'un miroir sans fond.

— Un miroir sans fond ? je répète sans comprendre.

Elle se triture les mains en baissant le nez.

— Oui, Princesse.

— Qu'est-ce que ça veut dire ?

Elle redresse la tête et me scrute d'une drôle de manière, les yeux plissés.

— Vous ne connaissez pas les différents types de miroir ?

Je prends place sur le lit et rebondis légèrement dessus pour tester sa solidité. La couche inconfortable de mon pavillon n'est plus qu'un souvenir, désormais.

— Non, je ne les connais pas. Quelle est donc cette histoire de miroir sans fond ? Explique-moi.

Perle se mord la lèvre, embarrassée. Je pense qu'elle aurait aimé parler de tout sauf de cela.

— Eh bien… il existe plusieurs miroirs, chez nous. Certains sont des… des portails vers d'autres lieux et permettent aux sujets du sultan Maddy de voyager en un éclair. On les appelle les miroirs de l'abîme. Il y en a une multitude d'autres sortes, ce serait bien trop long de tous les énumérer.

Elle a terminé sa phrase de façon précipitée, comme pour me

décourager de poser plus de questions. Seulement elle ne me connaît pas encore très bien : lorsque j'ai une idée en tête, il est difficile de m'en faire dévier.

— Et donc le mien n'est pas un miroir de l'abîme ?

Elle marque un temps d'hésitation à peine perceptible.

— N… non, Princesse. Il est tout ce qu'il y a de plus ordinaire.

Je jette un nouveau coup d'œil en direction du miroir, et manque de tomber à la renverse en distinguant une ombre mouvante en son centre.

— Qu'est-ce que c'est ? J'ai cru voir quelque chose…

Ma suivante hausse les épaules avec légèreté.

— Simplement la papote du miroir.

Je lève un sourcil dubitatif, incapable de détacher mon attention de cette silhouette qui se déploie dans un nuage de teintes mauves.

— La papote, tu dis ?

— Une entité chimérique qui hante les miroirs comme le vôtre. Les dames qui vivent au château les apprécient beaucoup, car elles font la conversation, vous aident à choisir vos tenues… Enfin, même si elle n'est qu'une illusion, la papote peut animer une soirée ennuyeuse.

Une papote.

Décidément, la Bulle est loin, très loin d'ici.

— Celle-ci est un peu timide, poursuit Perle avec un sourire sibyllin. D'ici quelques jours, je pense qu'elle se montrera.

— Et comment êtes-vous parvenus à concevoir de tels objets ?

— Ce sont des vestiges laissés par les Artisans, m'explique-t-elle. Ils utilisaient la magie des djinns à l'époque de l'esclavage et…

— Je vois, je coupe sèchement.

Je n'aime pas du tout parler de cette période où les djinns n'étaient qu'une banque de sang. Il y a encore quelques siècles, les miens étaient enfermés comme du bétail. Les dagnirs ponctionnaient leur sang duquel ils extrayaient le fluide, l'âme même de notre magie. En ingérant ce fluide, ils étaient par la suite capables de véritables prouesses.

Les explications de Perle font jaillir à nouveau le poison de la méfiance en moi. À la vue de Callahan et de sa famille, j'ai baissé ma garde, mais on ne m'y reprendra plus. Les Maddy sont les descendants d'êtres sanguinaires et sans foi, je me dois de m'en souvenir à chaque instant. Je suis au cœur même de la cité ennemie.

Chapitre 9

CHARME & SÉDUCTION

Ne vous fiez pas à la beauté anormale des Morphes.
Sous le panel de nuances qu'offre leur épiderme se cachent
des créatures pas plus astucieuses que des shadhahvars de trait.

Medouane Anédrian,
Maître penseur du cénacle académique

Perle réajuste une dernière fois les plis de ma robe de soie damassée. Celle-ci coule sur ma peau comme l'eau d'une source et épouse ma silhouette d'une façon que je n'aurais jamais crue possible. Des chaines d'or encerclent mon bassin et s'entrechoquent à chacun de mes pas dans de joyeux carillons. Les tenues que je porte à Mydriav sont toutes très jolies, mais elles ne gainent pas mon corps de la sorte.

Je me regarde une dernière fois dans le miroir, avec la sensation étrange que je contemple une parfaite inconnue. En quelques heures, le palais de Pretamia a fait de moi une autre femme. Ma peau est parfaitement uniforme, il n'y a pas de plaque qui pourrait trahir mes émotions les plus intimes. Ma poitrine émerge d'un nuage de tulle et je ne cesse de poser la main dessus, peu habituée à l'exhiber. J'ai refusé la parure que me proposait Perle, ne souhaitant pas trop en faire, même pour un bal. J'ai également demandé à ce que mes cheveux ondulent librement sur mes épaules.

En me contemplant dans le miroir, je ne peux m'empêcher de suivre des yeux l'ombre de la papote timorée qui danse d'un bord à l'autre du cadre en or.

— Vous êtes sûre pour la coiffure, Princesse ? insiste Perle pour la énième fois. Loin de moi l'idée de vous importuner avec ce détail, mais à Pretamia, il n'y a que les femmes de petite vertu qui ne relèvent pas leur chevelure. Une jolie tresse bien étudiée fera ressortir votre nuque gracile. Je suis certaine que…

— C'est très bien comme ça, je coupe avec fermeté.

— Permettez-moi d'insister.

Elle n'en mène pas large.

— Lorsqu'ils vous verront ainsi, je vais devoir en subir les conséquences.

Je lui attrape les mains qu'elle s'applique à tordre convulsivement.

— Si on te pose la question, je t'ordonne de dire que tu as dû céder à un caprice de princesse pourrie gâtée.

Ma réponse fait mouche : elle rit avant de secouer la tête, comme pour se reprendre.

— Vous êtes très… différente des personnes que j'ai l'habitude de servir, Princesse.

— Tu me vois ravie de l'apprendre, je glousse à mon tour avant de franchir la porte.

Mes sœurs m'attendent, maîtrisant mal leur impatience.

— Enfin, tu daignes te montrer ! me lance Daire en guise de salutation.

Elle porte une gandoura retenue sur ses épaules par des broches en or. Le tissu s'évase au niveau des chevilles et son bleu pervenche met en valeur ses courbes gracieuses.

— Cette tenue te va bien, Roz, dit Odeleen en posant une main fraîche sur ma joue.

— Toi aussi, grande sœur.

Et encore, le mot est faible. Tout comme Daire, Odeleen a suivi les conseils de sa dame de compagnie en relevant ses cheveux bruns en une couronne de nattes compliquées. Sa robe est époustouflante et sculpte son corps d'une remarquable manière. Ses épaules dégagées laissent voir ses clavicules saillantes.

— Si vous voulez bien nous suivre, dit Atefeh qui avise ma coiffure avec appréhension, nous allons vous accompagner jusqu'à la salle de réception.

Le trajet me paraît long. Nous traversons corridor sur corridor dans de joyeux claquements de talons et je finis par me perdre à mesure que les suivantes poussent les portes. Chaque pièce rivalise de luxe, meublée avec une nonchalante élégance. Des lueurs tamisées, renvoyées par les perles de lave, illuminent les tapisseries. Les Maddy ne donnent pas dans l'ostentatoire.

— Comment réussissez-vous à vous repérer dans ce palais ? demande Daire en épongeant son front qui commence à se perler de sueur.

Les domestiques échangent un bref coup d'œil.

— Nous ne sommes pas autorisées à en parler avec vous, s'excuse Atefeh.

— Dites-nous au moins si c'est encore loin.

— Je ne sais pas, Princesse…

Daire hausse un sourcil surpris.

— Ah. Bon.

Au bout de quelques minutes passées à boitiller sur le sol en marbre, je décide de retirer mes escarpins, sous le regard médusé de nos suivantes. Seule Perle s'accorde un petit rire. Odeleen, elle, n'est pas du tout amusée, et malgré ses remontrances, je n'accepte de les remettre qu'une fois l'escalier atteint. Un brouhaha nous parvient en contrebas.

Nos dames d'honneur s'affairent à réajuster nos coiffures et nos caftans. Perle me glisse à l'oreille un tremblant :

— Vous allez faire tourner des têtes, Princesse.

Je suis tentée de lui dire que je n'ai aucunement l'intention de trouver un bon parti lors de cette réception, mais voyant la gentillesse dont elle fait preuve à mon égard, je m'abstiens de tout commentaire et me contente de hocher la tête.

Lorsque nous arrivons sur les premières marches, tous les regards se lèvent pour nous regarder descendre. Effleurant la rambarde, Odeleen se lance la première avec une grâce qui n'appartient qu'à elle. Je la suis, tout en me concentrant pour ne pas faire un faux pas avec mes escarpins qui m'écrasent déjà les orteils. Comme mes vieilles babouches me manquent !

— Ses majestés les princesses Odeleen Kaplang, Rozenn Kaplang et Daire Kaplang.

Une salve d'applaudissements. Les visages sont polis, sur la réserve. Je distingue des expressions vaguement méprisantes, puis d'autres, inquisitrices. Nous sommes l'objet de toutes les curiosités, ce soir.

Le sultan en personne émerge de la foule, vêtu d'atours précieux et tape-à-l'œil. D'un signe de main parfaitement mesuré, il nous indique l'entrée vers la salle de bal.

— Chères invitées, je suis fort aise de vous voir aussi raffinées et reposées. Si vous voulez bien…

Ma tête tourne et mon cœur tambourine en rythme avec la musique qui s'échappe de toutes parts. J'ai pris place à la table d'honneur, entre mes sœurs, au milieu de coussins aussi légers que des nuages. Les nobles se sont succédés pour déposer fleurs et présents à nos pieds. J'ai surpris bien des regards curieux qui inspectaient mes mains, à la recherche de mon entrave, d'autres trop sibyllins pour être interprétés.

Je n'ose me tourner ni vers Odeleen ni vers Daire. La sensation d'être écoutée, malgré le vacarme ambiant, ne me lâche pas un instant.

Heureusement, la présence de Rakhshan à mes côtés m'enlève un poids énorme. Mes sœurs et moi sommes attifées comme des dagnires, mais Rakhshan, lui, est toujours le même et porte la tenue réglementaire des veilleurs djinns, sa canne bien serrée dans le dos.

Un peu plus loin siègent Cameron – magnifique avec sa redingote d'un rouge flamboyant et ses boucles brunes domestiquées en arrière – et Cayden, les épaules un peu rentrées, signe qu'il aimerait être n'importe où sauf ici. Aucune trace du troisième fils Maddy ni de leur fille.

Lorsque les plats sont servis, je m'aperçois que je meurs de faim. Les djinns étant végétariens, je délaisse la viande et commence à m'empiffrer des légumes fumants, à tel point qu'Odeleen doit me pincer pour que je ne perde pas de vue les règles de bienséance élémentaires. Les premières bouchées sont une véritable extase. Les saveurs se répandent généreusement sur ma langue et mon estomac gronde un peu plus fort, comme pour m'encourager à avaler plus vite. Les plats me sont tous inconnus, le vin est si racé que j'ai peur de m'enivrer en une gorgée. Mon aînée picore avec réserve dans son assiette, comme Mithra Irupe nous l'a appris. À ma gauche, Daire a succombé comme moi à ce pur délice gustatif.

D'un commun accord, nous nous abstenons cependant de saucer avec notre pain et posons nos couverts avant tout le monde. Au moment d'utiliser le rince-doigts, je constate que des couples ont commencé à virevolter sur le parquet au son de la musique. Et un clignement de paupières plus tard, une main se tend vers moi pour m'inviter à participer.

Cameron.

— Princesse Rozenn, m'accorderiez-vous cette danse ?

Sa voix est chaude et délicieusement tentante.

Partagée, je me mords la lèvre. Le sultan Maddy et sa femme ne perdent pas une miette de la scène. Je me penche par-dessus la table et lui chuchote :

— Merci pour l'invitation, mais… je ne suis guère douée pour la danse dagnire.

Durant le vol vers Pretamia, notre instructrice a bien essayé de nous inculquer l'art de la pantomime, la danse qui consiste à balancer les hanches en rythme tout en claquant des talons. Si mes sœurs se prêtaient facilement à l'exercice, moi, je me contentais d'écraser des orteils. Je préfère nos danses à nous, plus intuitives et moins engoncées.

Je m'attends à une réaction moqueuse, mais à la place Cameron dévoile ses dents parfaitement alignées et agite légèrement la main, pas découragé pour un sou.

— Ça n'a aucune espèce d'importance. Je vous guiderai, vous pouvez compter sur moi.

Prise d'un élan intrépide, je me lève. Un peu trop vite, cela dit. Perle s'empresse de repousser les coussins pour faciliter mes mouvements. Je redresse mon jupon – tant pis pour les bonnes manières ! – et contourne la table de ma démarche la plus gauche. Cameron ne me quitte pas une seconde des yeux.

La musique ralentit à cet instant. Plus douce. Plus langoureuse. Le temps de la pantomime est terminé, laissant place à la subtile enlaçade, la danse de la séduction. Cameron se rapproche si près que je peux sentir son odeur. Un mélange boisé qui ne calme pas du tout les battements désordonnés de mon cœur. Ses mains glissent le long de ma taille alors que les miennes trouvent naturellement le chemin vers sa nuque. J'avais craint qu'il me plaque contre lui de manière trop possessive, mais il se contente de m'apporter un appui, tout en m'offrant la liberté de m'échapper. Son étreinte est à la fois tentatrice et respectueuse.

— Vous n'avez pas peur que vos sujets vous raillent ? je murmure à son oreille.

Je calque mon pas sur le sien et laisse la pression de ses paumes imposer le tempo. Du coin de l'œil, je le vois froncer les sourcils.

— Qu'ils me raillent ? Pourquoi donc ?

— La toute première danse… Vous choisissez la plus empotée des trois sœurs. C'est tout de même pas de chance.

Je l'entends glousser tout bas. Il s'est sensiblement rapproché et le contact de nos joues me procure une sensation encore inconnue.

— Vous ne semblez pas du tout empotée. J'aurais plutôt dit que vous êtes la plus mystérieuse.

— Par pitié, cessez de vous moquer de moi, je ris, un peu incrédule.

Son sourire s'élargit, creusant d'adorables fossettes sur ses joues.

— Je ne plaisante pas. Vous êtes particulièrement fascinante. Vos yeux, surtout. Ils n'ont jamais la même couleur.

En réponse, je me hâte de les baisser. Il n'a pas encore compris que la teinte de mes iris reflétait mes émotions les plus enfouies.

— On dit pourtant de moi que je suis un livre ouvert, je contre d'une voix un peu trop rauque. Sans compter que j'ai le plus grand mal à canaliser mes impulsions.

— Voilà une description de votre personnalité qui me plaît assez, glisse-t-il tout bas.

Je me détache de lui, sans pour autant cesser de danser.

— Est-ce habituel pour vous de minauder avec toutes les jeunes femmes qui résident à la cour ?

Il n'est pas encore familiarisé avec mon franc-parler, son front se plisse. Il m'a l'air sincèrement étonné par ce revirement.

— Pas le moins du monde. Il était de mon devoir d'inviter une des princesses. Le hasard a fait que…

Il s'interrompt, malicieux.

Je ne peux m'empêcher de taper son torse du plat de la main, faussement fâchée.

— Ben voyons. J'aurais dû m'en douter !

Et nous rions sous cape, comme deux comploteurs.

Lorsque les derniers accords retentissent, nous nous séparons et je regagne ma place sous les regards un peu sonnés de mes sœurs. En bout de table, le sultan lève son verre dans ma direction, appréciateur. Ce simple geste me rappelle que je suis venue ici contre mon gré et je me renfrogne pour faire bonne mesure.

— Alors ? attaque Daire qui trépigne d'impatience.

— On en parlera tout à l'heure, tu veux bien ? je lâche entre mes dents.

Le prince Cayden laisse s'écouler quelques minutes avant d'inviter ma jeune sœur, qui ne se fait pas prier. Avec agilité, elle le rejoint et se met à tournoyer sans cacher son ravissement.

— Le courant a l'air de passer, chuchote Odeleen en entrouvrant à peine les lèvres.

Elle non plus ne souhaite pas que l'on nous entende parler.

— Ça m'est égal, je réplique sur le même ton. S'il te plaît, je te le cède bien volontiers. Dans trois mois, je serai de retour à Mydriav.

— C'est possible, admet-elle. Mais… mais c'est peut-être l'occasion de voir les dagnirs différemment, tu ne penses pas ?

Comme je ne réponds pas, le regard fixé sur le charmant couple que forment Daire et Cayden, elle termine :

— Le prince Cameron n'est pas tellement mon genre, mais c'est évident qu'il ne te laisse pas insensible. Quel honneur d'ouvrir le bal en partageant sa première danse avec toi.

Il n'y a aucune trace de méchanceté ou d'ironie dans les paroles de ma sœur. Elle se réjouit sincèrement pour moi. Cependant, en mon for intérieur, l'émoi qu'a provoqué ma première danse avec Cameron se dispute à l'envie de rester une djinn fière, qui n'a pas besoin de se marier pour exister.

Je n'ai pas le temps de lui décrire mes tourments que les lumières se font plus diffuses.

Chapitre 10

FLEURS ÉPINEUSES

Rose de minuit,
Longtemps haïe,
Pour tes épines.

Extrait d'un vieux poème de **Mydriav**

Tout le monde regagne sa table.

Encore grisée par sa danse endiablée avec Cayden, Daire s'affale sur son siège en palpant ses pommettes cramoisies. Je l'ai rarement vue aussi troublée.

Lorsque le silence s'installe, le sultan et son épouse se redressent et nous invitent à faire de même. Nous nous retrouvons sur le grand tapis central. Le sourire de Callahan Maddy ressemble à un rictus carnassier et ses dents brillent dans la semi-pénombre.

— Princesses, laissez-moi vous dire à quel point je suis heureux de vous ouvrir les portes de ma modeste demeure.

Modeste demeure, tu parles, je songe en me retenant de lever les yeux au ciel, pensant à tous ces habitants entassés dans des maisons lilliputiennes, à quelques lieues d'ici.

— Il serait malvenu de ma part de vous accueillir sans vous offrir un cadeau de bienvenue. Il m'a fallu un temps considérable pour choisir quelque chose susceptible de plaire à chacune d'entre vous. Princesse Odeleen, ce premier présent est pour vous.

Un serviteur approche d'une démarche solennelle, portant une petite boîte ouvragée sur un coussin brodé d'or. Odeleen ne laisse rien paraître et se contente de pencher la tête en signe de remerciement. Elle attrape la boîte qui tient dans sa paume et ouvre le couvercle. J'ai le temps de voir l'expression polie de son visage disparaître, laissant place à la perplexité.

Le sultan Maddy précise avec bonne humeur :

— Je me suis laissé dire que vous aimiez les vieilles choses, les objets ayant une histoire. Celui-ci en a une passionnante, vous pouvez me croire.

Avec précaution, Odeleen soulève une chaîne en or blanc raccrochée à un magnifique sautoir. Elle peine à se montrer enjouée et je n'en saisis pas toute de suite la raison.

— Il s'agit d'un artefact.

Et là, je comprends pourquoi ce cadeau ne l'enchante pas. À l'époque de l'esclavage, les dagnirs enfermaient leur djinn dans des artefacts. La mode voulait qu'ils soient captifs des lampes à lave, mais on les plaçait aussi dans des bijoux ou des bibelots plus communs. Lors-qu'on savait le manipuler correctement, le djinn prisonnier en sortait et cédait son fluide à son maître. Il ne pouvait pas s'échapper de l'artefact, sauf si son tortionnaire en décidait autrement.

Scandalisée, je dois me museler pour ne pas lâcher une remarque acide. Le sultan Maddy vient d'offrir un objet d'asservissement à une djinn dont les ancêtres ont connu l'esclavage. On ne peut pas faire plus inconvenant.

Odeleen repose le sautoir sur son socle comme s'il lui brûlait les doigts. D'une voix parfaitement maîtrisée, elle déclame avec lenteur :

— Merci, Sultan Maddy, pour ce très généreux présent.

— Ne vous inquiétez pas, cet artefact est vide. L'esclavage des djinns est un pan de notre Histoire que nous ne pouvons renier, mais devant vous, j'en fais le serment, nous ne sommes aucunement animés de mauvaises intentions.

Sans attendre la réponse de ma sœur aînée, il se place devant Daire.

— Chère Princesse Daire, si douce, si loquace. Vous êtes un peu comme ces oiseaux qu'on ne peut laisser très longtemps enfermés. Vous méritez de déployer vos ailes. J'ai ouï dire que vous étiez très fleur bleue et romantique.

Ma cadette éclate d'un rire enchanteur avant d'avouer :

— Je plaide coupable, Votre Majesté.

Il s'approche d'elle. Beaucoup trop près. J'ai envie de m'interposer, de lui ordonner de reculer, mais ce serait mettre en danger la fragile entente qui règne entre nos deux espèces. Alors j'attends, pensant secrètement à la canne dissimulée contre ma cuisse et cachée par les gracieux plis de ma tunique.

Le sultan attrape la main de ma sœur entre ses deux paumes et se penche pour atteindre son oreille. Je ne suis pas assez près pour entendre ce qu'il lui chuchote, mais une vive lumière mordorée passe entre leurs épidermes, tirant des exclamations ahuries partout dans la salle.

— Et voilà pour vous. Pas de belles toilettes ni de bijoux brillants. Simplement un modeste présent dont vous prendrez connaissance sous peu. Vous m'en remercierez, j'en suis certain.

Daire se décompose et je vois la déception se peindre sur son visage. Ce n'est pas une robe. Ce n'est pas un bijou. Juste une promesse. Il y a donc peu de chance pour que ça lui plaise.

Le sultan a ouï dire… eh bien, il entend mal !

Avec une moue, ma cadette fait la révérence.

— Passons à vous, Rozenn. Personnalité volcanique. Franc-parler. Vous ne faites jamais dans la demi-mesure m'a-t-on dit. Vous êtes comme ces fleurs épineuses, aussi somptueuses que piquantes. Votre nom vient-il de là ?

Son ton doucereux m'indiffère. Je me contente de lever un sourcil sans ouvrir la bouche. Mon mutisme n'a pas l'air de le déstabiliser puisqu'il continue :

— J'ai décidé de vous offrir quelque chose de très rare qui, je l'espère, vous ravira.

Il fait signe à un serviteur qui s'avance avec un nouveau coffret, cette fois-ci recouvert d'un drap noir. Le sultan s'en empare et le tient devant moi.

— Je vous en prie.

Me constituant une expression indéchiffrable, je soulève le drap d'un mouvement brusque. Je dois cligner des yeux à plusieurs reprises, tant ce qui s'y trouve m'aveugle. En me penchant, je distingue une boule de poils pelucheuse et luminescente qui m'observe de ses grandes prunelles noires. Elle couine, désorientée.

— Qu'est-ce que c'est ? je lâche en fronçant le nez.

Ma réaction glaciale fait courir un vent d'indécision dans la foule de dagnirs. Le sultan Maddy ne s'en offusque pas.

— Il s'agit d'une aura. Ce sont des créatures peu communes et extrêmement difficiles à attraper. Tout comme vous, Morphes, elles sont capables de modifier la couleur de leur corps et peuvent presque devenir invisibles en cas de grand danger. Si vous la caressez, tous vos soucis s'envolent et la vie paraît plus belle. J'ai pensé que votre caractère tempétueux pourrait se trouver assagi grâce à cette petite chose.

Comment insulter son invitée en lui offrant un présent ; il me semble que le sultan Maddy est un expert en la matière.

— Je vois. Eh bien… merci, pour ce… ce cadeau, Majesté, je lâche du bout des lèvres.

J'attrape le coffret et le cale contre mon ventre. L'aura s'agite de plus en plus.

— Méfiez-vous, tout de même. Ces petites bêtes sont fugueuses. Lorsque vous l'utiliserez, il faudra la tenir fermement.

— C'est noté.

Et je serre les mâchoires pour ne pas commettre un nouvel impair. Par-dessus l'épaule de son paternel, Cameron me lance un regard désolé.

Les globes de lave gagnent en luminosité et la musique reprend sous les applaudissements nourris de l'assistance. Je tends la cage de mon animal de compagnie à Perle, qui s'en empare au moment où les serviteurs commencent à changer les plats. Elle la maintient contre elle avec un sourire timide.

Cameron invite Odeleen à danser et Cayden fait de même avec moi. J'ai tout de même droit à la petite moue mécontente de Daire et je lui chuchote en passant :

— Ne boude pas. Il sera tout à toi pour la danse suivante.

Dès les premiers accords, je prends conscience que Cayden est meilleur danseur que je ne le serai jamais. Son grand corps noueux de muscles ne fait qu'un avec la musique. Il a la délicatesse de ne pas s'apercevoir de mes maladresses.

— Ne soyez pas gênée, Princesse Rozenn. Vous êtes aussi gracieuse qu'un cygne, affirme-t-il lorsque je m'excuse une nouvelle fois pour mes faux pas.

Même s'il ment pour alléger mon malaise, je lui en suis reconnaissante. De près, sa beauté aristocratique est encore plus saisissante.

— Il faut dire que dans nos cahutes, nous n'avons pas souvent le loisir d'organiser des réceptions.

Mes sarcasmes ne semblent pas du tout le déranger, bien au contraire.

— Je n'en crois pas un mot. On pourrait aisément penser que vous évoluez dans ce milieu depuis votre plus jeune âge.

Je lui tire la langue, c'est plus fort que moi. Il me répond par un clin d'œil joyeux. Après quelques minutes passées contre lui, je me détends et nous entamons une discussion plus sérieuse :

— Comment prenez-vous l'idée de devoir épouser l'une d'entre nous à l'issue de ces trois mois ?

Son attitude droite me pousse à être la plus honnête possible.

— Lorsque mon père nous a appris la nouvelle, je dois vous avouer que je n'étais pas particulièrement allègre… Je suis navré si ça vous choque, veuillez me pardonner.

— Choquée ? Pas le moins du monde, je réponds. Pour être tout à fait honnête, j'ai essayé de m'enfuir pour y échapper.

Ses yeux s'ouvrent comme des soucoupes.

— Ils vous ont rattrapée.

Ce n'est pas vraiment une question dans sa bouche.

— Oui.

— Et vous comptez retenter l'expérience ?

Il ne plaisante pas. Il est vraiment curieux de savoir.

Je secoue la tête.

— Ce n'est pas dans mes projets immédiats.

Un léger frémissement parcourt le coin de ses lèvres.

— Quelque chose vous a fait changer d'avis ? Force est d'admettre que Cameron peut se montrer charmant quand il le souhaite. Vous lui avez tapé dans l'œil, je crois.

Mon regard se porte sur l'intéressé, qui tient ma sœur aînée près de lui.

— Tout comme vous avez tapé dans l'œil de Daire, je fais pour cacher mon trouble.

C'est à son tour de hocher négativement la tête.

— Puisque nous jouons cartes sur table, je vais vous dire la vérité : je ne compte pas faire mon choix pendant les trois mois que durera votre séjour chez nous. Être contraint de me marier me déplaît profondément, même si c'est dans l'intérêt de mon pays.

Je me recule légèrement pour mieux le jauger. En ces lieux somptueux, il y a au moins un dagnir qui partage mes craintes. Nous restons plusieurs secondes à nous contempler comme si nous nous voyions pour la première fois. Au milieu des froufrous des robes et des rires avinés, le temps vient d'arrêter sa course.

— Vous ne vous marierez pas ?

— Non. Je suis désolé.

— Ne le soyez pas. Je ne compte pas non plus épouser qui que ce soit.

Il penche légèrement la tête et je lis la compréhension dans ses yeux. Le respect, aussi. Ce fardeau, nous sommes deux à le porter à cet instant.

Après avoir quitté les bras de Cayden, je patiente le temps de quelques danses avant de prendre congé. Mes sœurs s'empressent de m'imiter et nous remontons l'escalier d'honneur, suivant nos dames de compagnie qui pépient à tort et à travers entre elles, heureuses d'avoir assisté à une fête aussi réussie.

Je serre la cage de l'aura contre moi en rêvant déjà d'une bonne nuit dans les draps de satin.

— De quoi avez-vous parlé avec Cayden ? attaque Daire sans tarder.

— Si ça peut te rassurer, notre conversation n'avait rien d'un batifolage. C'est un gentil garçon.

— Je le sais très bien, fait-elle, piquée au vif. J'ai pu m'en apercevoir durant notre danse. Vous sembliez très complices, tout le monde vous regardait et…

Odeleen intervient :

— Daire, nous venons seulement d'arriver. Prends ton temps avant de tomber sous le charme de qui que ce soit. Il nous reste trois mois pour apprendre à les connaître. En plus, nous n'avons pas encore rencontré l'aîné.

— C'est vrai, consent-elle en se tapotant le menton. Cameron est très beau et il m'a fait beaucoup de compliments ! Je pensais qu'il avait choisi Rozenn en premier parce qu'elle était sa préférée, mais vu tout ce qu'il m'a dit, je gage que je lui plais aussi beaucoup.

Je hausse les épaules avec indifférence. Cameron et Cayden sont intéressants, chacun pour des raisons différentes, mais je ne suis pas venue ici pour me dénicher un bon parti. Daire peut butiner là où elle le souhaite, je ne marcherai pas dans ses pas pour essayer de lui faire de l'ombre.

— Et toi, Roz, m'interpelle Odeleen avec entrain, comment les as-tu trouvés ?

Mon aînée a l'air de vivre cette situation avec calme et sérénité. La sensation d'être seule au monde me submerge à nouveau, maintenant que je ne peux plus croiser le regard de connivence de Cayden et y lire les mêmes émotions que les miennes.

— Ils sont charmants, je réponds, sur la réserve.

Odeleen pousse un petit soupir.

— On ne peut le nier. Et dire que nous étions prêtes à nous enfuir pour leur échapper.

En voyant mon expression choquée, elle rajoute :

— Ne te vexe pas, mais ce que nous faisons est important. La décision que nous prendrons, quelle qu'elle soit, influencera le peuple djinn. Il est possible que nous ne nous mariions pas, mais un pas aura été fait en faveur de la paix. C'est très encourageant. J'avais des doutes concernant les bonnes intentions du sultan, désormais je suis un peu rassurée.

— Même si ses présents étaient d'un très mauvais goût, marmonne Daire. Franchement… me prendre les mains… Tu parles d'un cadeau moisi !

Je baisse le nez sur le coffret dans lequel la petite créature s'agite comme une manticore en cage. Elle doit mal supporter l'enfermement.

Les lèvres d'Odeleen se plissent en une ligne droite.

— C'est vrai. Je me suis demandé si c'était un message de paix qu'il cherchait à nous faire passer, ou s'il essayait de nous nous mettre en garde. M'offrir un objet imprégné du fluide d'un djinn, et toi Roz… Une aura pour calmer tes humeurs ! Quelle honte !

Je retrouve un peu la sœur aînée que je connais. Celle qui ne plie pas facilement face à l'autorité. Hélas, lorsqu'elle ouvre à nouveau la bouche, je déchante complètement :

— Enfin, à mon avis il ne pensait pas à mal. Il faut avouer que ton cadeau est extraordinaire. Une aura, tu imagines ? D'après ses dires, c'est une créature plutôt rare.

Je suis obligée de me pincer très fort pour ne pas répondre par une remarque aigre.

Une fois dans l'allée qui mène à nos chambres, les dames d'honneur s'arrêtent et nous adressent de grands sourires sincères. Nous nous séparons et, lorsque Perle ferme la porte dans son sillage, je m'autorise à pousser un long soupir las.

Deuxième partie
Djinn apprivoisée

Chapitre 11

ENTRAVE POUR LA VIE

GRANDS ARTISANS : *Confrérie de dagnirs qui ont voué leur vie entière à l'étude des djinns. Très secrète, l'organisation s'est implantée à l'écart de toute civilisation, dans des gorges rocheuses situées près de volcans en éruption.*
À l'heure actuelle, leurs expériences demeurent encore mystérieuses, mais ils sont à l'origine des artefacts et de l'asservissement des djinns.

Encyclopédie des Contes et Mystères en Terres Libres

J'ai l'impression que mes prunelles prennent feu lorsque Perle ouvre les rideaux le lendemain matin, laissant jaillir un flot de lumière droit sur ma couche. Le souvenir de mon rêve s'estompe brutalement, mais j'ai le temps d'attraper au vol l'image furtive du prince Cameron. Je ne sais pas ce qu'il faisait dans mes songes, mais ça m'avait l'air bien agréable…

En grommelant, je rabats les couvertures sur mon visage et me recroqueville sur moi-même.

— Princesse, m'appelle ma suivante avec ses accents joyeux, le moment est venu d'émerger ! Dame Padmé et Dame Casey vous attendent pour un après-midi au boudoir.

Je laisse un de mes yeux s'aventurer dehors.

— Qu'est-ce que c'est que ça ?

— Une pièce dans laquelle les femmes de la cour se réunissent. Elles y boivent le doogh et bavardent dans l'intimité. Il n'y aura pas grand monde, aujourd'hui. La sultane a préféré un moment intimiste pour vous mettre à l'aise.

Les cheveux ébouriffés et la mine de papier mâché, je grommelle un peu plus fort :

— Ça ne m'intéresse pas. Laisse-moi finir ma nuit.

— N'êtes-vous pas un peu curieuse de savoir à quoi vous occuperez vos journées durant votre séjour chez nous ? Il y aura les réunions de famille, les fêtes, les repas officiels… et aussi les rendez-vous ! Paraît-il que le sultan s'est enfermé dans son cabinet avec ses vizirs, ce matin. Ils sont en train de mettre en place vos entrevues avec les princes. On dit que l'ordre de passage sera déterminant.

S'il subsistait encore un doute, j'ai néanmoins une certitude : ma suivante parle beaucoup trop ! Elle ne semble même pas découragée par mes grognements de plus en plus exaspérés. Ses doigts se referment sur les draps richement ouvragés, qu'elle écarte doucement.

— Il faut du temps pour choisir votre tenue, vous coiffer et vous maquiller. Si vous arrivez en retard, la sultane le prendra très mal, vous savez. Déjeuner au boudoir avec elle, c'est un grand honneur.

Ça me fait une belle jambe !

De mauvaise grâce, je me redresse en me frottant le dos de la main, là où se trouve mon entrave. Un de mes tics lorsque je suis contrariée. Perle la fixe un moment avant de se détourner.

— C'est ce qui t'intrigue ? je demande en agitant mon poignet sous son nez.

Elle pique un fard.

— Je vous prie de m'excuser. C'était inconvenant de ma part.

Je me radoucis en la voyant aussi mal à l'aise.

— Pas du tout, je ne t'en veux pas. Cette marque est affreuse.

Et je me mets à la gratter machinalement, comme s'il était possible de la faire disparaître.

— Je ne trouve pas, me dit-elle, remise de son accès de timidité. Le dessin est très… très joli.

Quelque chose dans mon regard la fait rapidement battre en retraite. Elle bafouille maladroitement :

— Je vais chercher de l'eau froide pour vous rafraîchir. Je reviens très vite.

— Reste ici, Perle, j'ordonne. S'il te plaît.

Elle se fige juste devant la porte et se retourne avec lenteur.

— Tu n'as pas à être nerveuse avec moi, tu peux me dire tout ce qui te traverse l'esprit.

Elle se triture les doigts, comme chaque fois qu'elle ne maîtrise pas la situation.

— J'ai… Je… Vous savez, c'est un peu nouveau pour nous, ici. On ne voit jamais de djinns à la cour. Oh, j'en ai déjà aperçu de loin, comme ça, mais vous êtes la première que je peux contempler d'aussi près.

Ses traits s'animent, toute réserve envolée.

— Le plus étonnant, ce sont vos yeux. Leur couleur n'est jamais la même. Je ne l'ai pas remarqué tout de suite, mais la toute première fois, ils étaient d'un noir d'encre.

— J'avais peur, la première fois.

Je crois qu'elle ne m'a pas entendue. Elle poursuit sur sa lancée :

— Et lorsque vous avez enfilé votre magnifique caftan de bal et que je vous ai vue à travers le miroir sans fond (elle émet un petit rire incrédule) ils étaient améthyste. Du même améthyste que les violettes qui bordent la cour intérieure. Je me suis traitée de folle, puis je me suis rappelé par la suite que les djinns… Je veux dire, les Morphes comme vous, sont capables de changer physiquement, de s'adapter à leur environnement à la manière des caméléons.

Elle a buté sur la dernière phrase. Je vois les remords s'installer sur son visage quand elle comprend qu'elle a beaucoup parlé.

— Ce n'est pas tout à fait exact, je réponds, un sourire en coin. D'après nos légendes, les tout premiers Morphes pouvaient se transformer en ce qu'ils désiraient. Peu à peu, notre espèce a commencé à côtoyer les dagnirs, et notre don pour la métamorphose s'est amoindri. De nos jours, on dit que certains sont en mesure d'adopter le visage d'une personne connue, et d'ainsi se soustraire à leur réelle identité. Dans ma famille, nos capacités ne sont pas aussi étendues. Ma mère est une Morphe et c'est d'elle que je tiens cette particularité. En la regardant en toute objectivité, rien ne trahit sa nature de Morphe. De même pour ma sœur aînée, Odeleen. Elles maîtrisent leurs émotions à merveille et peuvent utiliser ce don sans le moindre effort… Pour moi, c'est un peu plus difficile. Mes yeux reflètent mes sentiments d'une manière un peu gênante. Quand tu me connaîtras un peu plus, tu pourras lire en moi.

— Et votre sœur, la princesse Daire…

— Daire est encore trop jeune pour se dominer. Dès qu'elle doit faire face à une situation un brin critique, elle passe par toutes les couleurs de l'arc-en-ciel en l'espace de quelques secondes. Avec le temps et l'expérience, ça ira mieux.

— C'est stupéfiant.

Perle savoure chacun de mes mots. Elle me scrute avec avidité, comme si mes iris allaient lui susurrer les réponses à toutes ses questions.

— Stupéfiant, je l'ignore, je nuance d'un air songeur. Pour moi, c'est particulièrement handicapant, car j'ai encore du mal à réprimer mes émotions.

— Et pour l'entrave ?

Je fais mine de ne pas voir sa gêne de me couvrir d'interrogations et je réponds :

— Les djinns ont tous un pouvoir personnel. Tu le sais, n'est-ce pas ?

Elle hoche la tête, les mains sagement croisées dans le dos.

— Les Artisans n'ont pas trouvé de meilleur moyen pour nous contrôler que de brider notre magie. Ils ont marqué tous les miens d'une entrave différente suivant les Castes auxquelles ils appartenaient, afin qu'ils soient immédiatement reconnaissables. Cette marque se transmet naturellement des parents aux enfants et il lui arrive de changer lorsqu'un djinn intègre une autre Caste, par exemple. Plus tard, mes descendants l'auront également et je ne pourrai rien y faire.

Perle sourcille, troublée.

— Quel était votre pouvoir, à vous ?

Je lorgne mon entrave avec dégoût. Elle a raison, les motifs sont beaux et réguliers, mais sa signification me donne des boutons.

— Je l'ignore. Lorsque je suis née, l'entrave était déjà là. Parfois, elle ondoie comme si elle était vivante. Ce sont mes pouvoirs qui bouillonnent et qui essaient de sortir.

— Mais ils ne sortent pas, conclut-elle.

— Ils ne sortent pas. Jamais.

Je lui adresse un sourire un peu las. Pendant des années, j'ai rêvé de connaître ce pouvoir qui sommeillait en moi. J'en ai voulu aux dagnirs de nous faire subir ce supplice. Maintenant, j'ai abandonné l'idée, et si je les voyais comme des êtres mal intentionnés et profiteurs, je me rends compte qu'ils ne sont pas tous à mettre dans le même panier. Lorsque je m'épanche auprès de Perle, qui fait preuve d'une fraîcheur et d'une gentillesse remarquables, je me dis qu'il est peut-être temps de jeter les armes et de laisser le bénéfice du doute à certains d'entre eux.

Je me méfie du sultan, mais je n'ai pas encore d'avis tranché sur ses enfants. Cette génération de dagnirs n'est pas responsable des entraves. Les Grands Artisans – principaux rouages de l'esclavage – ont disparu depuis longtemps, et c'est à eux que je devrais en vouloir, car ils ont emporté avec eux les secrets de tous nos maux. Peut-être que si la famille Maddy connaissait ces secrets, nous ne serions plus prisonniers des entraves…

Petit à petit, je baisse la garde devant Perle. Néanmoins, j'ai en ma possession une information que je ne compte révéler à personne entre ces murs : à Mydriav, il existe un dernier djinn qui n'a pas reçu son entrave. Et ce djinn n'est autre que mon père. Il arrive qu'un djinn naisse sans entrave, ce qui est extrêmement rare. Les dagnirs les qualifient alors d'anomalies et se hâtent de les marquer avant qu'ils ne puissent utiliser leurs pouvoirs.

Mon père, lui, n'a jamais eu affaire à un dagnir. S'il ne fait pas étalage de ses capacités, il peut néanmoins commander ce qu'il veut aux végétaux. C'est de cette façon que la Bulle a émergé des entrailles de la terre.

Si je ne connais pas le don qui sommeille en moi, je sais que celui de Père est merveilleux et immensément puissant.

— Bien, je dis en claquant les paumes sur mes cuisses. Si tu m'apportais de l'eau, que je puisse faire une rapide toilette.

Perle se redresse avec enthousiasme et babille :

— Tout de suite, Princesse.

Je repousse mes draps. Ma canne repliée tombe sur le sol avec un bruit sourd. Je suis trop lente à me baisser pour la ramasser, Perle l'a déjà vue.

— Qu'est-ce que c'est ?

— Un simple porte-bonheur, je mens en la rentrant dans ma manche.

Inutile de lui dire que j'ai toujours la crainte que le sultan fomente un complot et cherche à nous abattre, mes sœurs et moi. Appelez cela de la paranoïa, ça m'est complètement égal.

Si elle a des doutes concernant ma piètre excuse, ma suivante n'en montre rien et quitte les lieux en fermant sans bruit la porte derrière elle.

Je marche pieds nus en grignotant une grappe de raisin posée sur le bord de la coiffeuse. Derrière l'immense persienne, la ville de Pretamia s'étend à perte de vue. La cité brille sous la brûlure des soleils, ses habitants ressemblent à de petites fourmis de là où je me trouve. La hauteur me fait légèrement tourner la tête.

— J'ai demandé à quelques serviteurs de monter des seaux d'eau chaude pour le bain. Ils sont dans la pièce adjacente, m'informe Perle en pénétrant dans ma chambre.

Je m'écarte de la vue à couper le souffle et engloutis les derniers raisins dans ma main.

— Merci, mais ce n'est vraiment pas nécessaire. En général je me contente d'eau froide. Quelques minutes suffisent et…

— Non, Princesse. Un bain vous fera le plus grand bien.

Sourde à mes protestations, elle me pousse vers la pièce en question. Je commence à me dire qu'en lui faisant des confidences, notre relation a atteint un nouveau degré de familiarité.

Je me laisse entraîner en grognant puis m'enfonce à contrecœur dans le bain aux senteurs florales alors qu'elle détourne respectueusement les yeux. Après quelques minutes ainsi immergée, je me sens étouffer. La peau de mes doigts se plisse comme une vieille pomme et j'inhale de la vapeur, ce qui me fait tousser.

Dans la Bulle, nous ne gaspillons pas notre temps pour ces soi-disant petits plaisirs simples. Être princesse là-bas ne me dispense pas de participer aux tâches communes. J'aide à la lessive, à la cueillette et à bien d'autres corvées. Voilà pourquoi Odeleen nous appelle souvent les princesses de la boue.

Ici, j'essaie de ne pas montrer ma réserve face à toutes ces attentions. Qu'ai-je fait pour être digne de dormir dans un lit immense, la tête bien enfoncée dans des oreillers garnis de plumes ? Pour manger des plats exquis qu'on ne sert qu'aux bourgeois ? Pour avoir à ma disposition une jeune fille qui se plierait en quatre dans le seul but de me contenter ?

Soudain prise de remords, je m'écrie à travers la porte qui me sépare de Perle :

— Ne t'occupe pas de mes draps, je le ferai moi-même.

— Il n'en est pas question, décrète-t-elle, sa voix légèrement étouffée. Vous apprendrez que c'est mon travail de rendre votre vie plus facile.

— Si tu continues à me rendre la vie facile, je vais bientôt peser deux cents livres ! J'ai besoin de bouger, de me sentir utile.

Du plat de la main, je fais clapoter l'eau avec agacement. C'est plus fort que moi, je dois sortir. Avant que je ne me hisse à l'extérieur, Perle fait son entrée, l'air outré.

— Enfin, Princesse, vous ne vous êtes pas occupé de votre cadeau !

Elle soulève le drap qui recouvre la cage de l'aura puis met les mains sur ses hanches.

— Il faut la nourrir. Autrement elle va mourir.

Je lance un regard désabusé à la créature qui dort paisiblement dans sa boîte. Je ne sais pas pourquoi, mais j'ai la sensation que le sultan Maddy ne m'a pas fait ce cadeau dans un but désintéressé. Tout ce qui vient de cet homme bouffi de manières sucrées me rend méfiante.

— Que mange une aura ?

Un sourire attendri s'épanouit sur le joli minois de ma suivante.

— C'est tout simple. Elle se nourrit de vos caresses.

Je lâche un rire moqueur.

— Tu plaisantes, là.

— Pas du tout.

Une fois sortie du bain et habillée de vêtements propres, je tends les mains.

— Bon, je suis prête. Donne-la-moi.

Chapitre 12

SAMSAA

Il était une fois, un petit garçon qui s'appelait Marmoud. Fils de paysans, il avait appris à lire tout seul. Il passait sa journée au milieu des livres, dans les caves de la vieille bibliothèque de Varda, entouré des pièges à souris et des flocons de poussière. Un jour, alors qu'il dévorait un ouvrage de contes particulièrement passionnant, il entendit un bruit étrange, comme un rongeur se faufilant entre les rayonnages. Ce fut de cette façon qu'il fit la rencontre de Lala, l'aura sauvage.

Les pérégrinations de Marmoud,
chantefable pour enfants

Perle ouvre la cage en faisant coulisser une trappe. À l'aide d'une étoffe, elle attrape l'aura qui se débat en poussant des cris suraigus. La lumière irritante qui émanait de son petit corps hier soir a laissé place à un duvet gris argenté aux reflets multiples. Si je ne savais pas de quoi il s'agissait, j'aurais pensé avoir affaire à une race de chiot inconnue. Ses yeux sont immenses, très mobiles, et deux longues queues en panache ondulent contre son flanc, trahissant son agitation. Il lui arrive parfois de se prendre les pattes dans les grandes oreilles derrière lesquelles il pourrait se cacher sans mal.

Mes doigts se referment sur son petit corps tout doux et j'essaie de ne pas grimacer lorsque ses griffes s'enfoncent dans ma peau.

— Voilà, dit ma suivante. À présent, il faut la caresser.

Je peine à mettre un mot sur ce que je ressens. Normalement, je devrais laisser cette bestiole s'enfuir, faisant ainsi un pied de nez aux présents douteux que le sultan Maddy nous a adressés. Garder les animaux en captivité n'est pas dans le tempérament d'un djinn. Nous communions avec la nature et n'essayons jamais d'en faire notre propriété.

En passant la paume le long de la colonne vertébrale de l'aura, quelque chose déferle en moi, prenant naissance dans ma poitrine et s'épanouissant dans chacun de mes membres. Un bien-être enivrant et insatiable. Le monde me paraît plus lumineux et plus beau que jamais. Mon esprit cherche bien à s'agripper à des choses qui, en temps normal, m'auraient emplie de colère, mais à cet instant ça n'a plus grande importance. Le sultan Maddy ? Il n'est pas bien méchant… Le mariage ? Ça ne me tuera pas. Et puis qu'est-ce qui pourrait m'arriver de mal ? Tout est tellement beau, ici. J'ai envie de pleurer de joie. Je peux voir le monde avec une acuité que personne ne pourra jamais concevoir.

— Princesse ?

La voix de Perle me parvient de très loin, comme dans un rêve. Elle a la bonne idée de desserrer mes doigts un à un et d'attraper l'aura qui s'est apaisée.

Un sentiment de perte intolérable me submerge et revenir dans le monde réel me paraît terrifiant. Je me laisse tomber à genoux. Mon front est emperlé de sueur, et ce n'est pas dû aux vapeurs qui émanent encore du bain.

— Ça suffira pour aujourd'hui, décrète ma suivante d'une voix ferme.

Elle remet la créature dans sa cage. Celle-ci me fixe, la tête penchée sur le côté.

Avec douceur, Perle m'aide à m'asseoir sur le rebord de la baignoire et hasarde :

— Je suppose que les djinns sont beaucoup plus sensibles aux effets de l'aura. Je suis vraiment navrée, je ne pensais pas qu'elle vous mettrait dans cet état.

J'appuie ma paume contre ma poitrine. L'impression de bonheur que j'ai ressentie était tellement puissante que je suis tentée de redemander à toucher l'animal. Pendant quelques secondes, je me suis sentie pleinement heureuse, comme jamais je ne l'avais été.

— Il va falloir que vous la nourrissiez à petites doses, continue-t-elle en baissant le regard. Il est si facile de s'enfermer dans la bulle de ravissement et d'extase qu'elle procure ! Les histoires racontent que certaines personnes se coupaient du monde et cessaient littéralement de vivre, leur aura blottie au creux de leur main. Ne devenez pas comme ces gens-là, Princesse.

Ses paroles se fraient un chemin en moi et mettent en lumière une partie de la vérité qui m'était cachée. Je regarde l'aura qui s'est calmement assise dans sa cage et qui ne bouge pas d'un cil, les yeux tournés vers moi. Il y a quelque chose chez elle qui m'attire indéniablement, et pas seulement parce qu'elle m'a apporté une plénitude que je n'avais jamais touchée du doigt avant aujourd'hui.

— Tu penses que le sultan Maddy me l'aurait offerte pour que je sois disons… plus disposée à obéir ?

La question n'est pas très prudente, mais elle sort sans que je n'aie le temps de me mordre la langue. Ma voix ne m'appartient plus. Elle a des accents métalliques et tranchants. La fureur m'étouffe à nouveau, alors que les mots de Callahan Maddy me reviennent en tête : « Personnalité volcanique. Franc-parler. Vous ne faites jamais dans la demi-mesure m'a-t-on dit. Vous êtes comme ces fleurs épineuses, aussi somptueuses que piquantes ».

Et s'il avait espéré que, dépendante de cette bestiole, je devienne un agneau manipulable ? Et si je lui faisais peur ?

Je suis tellement prise dans mes réflexions que je remarque à peine l'effet qu'ont eu mes paroles sur Perle. Elle me dévisage, complètement estomaquée.

— Jamais notre sultan ne ferait une chose pareille ! Les auras sont des êtres exceptionnels qu'on ne trouve pas partout. Si on a la chance d'en dénicher sur les marchés – et croyez bien que je n'en avais jamais vu auparavant –, elles sont vendues une fortune. Votre cadeau est inestimable, regardez donc cette petite bouille adorable ! Son Altesse a voulu faire un beau geste.

Un beau geste… Je dois me retenir pour ne pas lui rire au nez. Non, je ne suis pas aussi naïve que ma suivante. Pour confronter mon point de vue, je dois en parler directement à quelqu'un qui me comprendra.

Sans attendre, j'attrape la cage et franchis les quelques mètres qui me séparent du couloir. Perle tente mollement de me rattraper, mais j'ai déjà ouvert la porte qui fait face à ma chambre. Odeleen est perchée sur un tabouret, affublée d'une tunique informe qui s'étend jusqu'au sol.

— Roz ? s'étonne-t-elle. Tu n'es même pas encore habillée ! Dans quelques heures, nous devons nous rendre au boudoir, je te signale.

La voir se prêter au jeu fait courir en moi une nouvelle vague de mécontentement que je m'applique à ensevelir au fond de mon cœur.

D'une voix claire, je demande à Atefeh :

— Vous pouvez nous laisser, s'il vous plaît ?

L'intéressée fait mine d'ouvrir la bouche, mais en voyant mon expression déterminée, elle abandonne rapidement. Le regard de mon aînée est empli d'interrogations.

— Tu peux m'expliquer ce qui te prend ? lance-t-elle une fois que la porte s'est refermée et que nous sommes seules.

— Il me prend que le sultan Maddy cherche à me faire taire, je lâche en levant la cage de l'aura sous son nez.

Elle s'adoucit dès qu'elle voit la créature sagement roulée en boule.

— Qu'elle est mignonne !

— Non, elle n'est pas mignonne, je grogne pour masquer ma confusion. Et puis de toute manière, ce n'est pas la question.

— Quel est le problème ?

Je lui décris la sensation qui m'a envahie lorsque j'ai touché l'aura. Elle ne sourcille pas quand j'en viens à étaler mon hypothèse. Peu à peu, la suspicion s'installe dans ses iris.

— Il est vrai qu'on peut être tenté de se poser des questions. Cherche-t-il à museler ton tempérament pour mieux nous manipuler toutes les trois ? Ce n'est pas impossible.

Elle jette un nouveau regard à l'aura.

— Dans le doute, il faudrait que tu limites les contacts.

Je me sens soulagée. Au moins, Odeleen ne réfute pas mes idées en bloc.

— Il paraît qu'elle s'alimente de caresses. Je dois la laisser dans sa cage, tu penses ?

— En la privant de tendresse ? Non, ce serait affreusement cruel. Tu dis que son influence est plus importante chez les djinns, alors demande à ta suivante de la nourrir.

— Très bien.

La journée ne fait que commencer et je me sens déjà exténuée. Alors que je me détourne pour regagner ma chambre, la cage serrée contre moi, Odeleen m'interpelle à nouveau :

— Au fait, tu lui as donné un nom, à ton aura ?

Je laisse échapper un rire très bas.

— Oui. Elle s'appellera Samsaa.

— Oh.

Si elle n'approuve pas, elle n'en montre rien, cependant. Car le fait que j'ai surnommé ce cadeau comme la déesse de la Machination n'est pas anodin.

Chapitre 13

Le boudoir

Méfiez-vous des dagnirs, ce sont les plus stratèges et surtout les grands discoureurs de notre monde.
La dernière fois qu'un djinn a fait confiance à un dagnir, il a terminé dans un artefact.

Maux et mots d'esprit des Amadéans,
Nafiseh Sohei

Je laisse Perle s'affairer autour de moi pendant plusieurs heures. Elle me place devant le miroir sans fond, mais je n'ai de cesse de jeter des coups d'œil en biais à Samsaa, moins agitée depuis qu'elle a eu sa dose de caresses. Si j'étais plus faible, j'aurais cédé à mes élans pour la prendre dans mes bras et l'abreuver de tendresse, ne serait-ce que pour ressentir encore une fois cette déferlante de bonheur.

Perle brosse consciencieusement mes cheveux à présent.

— Est-ce qu'avec un de ces miroirs, je pourrais parler à ma famille qui se trouve à Mydriav ?

— Je l'ignore, Princesse, dit-elle prudemment. Il faudrait poser cette question au sultan Maddy.

Elle ne me répond plus que du bout des lèvres, maintenant. Je la comprends. Après m'avoir entendu remettre en doute l'intégrité de son maître, elle craint les représailles si cela venait à se savoir. Je décide donc de la laisser tranquille.

Après un temps qui me paraît infini, elle me libère avec une révérence.

— Vous êtes parfaite ainsi.

Ma takchita est ravissante avec ses rubans bleus ceignant ma taille et ses deux pièces de tissu qui tombent en drapés au sol. Perle a ramassé mes cheveux à l'aide d'épingles. Quelques mèches ondulées épousent l'ovale de mon visage dans une coiffure trop sophistiquée à mon goût.

Peu pressée de me lancer dans une nouvelle entrevue hypocrite, je prends le temps de recouvrir la cage de mon aura avec le drap noir, évitant au passage de croiser son regard à faire fondre le plus insensible des êtres.

— Fais un somme, Samsaa, je murmure.

Je n'ai pas encore tout à fait décidé de ce que j'allais faire d'elle. Le bon sens voudrait que je la laisse partir en prétextant une fugue. Quoique, le sultan serait bien capable de m'en dénicher une autre… Pour être parfaitement honnête, je ne suis pas prête à renoncer à la sensation qu'elle m'a procurée. C'est plus fort que moi et je me déteste pour cela.

— J'ai parlé avec le troisième prince ! me hurle Daire au moment où j'entre dans sa chambre.

En guise d'accueil, elle me saute au cou, au comble de l'hystérie.

— Ravie de te voir, moi aussi.

Elle se détache et claironne en se balançant d'avant en arrière :

— Cette nuit, je suis descendue prendre un peu l'air sur un des balconnets qui donne sur les jardins intérieurs et il m'a rejointe ! Il rentrait d'une mission diplomatique je ne sais plus où et il avait besoin d'un peu de compagnie. Il est très, très beau et surtout si drôle ! Je crois que des trois, c'est celui que je préfère.

Je me retiens de lever les yeux au ciel. Daire est amoureuse de l'idée de se marier. Maintenant qu'elle a le choix parmi trois princes, elle a l'impression d'être devant un étal de friandises.

— J'en suis très heureuse pour toi, je raille avec mon rictus le plus grimaçant.

Je ne lui parlerai pas de l'aura ni de ma défiance. Elle trouverait tous les arguments les plus saugrenus pour expliquer ce qu'il s'est passé. De plus, je sens au fond de moi que Daire n'a pas du tout envie de quitter cet endroit. Après une journée et une nuit à Pretamia, elle a déjà pris goût au luxe et aux beaux atours.

— Il est grand avec une musculature développée, caquette-t-elle en mimant ce qui pourrait être une armoire à glace. Il a le regard d'un noir profond, on pourrait même s'y perdre ! Et puis sa prestance…

— Essayez de ne pas bouger, Princesse, lui intime sa dame d'honneur.

Elle pique dans ses cheveux soyeux de discrets papillons en argent qui se marient à la perfection avec le vert jade de son caftan.

— Oh, pardon, Mokka, se reprend ma sœur en gloussant. En tout cas, je suis amoureuse !

— Tu n'as pas dit ça du prince Cayden hier soir ? s'amuse Odeleen, qui vient de faire son entrée.

Je prends une mine faussement choquée et en rajoute une couche, la main sur le cœur :

— Non, chère sœur, tu te trompes sur toute la ligne. Hier soir, elle aimait le prince Cameron.

Les lèvres de Daire se pincent d'agacement.

— C'est ça, moquez-vous. Moi au moins je me cherche un époux. Ce n'est pas comme d'autres…

Là encore, je préfère ne pas relever.

— Une tasse de thé, Rozenn ?

Affable, la sultane Padmé me désigne le breuvage tendu par une domestique. Je décline poliment et croise les jambes, comme Mithra me l'a appris.

Le boudoir est une pièce à l'ambiance feutrée et intime. Des méridiennes et de grands poufs moelleux sont posés un peu partout et les tapis étouffent les bruits de pas. Les globes de lave brillent faiblement et projettent des ombres sur les murs tapissés. Une vague odeur de fleurs tropicales imprègne l'air, accentuant l'impression d'intimité.

Un peu en retrait, la princesse Casey fait semblant d'être plongée dans un ouvrage volumineux. Cependant, elle ne peut s'empêcher de nous couler des regards avides, comme si d'un instant à l'autre, nous allions faire quelque chose de stupide. Bien qu'encore jeune, je devine qu'une fois adulte, elle deviendra une très jolie fille. Ses cheveux bruns s'éparpillent autour d'un minois bien régulier. Elle ressemble beaucoup à son frère Cayden, avec ses taches de rousseur et son nez en trompette.

— Comment s'est passée votre toute première nuit parmi nous ? s'enquiert Padmé.

Odeleen se dégage discrètement la gorge.

— Nous avons dormi comme des bienheureuses.

— Et la fête a-t-elle été à votre goût ?

— Absolument. Vous avez une magnifique demeure et vos sujets sont très hospitaliers.

Des banalités. Odeleen a élevé au rang d'art son talent à parler de tout et de rien. Personnellement, je lutte pour ne pas bâiller à m'en décrocher la mâchoire. À mon plus grand amusement, je vois les joues de Daire se gonfler, signe qu'elle se retient également de toutes ses forces. Pour elle, la nuit a dû être courte si elle a tenu compagnie au prince aîné fraîchement revenu de sa mission.

La conversation se poursuit, de plus en plus assommante. Je n'arrive pas à m'imaginer vivre des journées comme celle-ci, aussi mortellement ennuyeuses.

Au moment où le sujet de la météo s'épuise, les traits de la sultane se crispent légèrement. L'atmosphère de la pièce se fait plus froide, moins accueillante.

— Vous conviendrez que la situation est assez inédite chez nous, remarque-t-elle en sirotant son thé, l'air faussement détaché. Aucun djinn n'a jamais séjourné à la cour, vous accueillir est une première.

J'ai du mal à déterminer si notre présence l'agace ou si elle s'en réjouit.

— Vous êtes des jeunes femmes magnifiques, cela va s'en dire. On m'a toujours vanté la beauté des Morphes, mais je serai honnête avec vous.

Elle nous dévisage tour à tour avec le plus grand sérieux.

— J'attends plus que de jolis visages pour Pretamia. Un jour viendra où l'une d'entre vous deviendra la sultane de ce pays et gouvernera aux côtés d'un de mes fils. Je veux m'assurer que vous êtes faites pour eux. Lorsque Cayden aura atteint sa majorité – dans deux ans, donc –, mon époux annoncera qui de ses enfants est digne de lui succéder. Et je refuse catégoriquement qu'une baudruche pose ses fesses sur mon trône.

Sa voix est devenue âpre, ses paroles m'écorchent les entrailles. Même si je me fiche comme d'une guigne d'épouser un des fils Maddy, son intransigeance me fait froid dans le dos.

— Nous n'avons rien de baudruches, je lâche, incapable de me contenir.

Le corps d'Odeleen près de moi se tend comme un arc, comme si elle me conseillait de faire très attention à chacun de mes mots.

Les yeux de glace de la sultane me transpercent de part en part.

— Nous verrons cela, Rozenn. C'est à moi et à moi seule d'en juger. Ce n'est pas parce que vous êtes trois jeunes filles et que mes fils sont au nombre de trois que vous allez invariablement finir les uns avec les autres. Si j'estime que l'une d'entre vous ne les mérite pas, je prendrai les mesures qui s'imposent.

— Quelles sont ces mesures ? je demande, ignorant les coups de coude intempestifs de Daire qui cherche à me faire taire.

L'orage couve entre la mère Padmé et moi, mais je ne compte pas me laisser insulter sans réagir. Baudruche… Pour qui se prend-elle ?

— Vous retournerez dans vos vieilles masures à Mydriav. Cela me semble évident.

Rien que pour lui faire avaler sa gouaille, je suis prête à épouser un de ses rejetons. Maintenant. Tout de suite.

— Nous ne vivons pas dans des masures et si vous croyez que…

— C'est entendu, coupe Odeleen avec un rire forcé. Loin de nous l'idée de vous causer de l'embarras. Seul le temps nous dira si les choses fonctionnent avec vos fils.

Le regard de la sultane dévie lentement vers elle avant de revenir à moi.

— Je suis heureuse que nous soyons d'accord sur ce point, fait-elle avec un flegme exagéré.

Ses prunelles démentent ses paroles. Près d'elle, Casey me regarde avec une moue gênée. Malgré son jeune âge, elle a très bien saisi les menaces sous-jacentes de sa mère. Des menaces qui me mettent sérieusement en garde.

Au moindre faux pas, Padmé Maddy ne transigera pas.

Chapitre 14

Prémices

Une vie sans magie,
c'est une vie sans soleils.

Jasmine El Amdur,
Grande Artisane

L'après-midi s'écoule avec une lenteur exaspérante. Une fois que notre réunion touche à sa fin, je fais mine de ne pas entendre les voix suppliantes de Perle et de mes sœurs qui m'appellent. Je m'éloigne le plus rapidement possible de la sultane et de son boudoir. Ma fureur s'est transformée en une boule compacte qui monte et descend dans ma gorge.

Oui, je suis turbulente, mais j'ai de très bonnes raisons d'être en colère. À vrai dire, tout est sujet à me mettre hors de moi depuis que mon père a décidé de prendre les décisions à ma place, sans même écouter ce que j'avais à dire.

Mes pas me portent jusqu'aux jardins intérieurs dans lesquels il est facile de se dissimuler à la vue de tous. Je m'enfonce au milieu de toute cette végétation et hume avec soulagement l'odeur de la mousse. La nature, sans cesse bridée par les mains expertes des jardiniers du sultanat, s'étend ici de façon très organisée. Si je ferme les yeux suffisamment longtemps, j'ai presque l'impression d'être à Mydriav.

Je marche sans but, m'imprégnant de cette ambiance et repoussant la vision des murs du palais qui m'étouffent. Gênée par mes sandales, je les abandonne près d'un bosquet de palmiers en me promettant de revenir les chercher en rentrant. J'agite les orteils et soupire lorsque je sens la terre froide sous la plante de mes pieds.

À mesure que je m'enfonce dans cette verdure labyrinthique, les arbres s'espacent, jusqu'à ce qu'une balancelle en bois apparaisse. Quelqu'un oscille machinalement dessus.

Cameron.

Mon cœur rue comme un shadhahvar au galop à sa vue. Je me souviens brusquement que mes sandales sont restées plus loin. Si je ne veux pas qu'il me remarque et rapporte à sa mère que je me balade comme une va-nu-pieds, c'est le moment de m'éclipser discrètement.

— Princesse Rozenn ?

J'enfonce ma tête entre mes épaules en grimaçant et fais lentement volte-face en prenant soin de lâcher les pans de ma robe pour qu'ils me couvrent entièrement.

— Pardonnez-moi, je ne voulais pas vous importuner. Je venais juste prendre l'air. Il est temps pour moi de rentrer dans mes appartements maintenant.

Je m'incline sans grâce en me maudissant intérieurement. Oui, là, j'ai l'air d'une vraie potiche.

— Non, attendez ! me retient-il. J'aimerais que vous me teniez compagnie.

Ma gorge exhale un soupir que je ne parviens pas à rattraper. Je m'avance vers lui et un sourire s'épanouit sur ses lèvres.

— Où sont passées vos chaussures ?

— Abandonnées au détour d'un sentier.

Je hausse les épaules pour me donner une contenance.

— Je croyais que j'étais seule ici. Je ne me le serais pas permis, autrement.

— Il n'y a aucun mal, me rassure-t-il. Vos pieds sont très mignons.

Je secoue la tête, penaude, mais sa bonne humeur est contagieuse. Je me surprends à rire avec lui.

Il se lève et, malgré mes protestations, m'invite à m'installer sur la balancelle.

— N'étiez-vous pas censée prendre le thé avec ma mère ? s'étonne-t-il. Où se trouvent vos sœurs ?

— Notre entrevue est terminée et mes sœurs sont retournées dans leurs chambres.

— Comment cela s'est-il passé ?

Il paraît crispé, un peu inquiet aussi.

— Pas très bien, à dire vrai. Votre mère est une personne…

— … directive, je sais, m'interrompt-il avec une grimace.

— Plutôt protectrice. Dans un sens, elle a raison, c'est le rôle d'une mère que de s'inquiéter pour ses progénitures. D'un autre côté, je ne me sens pas désirée entre ces murs, elle ne me voit que comme une ignoble profiteuse.

— Vous n'êtes pas une profiteuse. Ce que pense ma mère n'a aucune espèce d'importance. Je crois déjà savoir quel genre de personne vous êtes.

Sa voix vibrante de sincérité me surprend. La lumière qui perce à travers la ramure fait jouer de beaux reflets irisés dans ses boucles. Il est magnifique avec son menton volontaire, ses yeux clairs et rieurs…

Je commence à beaucoup trop me plaire en sa compagnie et ça m'effraie un peu. Quelques jours plus tôt, ce genre de pensées ne m'aurait jamais traversé l'esprit.

La main de Cameron se referme doucement autour de mon poignet et son pouce redessine les contours de mon entrave. Ce geste plein de douceur me touche, même si la sensation qu'elle provoque reste désagréable.

Contrairement à ce que j'aurais fait en présence de n'importe quel autre quasi inconnu, je ne reprends pas mon bras tout de suite.

Une voix aux accents moqueurs retentit dans notre dos.

— Eh bien, après seulement deux jours, vous vous organisez déjà de petits rendez-vous clandestins ?

Comme pris en faute, Cameron retire brusquement ses doigts et nous nous redressons comme un seul homme. Une silhouette émerge de la végétation. Ce qui me marque le plus, c'est l'air goguenard du nouvel arrivant. Il est grand et ses traits réguliers et volontaires lui confèrent un certain charme, aussitôt balayé par l'antipathie qu'il m'inspire.

— Est-ce que ça vous regarde, seulement ? j'argue avec fiel.

Ma réplique, au lieu de le remettre à sa place, semble avoir l'effet contraire.

— C'est qu'elle pourrait mordre, la petite djinn. Tu ne les préfères pas plus dociles d'habitude, Cam ?

Cameron pique un léger fard.

— Si c'est pour dire des âneries, je te conseille de la fermer. D'ailleurs pourquoi es-tu là ? N'avais-tu pas quelque affaire urgente à régler ?

Mes yeux vont et viennent entre eux. L'air autour de nous semble s'être rafraîchi et la tension qui s'installe est palpable.

— Quelqu'un aurait-il la patience de m'expliquer ce qu'il se passe ?

— Princesse Rozenn, je vous présente mon frère aîné, Callum, dit Cameron, la mine désolée.

Le dénommé Callum me lorgne comme si je n'étais qu'un vulgaire morceau de barbaque.

— Je suis enchanté, Princesse. Un peu consterné de voir que vous avez déjà succombé à l'attitude romanesque de mon cher frère, mais tout de même enchanté.

Son ton me déplaît d'emblée. Et lorsqu'il me dévisage, j'ai l'impression qu'il fouille dans mon âme et qu'il y lit des choses qui le font bien rire intérieurement.

— Est-ce normal que vos iris changent systématiquement de couleur ?

— Est-ce normal que vous soyez désobligeant ?

Il éclate de rire, ce qui accroît mon énervement. En protecteur, Cameron pose une main entre mes omoplates.

— Ne faites pas attention, Princesse. Callum est un rustre qui ne sait pas y faire avec le commun des mortels.

Il oublie de dire que c'est un prétentieux aussi détestable que sa mère… Quand je vois Cameron et Cayden, j'ai peine à croire que leur frère soit un tel modèle de suffisance. Comment une même éducation peut-elle rendre trois personnes aussi différentes les unes des autres ?

— Ne prenez pas la mouche, me nargue Callum. Je plaisantais, c'est tout. Si vous êtes dépourvue d'humour à ce point, j'aurais meilleur compte de faire mon choix parmi vos sœurs.

Il m'adresse un clin d'œil malicieux. Mon poing se referme sur la canne rétractable attachée à ma cuisse. Je sais qu'il est le prince. Que je le veuille ou non, je vais devoir supporter ses moqueries intempestives.

Calme-toi, je me répète, *tu joues la sécurité de ton peuple. Sois la princesse que Père a toujours voulu que tu deviennes.*

Même si l'idée me rebute profondément, je me compose un visage détendu et parviens même à esquisser un sourire de circonstance.

— Vous avez bien raison. Ma jeune sœur Daire vous aime déjà beaucoup, je suis sûre que vous vous entendrez à merveille sur le long terme.

Il me semble percevoir de l'agacement sur ses traits, mais cette expression disparaît si vite que je l'ai peut-être rêvé.

— Je n'en doute pas un seul instant.

Il s'incline sèchement, ses pupilles rivées aux miennes. Mes émotions s'entrechoquent dans un ballet sans fin. Je souhaiterais plus que tout au monde brandir ma canne pour la lui fracasser sur le nez, mais j'ai la certitude qu'il ne ferait qu'une bouchée de moi. Il suffit de s'arrêter sur ses biceps gonflés et ses épaules imposantes. Ma frêle constitution ne ferait pas long feu.

Avec une élégance inattendue, il repousse une mèche de cheveux qui danse devant ses yeux et tourne les talons. Bientôt, il ne reste plus que Cameron et moi. Celui-ci se racle la gorge.

— Je… Veuillez pardonner l'attitude de mon frère. Il peut se montrer très hargneux quand il le souhaite.

Je regarde ses sourcils se froncer d'anxiété, le pli de ses lèvres se faire désabusé. Je m'empresse de le rassurer :

— Vous n'avez pas à vous excuser pour lui.

Je me rassois sur la planche de la balancelle et laisse mes jambes flotter dans le vide.

— Vous êtes un ange, souffle-t-il sans sourire.

— Juste une djinn.

Il se rapproche et je suis obligée de lever la tête pour soutenir son regard lumineux.

— Une djinn pleine de répondant.

Tout doucement, comme s'il craint de m'effrayer, il dépose un baiser aussi léger qu'un battement d'ailes sur mon front. Je ne le repousse pas, étonnée d'autant apprécier ce contact.

— Mon père et ses conseillers ont enfin statué sur nos rendez-vous, m'informe-t-il. Nous connaîtrons l'ordre de passage très prochainement. Sachez que… que vous êtes…

Je crois deviner ce qu'il essaie de me faire comprendre. Pour le tirer de l'embarras, je coupe :

— Je le sais.

Je ne lui dis pas que la réciproque est vraie. Il serait cruel de lui donner de faux espoirs, même s'il est aussi séduisant que gentil.

Le jour décline déjà lorsque je regagne mes quartiers, balançant mes sandales que je tiens à la main d'avant en arrière.

Chapitre 15

Le sang de djinn

Les djinns sont pacifiques et prônent la paix. Croiser le fer n'est donc pas dans leurs habitudes. La canne est une alternative intéressante dans le sens où dès l'enfance, ils apprennent à la manier et parviennent ainsi à se défendre sans avoir à tuer leur adversaire. La canne d'un djinn – souvent légère et élégante – n'est autre que le prolongement de son bras.

Les grands secrets des Terres Libres,
Bibliothèque de Brymeriel

— Alors, tu as croisé le troisième prince ? Comment t'a-t-il semblé ?

Impossible de savoir ce qui se joue dans l'esprit de Daire. Depuis notre arrivée à Pretamia, je m'aperçois que je ne la reconnais pas. Lorsqu'elle pose ses yeux sur moi, je sens qu'elle ne me voit plus seulement comme sa sœur, mais aussi comme une rivale. Pourtant, j'ai bien pris soin de ne pas m'appesantir sur le moment privilégié que j'ai passé en compagnie de Cameron. Malgré cela, Daire n'est pas confiante, comme si elle craignait que je fasse un meilleur choix que le sien. J'ai beau lui seriner que je ne compte pas épouser quiconque à l'issue de ces trois mois, sa peau se pare souvent de taches sombres qui trahissent une agitation difficilement jugulée.

Notre enfance dans la Bulle s'est passée loin des inquiétudes de cet ordre. Par exemple, Ishmer a été un ami pour chacune d'entre nous. À aucun moment il n'y a eu la moindre compétition pour gagner son affection.

Notre arrivée à Pretamia semble avoir réveillé un trait de caractère chez ma sœur que je ne connaissais pas et que je découvre en même temps qu'elle. Alors qu'Odeleen reste égale à elle-même – observatrice et bienveillante –, Daire se montre nerveuse et s'imagine déjà mariée, entourée d'une descendance prestigieuse. J'aimerais qu'elle voie plus loin, mais depuis quelque temps, discuter avec elle est devenu compliqué ; les romances qu'elle s'invente avec chacun des princes accaparent toutes ses pensées.

— Oui j'ai croisé le troisième prince. Un homme pétri d'orgueil, si vous voulez mon avis. Notre échange n'avait rien d'amical, je dirais même qu'il était à la limite de la grossièreté.

Une fois que les derniers mots meurent sur mes lèvres, le souvenir de Callum Maddy me revient. Pour la première fois depuis longtemps, j'ai trouvé un adversaire à ma hauteur. Callum et ses airs hautains. Callum et ses réparties acerbes. Callum et sa langue bien pendue. Voilà une personne qu'il pourrait me plaire de détester.

Désormais, les dés sont jetés. J'ai rencontré les trois princes et même si Cameron et Cayden sont des parangons de prévenance, j'ai la certitude de ne pas être faite pour les dîners mondains et les courbettes sans fin.

Mydriav et ses sentiers de terre battue me manquent. La vie qui pépie dans la sylve aussi. Sans parler de mes parents et leur présence rassurante… Si notre quotidien dans la Bulle n'est pas toujours des plus luxueux, celle-ci n'en demeure pas moins accueillante et surtout très chaleureuse. Dans cet empilement de pierres sans âme qu'est Pretamia, je ne retrouve cette chaleur nulle part. Les gens s'entassent autour du palais, n'hésitant pas à construire leurs maisons les unes sur les autres en cubes grossièrement alignés. En dehors du sultanat et de ses jardins abondants, tout est sec et désertique. Rien ne pousse, comme si la terre était assoiffée depuis toujours.

Père m'a conseillé de leur laisser une chance de me convaincre, mais le temps est écoulé. J'ai passé deux jours entre ces murs et c'est bien simple : je ne m'y plais pas. Je rêve des bois et du chant des oiseaux, pas des gloussements des femmes de la cour et des chuchotements mesquins.

— Tu plaisantes ! s'écrie Daire. Callum Maddy est le charme personnifié. Est-ce que tu t'es seulement attardée sur son sourire ? Je parie que non ! Moi, il me faisait fondre sur place ! Il m'a même dit qu'il était impatient de me voir lors de notre premier rendez-vous. Je me demande ce qu'il va me proposer. Vous en pensez quoi ?

Je marmonne quelques paroles inintelligibles et me détourne distraitement pour poursuivre mon introspection, tandis qu'Odeleen prend le temps de lui donner le change.

Bientôt, les exclamations suraiguës de ma cadette se font assez intolérables pour me pousser à rejoindre mes quartiers. Je ne supporte déjà plus de l'écouter chanter les louanges du grand et beau Callum Maddy. Je me sens terriblement seule.

En passant le seuil de la porte, je trouve Perle occupée à astiquer le miroir. Sa main s'enfonce précipitamment dans la poche de son tablier en m'entendant entrer. Trop hébétée de fatigue pour m'en préoccuper, je m'affale sur le lit en grognant.

— Vous êtes partie très vite tout à l'heure, Princesse.

Il y a des reproches dans sa voix, mais je ne m'en formalise pas.

— Oui. La sultane m'a cassé les pieds.

Les mots sont sortis bien trop spontanément pour que j'aie eu le temps de les rattraper. Perle sursaute.

— La sultane Padmé est très aimée de ses sujets.

— La sultane Padmé a bien de la chance.

— Il ne faut pas dire ça… marmonne-t-elle, sans grande conviction.

Je lève la tête de mon couvre-lit en soie.

— Ah ? Et qu'est-ce qu'il faudrait dire ? Je suis navrée de te l'apprendre, mais elle a tout l'air d'être une femme hautaine et prétentieuse, qui croit tout savoir des gens d'un simple coup d'œil. Son fils aîné est fait dans le même bois.

— Vous avez rencontré le prince Callum ? demande Perle, de plus en plus crispée.

— Oui, je réponds en m'enfonçant à nouveau dans les coussins. C'est un sacré personnage, celui-là.

— Oh, moi je le trouve très aimable.

Toujours ce regard nerveux qui balaye la pièce sans vraiment la voir.

— Quoi ? Qu'est-ce qu'il y a ?

— Rien, Princesse, dit-elle trop rapidement. Je dois porter vos effets à la buanderie. En attendant, reposez-vous. Le sultan vous laisse la soirée au calme, vous pouvez manger dans la chambre.

Après une petite révérence, elle prend la poudre d'escampette. Quelle étrange attitude !

Ma mauvaise humeur retombe un peu. Je m'en veux d'avoir été aussi mordante devant Perle.

Avec précaution, je me lève et m'avance vers la psyché. Mon index en effleure ses contours délicats. Les reliefs sont creusés dans un habile mélange d'or et d'ivoire. Les glyphes incrustés dans les coins ne m'évoquent rien du tout, peut-être un code cabalistique créé par les Grands Artisans… Fouillant dans ma mémoire, je tente de me rappeler ce que Perle m'a raconté à propos des miroirs qui ornent le palais. Quelque chose sur les miroirs de l'abîme, il me semble. Derrière la vitre, l'ombre de la papote s'agite, tournoyant et laissant dans son sillage des marques mauves.

C'est alors que mon regard tombe sur le sol de marbre. À mes pieds se trouve une tâche encore fraîche. Je me penche et un mauvais pressentiment m'assaille. Le liquide bleuté miroite sous la lueur des sphères à lave. Pas besoin de l'avoir déjà vu pour savoir de quoi il s'agit.

C'est du fluide de djinn.

— Tu sais, Rozenn, au-delà de la Bulle, il se passe beaucoup de choses que tu ignores. Beaucoup de choses injustes.

— Quelles choses, Père ?

Il cherche ses mots, se demandant sûrement comment parler à une enfant n'ayant jamais quitté la Bulle et ne connaissant rien de la vie à l'extérieur. La vraie.

J'ai essayé à plusieurs reprises de lui tirer les vers du nez afin de comprendre ce qui distingue les dagnirs des djinns. Pourquoi nous regardons-nous en chiens de faïence depuis toutes ces années ? L'esclavage n'existe plus, c'est lui qui me l'a dit. Que peut-il y avoir de plus injuste que l'esclavage ?

— Les dagnirs ne sont pas tous mauvais, m'explique-t-il en se grattant le menton. Certains sont même profondément bons. Cela dit, la plus grande faiblesse du dagnir réside dans sa recherche perpétuelle de force, de pouvoir. La Caste Maddy, par exemple, en est un exemple flagrant. Le jour où Hengameh Maddy – l'arrière-arrière-arrière-grand-mère de l'actuel sultan – est montée sur le trône après avoir renversé son adversaire, les djinns ont pensé que les choses allaient être différentes. Hengameh faisait preuve d'écoute et elle était persuadée qu'il fallait s'allier aux djinns plutôt que de les réduire en esclavage. Son projet était louable, mais ses vizirs, eux, ne le voyaient pas d'un très bon œil.

— Est-ce qu'ils lui ont fait du mal ? je m'entends demander, pendue à ses lèvres.

— Pas tout à fait. Avant d'être la sultane de Pretamia, Hengameh n'était qu'une dagnire issue d'un quartier populaire sans grande prétention. Son intronisation n'a été possible qu'en exacerbant le mécontentement du peuple. C'était une femme terriblement charismatique, qui savait y faire pour soulever les troupes. Tout s'est passé très vite, les affrontements ont duré moins d'une journée avant que leurs ennemis ne capitulent. Hengameh a été sacrée sultane. Toute sa vie durant, elle n'avait été qu'une dagnire parmi tant d'autres. Elle goûtait désormais à un statut et un pouvoir durement gagnés. L'abondance et la richesse ne lui étaient pas familières et les vizirs se sont servis de sa naïveté pour la piéger dans leurs filets.

— Je ne comprends pas…

Père avise quelques secondes mon visage crispé par la concentration et soupire.

— Ils l'ont trompée. Ils ont versé quelque chose dans les boissons qu'elle buvait.

— Du poison ?

— Non. Du sang de djinn. Attention, je ne parle pas le sang qui s'écoule d'une blessure ; celui-ci, lorsqu'il est consommé, empoisonne les prédateurs.

— Ça, je sais, je réponds, fière de me souvenir des leçons prodiguées par mon précepteur. Il paraît même que dans le temps, certains djinns échappaient à leur maître d'artefact en glissant quelques gouttes de sang dans leur verre. Si le sang était consommable, il n'y aurait certainement plus de djinn vivant aujourd'hui, car les dagnirs auraient cherché à nous tuer à tout prix sans se soucier du reste.

Mon père hoche la tête d'un air appréciateur.

— Ce que tu ignores, c'est que lorsque le fluide est séparé correctement du sang, il n'empoisonne pas. Bien au contraire. Il provoque un léger étourdissement, avec un effet de dépendance immédiat. En commençant à en ingérer, la nouvelle sultane ne pouvait plus s'en passer et se délectait de chaque nectar proposé par ses vizirs. Peu à peu, elle a fini par perdre de vue son objectif premier, celui de briser les chaînes des djinns. Elle n'avait plus qu'une chose en tête : consommer toujours plus de fluide. Vois-tu où je veux en venir ? Les djinns ont été les esclaves des dagnirs, mais les dagnirs, eux, sont les esclaves du fluide.

Je médite ses paroles un instant avant de demander :

— À quoi ressemble le fluide ?

— C'est un liquide aussi épais que le sang, mais d'une jolie couleur bleue.

— Et si quelqu'un le boit et que ça ne l'empoisonne pas, alors que fait-il ?

Il ouvre la bouche pour me répondre, mais la tête bouclée d'une Daire riant aux éclats s'encadre dans l'ouverture. Il la laisse plonger vers sa poitrine et la fait sauter joyeusement sur ses genoux.

De mon côté je ronge mon frein, impatiente d'entendre la suite de son histoire.

— Nous en reparlerons tout à l'heure, Roz, me glisse-t-il, tandis que ma jeune sœur s'applique à le couvrir de bisous mouillés.

Du fluide de djinn.

C'est impossible, il s'agit d'un mauvais rêve et je vais me réveiller d'une minute à l'autre. Comment Perle a-t-elle pu avoir accès à notre sang ? Et à quoi lui sert-il ?

Mon regard affolé parcourt à nouveau le miroir et suit l'ombre immatérielle de la papote qui ondoie d'un côté du cadre, puis de l'autre. Des connexions improbables commencent à se créer dans mon esprit et pour en avoir la confirmation, je lance à haute voix :

— Est-ce que tu m'espionnes ?

La papote s'immobilise et sa silhouette mauve se précise davantage, comme si elle se rapprochait. Elle semble m'écouter avec attention.

— Réponds-moi, j'insiste avec une hargne de plus en plus vorace. Est-ce que tu m'espionnes ? Perle est-elle de mèche ?

— Perle, Perle, Perle ! jacasse-t-elle avec bonne humeur. Le cou bordé de perles, perles, perles !

Je manque de tomber à la renverse en l'entendant me répondre. Sa voix est désagréable à l'oreille, comme un grésillement suraigu.

Au même instant, Daire déboule dans mes appartements sans avoir frappé. Ses joues sont roses d'excitation. D'ailleurs, tout son corps est d'un rose soutenu. Elle n'arrive plus à juguler son effervescence.

La papote a profité de l'occasion pour retourner à ses pérégrinations dans le miroir.

— Tu ne devineras jamais, Roz !

— J'allais faire une petite sieste, je proteste faiblement.

— Ça peut très bien attendre. Ce que j'ai à te montrer est fabuleux, tu ne vas pas en revenir !

Elle s'affale sur mon lit et croise les jambes sous ses fesses.

J'ai le plus grand mal à me focaliser sur elle, la goutte de fluide accapare toute mon attention. Lorsque je me résigne à la regarder, ce qu'elle fait me laisse estomaquée.

Chapitre 16

Le troisième cadeau

Le dagnir est une créature noble qui, en partant de rien,
a su gravir les plus imposantes et les plus hostiles montagnes.

Dastan Farbiz,
Journal de bord

Daire ouvre les bras avec grandiloquence.

Au premier regard je ne vois rien, mais j'ai l'impression que l'air siffle dans un vrombissement inquiétant.

Je sais reconnaître de la magie lorsque j'en ai sous les yeux. Je l'ai vue avec la goule. Je l'ai vue avec mon père. Une magie tellurique, sortant des entrailles du monde et éclosant comme une fleur gorgée de lumière. Ici, ma sœur vient de faire quelque chose que je peine à identifier.

Le front plissé par la concentration, Daire se balance de gauche à droite. Comme animé d'une volonté propre, l'air compressé suit ses mouvements à la manière d'un cobra devant un charmeur de serpents. Le sifflement autour de nous se fait plus aigu, plus dangereux.

Je sens soudain une présence derrière moi, tout près. Une présence écrasante et implacable. Pourtant, rien ne s'est perché sur mon épaule et nous sommes toujours assises dans une pièce close, seules.

— Mais… qu'est-ce que c'est que ça ?

Ma voix ne m'appartient plus. Elle est troublée. Je vacille lorsqu'une étrange traînée effleure toute la longueur de ma colonne vertébrale. Quelqu'un vient de pousser mes cheveux sur le côté pour dégager ma nuque. Je lâche un cri étranglé en bondissant, balayant la chambre d'un regard épouvanté.

Daire se met à rire et referme les doigts contre ses paumes. Ses yeux pétillent, elle s'amuse de ma réaction.

— Il y avait quelqu'un, je souffle. Quelqu'un se tenait juste derrière moi, et lorsque je me suis retournée, je n'ai rien vu…

— C'est incroyable, n'est-ce pas ?

— C'est de la magie, Daire.

Le fait d'avoir dit cela tout haut me paraît étrange, presque inconvenant. C'est ridicule d'envisager qu'elle puisse manier la magie. Et pourtant… elle l'a fait.

Ma sœur ne tient plus en place. Elle sautille d'une joie débridée.

— Ce n'est pas tout, regarde !

Elle me tend le dos de sa main. Entre le pouce et l'index, là où devrait se trouver la marque d'un bleu surnaturel de l'entrave, il n'y a qu'un symbole pâle, comme si elle avait frotté sa peau au point de l'effacer.

— Hier, elle n'arrêtait pas de me démanger, mais je ne me suis pas vraiment attardée là-dessus. Bientôt, on ne la distinguera même plus. Tu te rends compte de ce que ça signifie ?

J'arrive à peine à l'envisager.

Ma sœur est la deuxième djinn de la Caste à pouvoir utiliser son fluide.

Daire a été couchée. Perchée sur une branche noueuse de la Bulle, les pieds dans le vide, je regarde mon père deviser avec ma mère à l'entrée de leur nid. Ils parlent à voix basse, je ne vois que leurs lèvres bouger quand je plisse les yeux. Je suis impatiente qu'ils terminent pour que je puisse lui demander la suite de l'histoire.

Père ne veut pas que je quitte la Bulle pour le moment. D'après lui, le monde est trop dangereux pour les enfants comme moi. Pourtant, j'aimerais voir comment c'est, ailleurs. Les grandes villes me sont inconnues, je n'ai pas la moindre idée de ce à quoi elles ressemblent. Il m'a promis que dans quelques semaines, nous irions rendre une visite de courtoisie à nos semblables implantés à Brymeriel. C'est l'une des rares Castes à s'être installée en sédentaire. Le sultan ne se soucie pas beaucoup d'eux, car ils ne représentent pas une menace immédiate. Je ne sais pas trop ce que ça signifie, mais c'est Père qui le dit.

À dix ans, je n'ai pas le recul nécessaire pour saisir les complexités qui régissent notre monde. Odeleen a des connaissances bien plus étendues que les miennes, mais elle dit que c'est à mon père de m'en parler.

— Roz, descends, s'il te plaît.

Dans la nuit noire et dépourvue d'étoiles, il ne peut pas m'avoir aperçue, leste comme un oiseau sur ma branche frêle. Pourtant, il a senti ma présence. À moins que ce soit l'arbre qui lui souffle ses secrets…

Je me laisse tomber avec légèreté en me tenant à quelques rameaux souples. Je ne suis pas aussi brillante qu'Odeleen, pas aussi désarmante que Daire, mais j'ai au moins la capacité de me mouvoir comme un chat. Ce qui me rend plus encline à apprendre les bases du combat à la canne.

J'atterris enfin devant lui. Son regard s'attarde quelques secondes sur mes pieds nus, mais il ne fait aucun commentaire.

— Je t'avais dit que nous poursuivrions cette discussion.

Je hoche la tête en silence et le suis à l'intérieur. Ça sent bon la sève et les feuilles mortes. Une grande torche à lucioles distribue sa chaleureuse lumière dans tous les recoins, mettant en valeur les ramifications entrelacées qui font office de murs. Lorsqu'il manie la végétation, Père fait appel à sa fibre artistique.

— Où en étions-nous ? s'enquiert-il en s'installant dans une méridienne.

Je m'assois près de lui lorsqu'il tapote la place laissée libre.

— Vous parliez du sang des djinns. Je vous avais demandé ce que faisait le fluide s'il n'empoisonne pas.

J'avais eu cette question en tête toute la soirée, frémissante d'excitation, assoiffée de savoir.

— Très juste, remarque-t-il. Avant que le dagnir n'entrave les djinns avec ces marques – comme celle que tu portes toi-même – les nôtres avaient des pouvoirs aussi divers qu'extraordinaires.

— Un peu comme les vôtres ?

Ma question n'en est pas vraiment une puisque je connais déjà la réponse. Il acquiesce quand même.

— Tout à fait. C'est un fait extrêmement rare, mais il arrive que certains nouveau-nés naissent sans entrave. Chez les nomades, ils sont très vite remarqués et leur pouvoir est maîtrisé sans ménagement. Lorsque je suis venu au monde et que tes grands-parents ont noté l'absence d'entrave, ils ont décidé de ne rien dire au sultan. J'ai vécu caché, loin des contrôles de routines, protégé et entouré d'une famille incapable d'employer sa magie. J'ai toujours été la fierté de tes grands-parents. Ils ont cru en moi, en ma magie, en ma force.

Pour la première fois, mon père me parle en égale. Aujourd'hui, il estime que je mérite de connaître la vérité. Cette réalité m'emplit de joie, mais aussi d'une certaine crainte.

— Avec l'entrave, le dagnir s'assure que l'on ne se retourne pas contre lui à l'aide de nos pouvoirs. À l'époque de l'esclavage, les djinns devaient offrir un tribut à leur maître : leur sang. Une fois le fluide extrait, il pouvait être bu par le dagnir et lui conférer le pouvoir du djinn pendant un temps limité. Chez un djinn Morphe, la magie est plus puissante et dure plus longtemps. Et tu sais pourquoi je te dis tout ça, ma chérie ?

Mes genoux tremblent. Je réponds d'une voix chevrotante :

— Parce que je suis une Morphe.

— C'est tout à fait cela. Tu es encore plus en danger qu'un djinn moyen.

— Père, je proteste avec fierté, je suis Intouchable ! Aucun dagnir ne peut boire mon fluide sans mon autorisation.

— Les esprits sont manipulables. Un dagnir peut se jouer de ta crédulité pour arriver à ses fins. Certains sont particulièrement doués dans cet art. À toi de ne pas te laisser influencer. Tu as dix ans, ma fille, et tu es la plus volontaire des trois. J'ai une totale confiance en ton jugement. Ne permets jamais à un dagnir de découvrir ton pouvoir, tu lui ouvrirais la porte de ton âme.

Je baisse le nez sur mon entrave. J'en redessine mentalement les contours et me fais une promesse. Celle de ne jamais laisser quiconque disposer de mon héritage.

Odeleen ne réagit pas lorsque l'air bourdonne à ses oreilles. Daire est repartie dans une nouvelle démonstration de ses capacités, tandis que je me suis réfugiée près du mur, mal à l'aise face à la présence invisible qui imprègne les lieux.

Ma sœur aînée étudie silencieusement l'entrave érodée entre son pouce et son index. Il est souvent difficile de déceler la teneur de ses émotions. C'est pour cela qu'elle est celle qui, de nous trois, n'a aucunement l'air d'une Morphe.

— C'est de la magie, je répète, même si je sais que j'énonce là une évidence.

Elle lève ses yeux francs et insondables dans ma direction.

— Ça m'en a tout l'air, oui.

— J'ai l'impression que mon esprit est en feu, claironne Daire en se dandinant dans tous les sens. Le crépitement d'un brasier m'emplit les oreilles !

— Arrête ça, je l'interromps, peu désireuse de goûter à ses singeries. On ne sait pas si c'est dangereux.

— Tu es jalouse, c'est ça ? me dit-elle, une lueur de défi dans le regard.

J'ai bien envie de lui secouer les puces, mais je n'ai pas de temps à perdre avec ces bêtises.

— Il faut d'abord comprendre comment tu es parvenue à libérer ta magie. Est-ce que tu as fait quelque chose de spécial hier ?

Daire secoue la tête.

— Pas que je sache.

— À quel moment t'es-tu aperçue que l'entrave commençait à disparaître ?

— Je ne sais plus… répond-elle en admirant ses ongles avec une petite moue.

— Ça m'a l'air évident, non ?

Nous nous tournons vers notre aînée qui fixe un point invisible, son esprit fonctionnant sûrement à toute allure.

— C'est le troisième cadeau.

— Le troisième cadeau ? Comment ça ?

— Rappelle-toi ce que Callahan Maddy a dit le jour du bal de bienvenue. « Pas de belles toilettes ni de bijoux brillants. Juste un modeste présent dont vous prendrez connaissance sous peu. Vous m'en remercierez, j'en suis certain. ».

Je frissonne de façon incontrôlée.

— Maintenant que j'y pense, il a pris la main de Daire dans les siennes, ce soir-là. Il a déverrouillé son entrave.

Dire ces mots à haute voix me laisse un goût amer dans la bouche. Pourquoi le sultan Maddy n'enlève-t-il pas les entraves à tous les djinns s'il en a le pouvoir ? Il parle de paix, d'entente et d'alliance, mais il nous laisse encore porter nos chaînes.

Odeleen semble lire dans mes pensées :

— Si tous les djinns recouvraient leur pouvoir, pas besoin d'être un génie pour deviner qu'ils se ligueraient contre lui. La question est de savoir pourquoi il nous montre qu'il peut délivrer notre peuple. Le bon sens voudrait qu'il garde ça secret et ne nous libère jamais de nos entraves. Au moins, il n'aurait pas de révolte sur le dos.

Elle a raison. Le geste du sultan est dénué de sens. À moins que nous ne saisissions pas ses véritables desseins.

— Il faudrait lui en parler, déduit Daire. Peut-être que c'est sa façon de demander la paix une bonne fois pour toutes. Il pense que les djinns lui en seront reconnaissants.

Là encore, ce raisonnement ne me convient pas. Je le trouve tiré par les cheveux. La peur se dispute à la méfiance. Quelque chose me dit que nous n'avons pas la plus petite idée des plans de Callahan Maddy.

— Nous devons contacter Père, tranche Odeleen. Je vais envoyer Rakhshan ou Iqbal lui faire un rapport de la situation. J'ai un très mauvais pressentiment.

Chapitre 17

Invitation princière

La justesse réside dans la vérité.

Proverbe amadéan

Le lendemain, nos effets personnels arrivent par bateau. Daire se contente de les fourrer dans un coin sans même les ouvrir, prétendant que les affaires fournies par le sultanat de Pretamia lui suffisent amplement. Moi, je m'enferme dans ma chambre et hume mes sarouels de tulle avec mélancolie. Ils sont encore imprégnés des effluves boisés qui caractérisent Mydriav et me plongent dans un océan de réminiscences.

Les jours défilent et aucune proposition de rendez-vous ne me parvient. Nous passons nos matinées au boudoir et mangeons à la table de la sultane. Nous disposons également de cours de bienséance qui finissent rapidement par m'exaspérer. Mes sœurs se plient de bonne grâce, mais je dois mobiliser des trésors de volonté pour me lever à l'aube et subir ces exercices grotesques.

Casey nous accompagne parfois et se prête au jeu avec la grâce d'un éléphant. Je me sens bien moins maladroite lorsqu'elle est dans les parages. Contre toute attente, elle se révèle être une jeune fille agréable et toujours encline à plaisanter sur tout et rien. Elle s'entend très bien avec Daire et un après-midi, je les surprends dans les quartiers de cette dernière, occupées à essayer des tenues devant le miroir sans fond.

Heureusement, Odeleen est là pour me tenir compagnie. Nous traversons les jardins royaux, bras dessus bras dessous, et discutons pendant des heures, nous remémorant des souvenirs qui nous paraissent lointains. Les regards des nobles de la cour nous suivent et nous détaillent sans vergogne. J'entends parfois des chuchotements insultants glissés derrière des éventails déployés et quelques gloussements moqueurs sur notre passage. Nous faisons mine de ne pas remarquer ces démonstrations de mépris et vaquons à nos occupations comme si nous étions seules au monde.

Iqbal, un de nos gardes du corps, a été missionné dans le plus grand secret pour porter un message à Père, griffonné à la hâte par Odeleen. J'ignore l'impact que la nouvelle de l'entrave déverrouillée aura sur lui, mais j'ai bon espoir qu'il cherche à nous rapatrier au plus vite.

C'était une épouvantable idée de venir ici, je l'avais dit. Mon instinct m'avait soufflé de prendre mes jambes à mon cou.

Durant les longues heures de temps libre octroyées par la sultane Padmé Maddy, les visages des princes ont défilé dans mon esprit. J'en suis venue à me demander si Cameron et Cayden savaient de quoi leur père était capable. Et si l'admiration que Cameron manifestait à mon égard n'était qu'une vaste fumisterie ? Si Cayden m'avait dit ce que je souhaitais entendre dans l'unique but de m'amadouer ?

Sans compter Perle qui semble avoir accès au fluide et en use pour d'obscures raisons. À plusieurs reprises j'ai été tentée de la confronter pour exiger des explications, mais j'y ai finalement renoncé. Je préfère l'épier en catimini. Je suis désormais persuadée que la papote me surveille et lui rapporte mes faits et gestes. Ce doit être ainsi que Callahan Maddy garde un œil sur moi. Il n'y a plus de doute possible.

À présent, tout est clair dans mon esprit, je dois me méfier des dagnirs qui bourdonnent autour de moi, comme des abeilles ouvrières dans leur ruche.

Aucun n'est digne de confiance.
Tous peuvent me trahir.

Un matin, je me réveille les yeux gonflés, avec un creux immense au milieu de la poitrine. Après m'être passé le visage à l'eau froide, je me secoue intérieurement en me traitant d'idiote. Se morfondre comme une fillette ne fera rien avancer. Je dois me montrer forte. C'est ce que Père veut.

Ma détermination vacille lorsque je passe devant la cage de Samsaa. C'est ma suivante qui se charge de la nourrir. Elle ressort chaque fois de ma chambre avec une expression extatique. J'ai parfois peur que le bonheur procuré par Samsaa l'empêche de remplir ses fonctions et lui apporte des problèmes, mais elle m'assure du contraire. Depuis l'incident d'il y a quelques jours, j'ai fait de mon mieux pour ne plus poser une main sur cet animal.

Le sultan a redonné sa magie à Daire, il m'a offert une bestiole qu'on ne croise que dans les contes pour enfants et s'est séparé d'un vieil artefact pour le donner à Odeleen… Il y a une raison à tout cela.

Pourtant, j'ai à nouveau cette envie impérieuse de parcourir le pelage de Samsaa du bout du doigt. Rien que pour ressentir un peu de bonheur factice.

Mes jambes me portent d'elles-mêmes vers la cage, comme si elles étaient douées d'une volonté propre. Samsaa est enroulée sur elle-même, mais soulève la tête à mon approche. J'attrape la cage que je pose délicatement sur le couvre-lit, puis l'entrouvre.

— Approche par là, toi.

Je ne sais pas pourquoi je lui parle comme si elle me comprenait, mais c'est plus fort que moi. À cet instant, je me sens si seule et incomprise que je me dis qu'une petite caresse ou deux ne me fera pas de mal. Juste cinq secondes, le temps de me requinquer.

Ses yeux trahissent une intelligence surprenante. Lentement, elle se redresse en étendant ses pattes griffues devant elle, avant de s'ébrouer comme un chiot.

Je passe mon index à travers l'ouverture pour qu'elle le renifle. Si elle décide de me mordre, je n'aurai qu'à l'envoyer rouler bouler dans le coin d'une pichenette.

— Approche encore, j'ordonne d'une voix caressante.

Comme si elle comprenait, Samsaa avance sa truffe près de la pulpe de mon doigt et ouvre la gueule. Une toute petite langue rose en sort et me lèche timidement. La chaleur se diffuse en moi. J'ai l'impression qu'à la place du sang, c'est un suc doux qui circule dans mes veines. Mon regard vagabonde, un sourire béat flotte sur mes lèvres. Sans même m'en apercevoir, je m'assoupis, laissant la cage grande ouverte.

— Princesse Rozenn ! Je crois que votre aura s'est échappée !

La voix paniquée de Perle me tire de mon sommeil bienheureux. Je grimace en me frottant la tempe. Ma suivante est à mes pieds et soulève les couvertures en parlant toute seule, au bord de la crise de nerfs.

— Je venais vous communiquer la première invitation et j'ai trouvé la cage ouverte. Comment cela a-t-il pu arriver ? Ou alors quelqu'un l'aurait volée ? Malheur, je vais prendre un de ces blâmes…

Elle balaye la pièce d'un regard larmoyant, puis s'arrête sur moi lorsque je fourre la tête sous un oreiller pour ne plus l'entendre.

— Je… Oh !

Samsaa s'est réfugiée dans la chaleur de mon cou. Elle semble avoir trouvé l'endroit idéal pour roupiller. Étonnamment, je ne ressens qu'une douce tiédeur à l'endroit où elle est posée. Pas de sensation de bonheur puissante.

— Elle n'est pas partie… soupire Perle en s'affalant dans le fauteuil le plus proche.

Très vite, l'incompréhension remplace le soulagement dans ses prunelles.

— Les auras sont connues pour prendre la clé des champs dès que l'opportunité se présente. C'est pour cela qu'il est si difficile d'en trouver.

Avec une bienveillance qui m'étonne moi-même, j'attrape Samsaa qui se laisse faire, le regard embrumé de sommeil, et la pose près de ma cuisse. Elle ne fait pas mine de s'en aller.

— Elle a peut-être oublié de s'enfuir.

— Ou alors elle vous adore déjà !

Un parchemin enroulé sur lui-même apparaît dans mon champ de vision lorsqu'elle l'agite devant moi.

— On m'a demandé de vous donner ça. C'est frappé du sceau de la Caste Maddy. Je suis sûre qu'il s'agit de votre première invitation.

Cette idée me remue les tripes. Il va encore falloir jouer à la princesse atrocement naïve, qui ne se doute pas une seconde que quelque chose cloche dans ce palais.

Lentement, je décachette la missive.

Le prince Cayden Maddy a l'insigne honneur
de vous convier au premier rendez-vous
organisé dans le cadre d'une éventuelle alliance matrimoniale.
Le départ est prévu au crépuscule,
avant le coucher des soleils.
Un eunuque viendra vous chercher
pour vous mener au lieu de la rencontre.

Que les Maddy illuminent vos jours.

Malgré moi, un soupir s'échappe de ma gorge. Cayden… je vais enfin savoir s'il a voulu me manipuler lors du bal de bienvenue ou si je peux considérer que j'ai un allié dans cette croisade personnelle.

Chapitre 18

À L'AIR LIBRE

Le mélange des espèces n'a jamais été proscrit. En période d'esclavage, beaucoup de djinns ont été utilisés à des fins purement charnelles. En revanche, le fruit d'une alliance pareille est souvent mal perçu par les deux peuples et l'enfant finit le plus souvent rebu de la société.

Mœurs et conventions des Terres Libres, 4e volume,
Grande Bibliothèque de Varda

La perspective d'aller à cette entrevue avec Cayden m'enchante plus que je ne l'aurais pensé. Pas parce qu'il s'agit d'un beau garçon et qu'une fille de mon âge pourrait trouver plaisir à se faire courtiser, mais parce que j'ai bon espoir d'obtenir des réponses à toutes les questions que je me pose. Lorsque j'en touche un mot à Odeleen, elle m'encourage dans ce sens :

— Tu as raison, mais il faudra te montrer discrète et ne pas l'assaillir de reproches. Tant que tu ne connais pas ses intentions, ne lui dévoile pas tout ce que tu as appris au sujet de son père.

— Pour le peu que j'en sais…

Odeleen doit prochainement rencontrer Callum, l'aîné des frères Maddy. Je suis tout de même assez curieuse de découvrir comment cela va se dérouler entre eux. Est-ce que la droiture de ma sœur fera taire les sarcasmes de cet âne bâté ? Ou bien se montrera-t-il charmant, comme il l'a été avec Daire ? Au fond, j'ai bon espoir qu'Odeleen le déteste au moins autant que moi.

Je passe la soirée barricadée dans mes quartiers, évitant soigneusement Daire qui rit avec Casey à l'autre bout du couloir. Elles essaient des robes qui s'empilent sur son lit, ainsi que des fards mis à leur disposition. Au moment du dîner, elles ont toutes les deux les joues barbouillées de khôl.

J'ai décidé de laisser Samsaa en liberté et elle semble m'en être reconnaissante. Je persiste à croire qu'elle est douée d'une intelligence hors du commun et qu'elle comprend parfaitement ce que je dis. Quelques heures après avoir reçu la missive, j'ai cherché à l'approcher et elle a fait le gros dos. En posant ma main sur sa fourrure, le bonheur enivrant m'a à nouveau submergée. Je me suis mordu la langue jusqu'au sang en me concentrant sur ma douleur, chassant ainsi la sensation embrumée qu'elle éveillait en moi.

— Arrête… ça… tout de suite, je suis parvenue à articuler entre mes dents.

Et comme par magie, Samsaa a cessé d'émettre ses ondes douceâtres. J'avais beau la toucher, la béatitude avait disparu, remplacée par une chaleur communicative.

Avec lenteur, je me suis agenouillée pour être à sa hauteur. Elle m'a regardée avec un mélange de surprise et de curiosité.

— Je sais que tu comprends ce que je dis. On va faire un marché. Tu arrêtes de m'envoyer tes flux d'euphorie et je ne te remets plus dans ta cage.

Elle m'a écoutée attentivement avant de se mettre sur ses quatre pattes. Sa petite langue râpeuse a effleuré mon menton. Juste une sensation de bonne humeur diffuse. Pas désagréable, mais pas hypnotisante non plus. C'était mieux.

J'ai souri.
— Merci, Samsaa.

La robe suit les contours de ma poitrine sans trop en dévoiler. Cintrée au-dessus de ma taille, ses pans sont retenus par une ceinture en cuir qui rehausse la finesse de ma silhouette. Elle retombe en drapés jusqu'à mes pieds.

En m'observant dans la psychée, je me trouve déjà plus naturelle qu'à l'occasion du bal.

— Elle devrait mettre autre chose, grésille la voix tout droit sortie du miroir. Propose-lui des parures, elle ne peut pas se présenter le cou nu.

La silhouette de la papote grandit de seconde en seconde alors qu'elle se rapproche du cadran. Pas le moins du monde surprise, Perle ajuste les diamants brodés près de la ceinture.

— La papote a raison, Princesse. C'est le tout premier des rendez-vous et votre robe est trop…

— … sage, complète l'ombre prisonnière de la glace.

— C'est tout à fait ça. Vous devez donner l'impression d'être une femme à la beauté recherchée, pas…

— … une petite fille prude et coincée.

Perle rougit, gênée par les manières frontales de l'intruse.

— Non, non, ce n'est définitivement pas ce que je voulais dire, Princesse.

— Moi si, ricane la papote.

— J'ai toujours été quelqu'un de simple, je contre. Si le prince Cayden veut m'avoir, il faudra qu'il m'accepte telle que je suis vraiment.

Même si ces paroles vides de sens ne trouvent aucun écho en moi, j'ai décidé de faire croire à Perle que j'étais très intéressée par une potentielle union. Il est probable qu'elle ne soit à mes côtés que pour m'épier. Je dois donc donner l'illusion d'être docile et ouverte au mariage.

L'eunuque, un homme d'âge mûr habillé chichement, frappe doucement à ma porte dès le coucher des soleils. Ses yeux d'un bleu très pur me détaillent à peine lorsqu'il me voit.

— Princesse Rozenn, je suis Bahram. Mon rôle est de vous amener jusqu'au prince Cayden pour votre première invitation.

Il emploie une voix pompeuse qui ne va pas avec son apparence très lisse. En hochant brièvement le menton, je laisse à Perle le soin d'abattre la cape sur moi. Nous finissons par lui emboîter le pas dans les dédales du château. Mon regard s'arrête sur les portes des appartements de mes sœurs. Les rendez-vous sont organisés au même moment, mais j'ignore si elles sont déjà parties.

Avec l'impression de me diriger vers l'abattoir, je carre les épaules et redresse la tête, le port fier.

Cayden a l'air aussi emprunté que moi. Il m'adresse un demi-sourire lorsqu'après l'avoir salué bien bas, Perle et le dénommé Bahram s'éclipsent, nous laissant en tête à tête dans le hall du château.

— Vous êtes ravissante.

— Soyez honnête, vous vous en fichez comme d'une guigne, je ris.

Inutile de jouer la comédie, nous savons tous les deux qu'il ne s'agit que d'une farce à laquelle nous nous plions pour nos familles respectives.

Mes paroles font leur effet. Ses épaules se détendent considérablement.

— Vous n'êtes toujours pas familière à l'idée d'épouser l'un d'entre nous ?

J'éclate de rire, c'est plus fort que moi.

— Toujours pas.

— À la bonne heure !

Le regard complice que nous échangeons est lourd de sens. Si quelqu'un passait par là et nous voyait ainsi, il penserait à n'en pas douter qu'une idylle est en train d'éclore. Mais si par sa simple présence, Cayden me donne l'impression d'être délestée d'un poids, c'est parce que je sais qu'il me comprend et partage mes tourments.

— Je vous propose un rendez-vous qui vous fera vraiment plaisir.

— Vous semblez bien sûr de vous.

— Je le suis.

— Alors je vous écoute.

Il se penche en avant, ses yeux cobalt rivés aux miens.

— Quittons Pretamia à dos de buraqs. Je connais un endroit fabuleux qui vous fera oublier les murs de cette prison.

— Parce que les buraqs existent ? je demande, estomaquée.

— Ils sont extrêmement rares, mais mon père dispose de cinq bêtes racées qu'il bichonne comme des nouveau-nés.

— Je n'en reviens pas…

— Alors ? Intéressée ?

— Évidemment !

Moi qui étais fermement décidée à le cuisiner pour obtenir des informations quant aux pouvoirs de Daire, je n'ai maintenant plus qu'une seule soif : celle de m'évader à dos d'un animal de légende.

— Allons-y.

Nous marchons côte à côte et l'écho de nos babouches sur le sol en marbre ricoche contre les murs extérieurs du palais. Pour éviter les petits curieux, Cayden a la gentillesse de remonter la capuche sur mon visage, avant de faire de même avec sa propre cape. Ainsi cachés, personne ne peut nous reconnaître avec certitude. Je me laisse guider à travers les jardins, traversant les places pavées, longeant les haies, le plus loin possible des domestiques qui s'affairent dans tous les sens.

— Est-ce que les Pretamiens savent que des djinns sont en visite chez vous ?

— Mon père a fait une annonce quelques semaines avant votre arrivée. La nouvelle a été prise assez… froidement, je dois vous l'avouer.

Je ne peux pas m'empêcher de grimacer. Évidemment que ça a été pris froidement. Personne n'a envie que nos deux espèces se mélangent. Ça semble tellement contre nature… Cela dit, j'ai déjà entendu parler d'enfants métis en Amadée, nés d'une union entre un dagnir et un djinn. Je ne suis même pas curieuse de savoir ce que cela donnerait.

— Il compte vous présenter prochainement. Il y aura une annonce sur balcon et tous les habitants seront priés de venir. Vous voyez les grandes places du marché en contrebas ?

Je me penche prudemment par-dessus la rambarde et scrute les étals en bois qui se montent ici et là.

— Oui.

— Une célébration aura lieu et les Pretamiens boiront et festoieront en votre honneur. Je ne sais pas encore quand, mais c'est prévu.

— Et si les habitants ne veulent pas de nous ? j'objecte, la gorge nouée.

— Mon père a décrété que ce sera une fête, alors ce sera une fête.

Son ton est désabusé. De toute évidence, il est habitué aux décisions incontestables de son géniteur.

Je devine que nous approchons des écuries. L'odeur de foin et de crottin me prend au nez. J'inspire à pleins poumons, pas du tout indisposée, et reste béate devant les buraqs d'un blanc immaculé. Leurs ailes sont repliées contre des flancs musclés. Je caresse leurs plumes soyeuses avec vénération. Une fois déployées, elles doivent faire deux fois leur taille, au bas mot. Contrairement aux shadhahvars, ils sont d'un calme déconcertant et réagissent à peine à nos attentions. J'ai l'impression de rêver.

— J'aurais dû vous conseiller de mettre une tenue plus appropriée, remarque Cayden, me tirant de ma contemplation.

— Ça n'a aucune importance.

Je me rends compte que j'apprécie le fait qu'il n'ait pas demandé aux palefreniers de préparer nos montures. Je peux ainsi me charger moi-même de sceller mon buraq – ce que je n'avais jamais fait de ma vie. Il se place à côté de moi avant de m'aider à poser le tapis de selle et régler les sangles. Il est doux dans chacun de ses gestes, il prend le temps de m'expliquer chaque étape avec un sourire. De temps à autre je caresse le chanfrein du buraq en lui glissant des mots doux. Ce rendez-vous commence mieux que je l'aurais cru.

Une fois que nos montures sont prêtes, Cayden me contemple avec une lueur indéfinissable dans le regard. Je suis tout de suite sur la défensive et me fige, les rênes déjà en main.

— Quoi ?

— Rien, s'empresse-t-il de répondre, l'air sérieux.

Je sens que ma peau pare de grosses plaques rouges. L'espace d'un battement de cœur, Cayden m'a regardée différemment et je ne suis pas certaine d'aimer ça.

Lui tournant le dos, je relève mes jupes, puis me hisse à la seule force de mes jambes sur le buraq qui s'ébroue légèrement, impatient de s'ébattre dans les airs.

Cayden n'a toujours pas bougé. Encore ce papillonnement de paupières indéchiffrable.

— Quoi ? je répète, plus tendue, cette fois.

Il ne peut réprimer la risette amusée qui retrousse ses lèvres.

— Vous montez comme un homme.

— Et comment monte une femme, s'il vous plaît ? je rétorque, prête à prendre la mouche.

— Elle attend qu'on l'aide à monter.

Je renifle avec affliction.

— Quelles mijaurées, ces femmes !

Il rit à gorge déployée. Ce son me paraît être le plus beau du monde. Une envie irrépressible de le faire rire, encore et encore, me submerge.

Un très léger coup de talons dans les flancs de nos montures suffit à leur donner le signal. Elles s'envolent dans un torrent de plumes. C'est très différent du vol en tapis volant. Je sens leurs puissantes excroissances battre contre mes genoux, manquant de me désarçonner à tout moment. Après quelques mouvements d'ailes, nous planons au-dessus de la ville. Je pousse un cri de joie, le cœur en liesse, et Cayden m'imite avec un petit sourire aux lèvres.

Pendant quelques minutes, nous décrivons de grands cercles autour du palais et j'ai le temps de scruter l'empilement d'habitations qui forme un étrange méli-mélo jusqu'à perte de vue. Entre chien et loup, la cité baigne dans une lumière crépusculaire qui réchauffe l'air.

Porté par un courant d'alizé, le buraq de Cayden se dirige vers le nord. Le mien s'empresse de le suivre, les ailes grandes ouvertes. À travers ses plumes, le vent produit une musique unique qui me rappelle mon foyer. J'aime cette symphonie, associée à cette impression de liberté. Il n'y a plus de palais, plus de secrets. Juste moi et le vide, moi et ma monture de légende.

Le brouillard finit par se faire très dense et j'enjoins le buraq à se rapprocher un peu plus de mon compagnon pour ne pas me faire distancer. Lorsqu'un grand lac apparaît, bordé d'une forêt tropicale noyée sous le jasmin, nous commençons à perdre de l'altitude.

— Bienvenue dans mon havre de paix ! me crie Cayden pour couvrir le mugissement du vent.

Chapitre 19

LIENS ÉPHÉMÈRES

Le lien du djinn est l'union la plus pure
et la plus vertueuse qui soit.

Eskandar Kaplang,
Émir de Mydriav

Je me laisse glisser à terre avec un sourire ridicule accroché aux lèvres. Ce vol à dos de buraq me comble aussi bien que les cajoleries de Samsaa. Cayden doit en ressentir les effets, car il chantonne gaiement une mélodie qui m'est inconnue.

— Votre havre de paix, vous dites ?

Il hoche la tête, rieur.

— Je viens là quand je souhaite être tranquille.

— Et combien de filles naïves avez-vous charmées ici, si je puis me permettre ?

Cette chevauchée m'a rendue d'humeur taquine. Heureusement, au lieu de s'offusquer, il entre dans mon jeu :

— Vous êtes beaucoup trop fouineuse…

— Je pose juste les bonnes questions.

Il s'assoit à même le sol et pousse le vice en déboutonnant largement le col de sa chemise pour se mettre à l'aise. Son corps gracieux n'a rien de déplacé dans ce cadre unique.

Sans me soucier des convenances, je prends place à côté de lui en croisant les jambes et fixe le lac à peine troublé par un poisson ou deux.

— Merci de m'avoir amenée ici.

— Tout le plaisir est pour moi.

Les mots me paraissent superflus, maintenant. Je me couche de tout mon long et observe les nuages bas.

— Je n'amène jamais personne d'habitude. Pas même mes frères.

Je tourne la tête vers lui. Les soleils sont sur le point de mourir à l'horizon, baignant son profil dans leur lueur rutilante. Il est beau.

— Pourquoi ?

C'est à son tour de me regarder. Une pincée de tristesse est venue se loger dans l'océan de ses iris.

— Être prince de Pretamia, ce n'est pas de tout repos. Je sais, ça ressemble beaucoup au discours d'un gamin gâté qui a toujours eu ce qu'il voulait…

Sa bouche se tord en une grimace. Je m'empresse de le convaincre du contraire :

— Je n'ai jamais dit ça.

— Non, bien sûr que non. Pas vous. C'est dommage que les autres ne soient pas un petit peu comme vous.

C'est à mon tour de grimacer.

— Je pense qu'il n'y a que moi et mes sœurs qui peuvent être à même de vous comprendre. Et puis même en étant princes et princesses, il y a une seule chose que nous aimerions et qui nous est refusée.

— Quoi donc ? demande-t-il, franchement curieux.

— Avoir le choix.

Un rire amer lui échappe. Il se redresse sur un coude en mettant un brin d'herbe entre ses dents.

— Le choix… Un bien grand mot. J'ai l'impression de m'entendre, voyez-vous. Lorsque je m'en suis ouvert à mon père, sa réponse a été : « Vous avez le choix, Cayden. Le choix entre Odeleen, Rozenn et Daire. ». Nous ne devons pas avoir la même conception du libre arbitre.

Je baisse le nez, en proie à des pensées contradictoires. C'est trop beau pour être vrai. Un dagnir me comprend, moi, une djinn. Je n'aurais jamais cru cela possible.

— Que pensent vos frères de tout ça ?

L'expression de son visage se fait lointaine et il repousse distraitement une mèche de cheveux qui lui obstrue la vue. J'ai presque l'impression de palper son mécontentement.

— Cameron a tendance à tout accepter et à se plier aux désirs des uns et des autres. J'ai beau lui répéter qu'on ne peut pas contenter tout le monde, il parvient à exploiter le meilleur dans les situations les plus désespérées.

Cette description du jeune homme me tire un sourire. Il est aussi bon que je l'avais imaginé.

— Callum, c'est un peu plus compliqué, poursuit Cayden. Pour ne rien vous cacher, ce n'est pas facile de savoir ce qu'il a dans la tête. Quand mes parents lui ont annoncé la nouvelle, il n'a eu aucune réaction.

— Étrange…

Il hausse les épaules.

— Il est comme ça, Callum. Un peu sauvage et difficile à déchiffrer.

J'ai bien envie de lui rétorquer que je ne souhaite pas perdre mon temps à essayer de comprendre cet énergumène, mais je m'abstiens. N'abusons pas, il s'agit de son frère tout de même.

Un silence serein s'installe entre nous, uniquement ponctué par les cris de quelques oiseaux nocturnes. L'agitation du palais est loin. Là-bas, je n'ai droit à aucun répit, je dois sans arrêt être attentive à ce que je dis, ce que je fais, et même ce que je pense, car mes yeux sont là pour me trahir. Ici, c'est le calme qui m'habite. Ce n'était pas arrivé depuis… depuis Mydriav. Une éternité, en fait.

J'ai toujours été la plus solitaire des trois, celle qui recherchait sa propre compagnie avant celle des autres.

Finalement, je sombre peu à peu dans une somnolence paisible, faisant de la végétation ruisselante d'humidité ma couche improvisée. Le mugissement du vent me tire du sommeil un peu plus tard, alors que les lunes brillent à travers quelques nuages épars. Désorientée et l'esprit embrumé, je surprends Cayden en train de me contempler.

Je passe le bras sous ma tête et baille à m'en décrocher la mâchoire.

— Quel genre de princesse êtes-vous, Rozenn Kaplang ? m'interroge-t-il dans un chuchotis.

— Le genre qui n'entre pas dans les cases, j'imagine. Le genre qui n'a jamais demandé à être princesse.

— Et pourtant, être princesse est le mieux qui pouvait vous arriver. Quand on est djinn, la vie sur les Terres Libres ne doit pas être très facile. Mais je ne vous apprends rien, s'empresse-t-il de déclarer en voyant la tête que je fais.

Non, en réalité je ne comprends pas trop où il veut en venir. Cette petite remarque, si anodine en apparence, me fait oublier jusqu'au bien-être que je ressentais la minute précédente.

— Vous savez, vivre dans la forêt, ce n'est pas si terrible qu'on pourrait le penser. J'y suis très heureuse.

J'essaie de chasser de mes intonations la pointe d'agacement que ses paroles ont eu sur moi. Même si au fond, il m'a piquée au vif.

Évitant son regard, je poursuis :

— Mon père a réussi un exploit avec la Bulle.

— La Bulle ?

— Notre ville, si vous préférez. Nous l'appelons ainsi, car elle est notre refuge, un foyer chaleureux où les gens vivent pacifiquement, sans se faire la guerre pour conquérir d'autres territoires. Et puis c'est très beau. Pas aussi confortable que votre palais, mais c'est chez moi.

— À vrai dire…

Il cherche ses mots, le rouge aux joues.

— Je ne parlais pas de ces djinns-là. Plutôt de ceux qui passent par Pretamia.

Il n'y a plus de doute, Cayden ne sait plus où se mettre. La discussion a évolué sur des sables mouvants et j'en déduis très vite qu'il préférerait être partout sauf ici, à discuter de ça avec moi.

— Comment ça ? Il y a des djinns dans la cité ?

Ma fébrilité semble accroître son embarras.

— Oui, enfin non… Je ne sais pas trop. Si on y allait ?

Je ne m'attendais pas du tout à pareil revirement. Quelques heures auparavant, j'étais persuadée que Cayden était le dagnir le plus délicieux que je connaissais, le plus sincère également. Maintenant, je révise sérieusement mon jugement. Mes doutes à l'égard de ce peuple fourbe se réveillent. Moi qui pensais que l'on pouvait se parler franchement…

En voyant son attitude fuyante, j'ai tôt fait de deviner qu'il ne dira plus rien. Cela ne sert à rien d'insister. Le lien qui nous unissait peu de temps auparavant n'a pas fait long feu…

Nous retournons auprès des buraqs qui broutent dans la lande puis reprenons le chemin vers Pretamia. Le retour me paraît lugubre. Je n'ai plus qu'un souhait : échapper à ce tête à tête qui a tourné en eau de boudin. Cayden m'énerve. Son silence devenu pesant m'énerve. D'ailleurs, l'envie de mettre les voiles pour de bon me titille dangereusement.

Je pensais revenir avec des réponses. Finalement, je rejoins mes appartements la tête emplie de nouvelles interrogations.

Chapitre 20

ENSANGLER VOTRE VIE

FLUIDE : *substance de couleur bleutée que l'on trouve dans le sang d'un djinn. Une fois ingéré, il induit des effets aléatoires en rapport avec les prédispositions du djinn en question. Le fluide produit également une légère ivresse, ainsi qu'une propension à la mégalomanie. Plus il est issu d'une haute facture, et plus il doit être consommé avec prudence, car ses effets sont puissants.*

Introduction à l'art des potions,
Ozkubucku Dânâ

Ma chambre est éclairée par quelques larmes de lave durcies qui luisent sur leurs socles de porcelaine. À l'extérieur, plus rien ne bouge. À l'intérieur, c'est une autre affaire. Odeleen, Daire et moi sommes assises sur mon lit et Samsaa saute joyeusement dans les couvertures en faisant des roulés-boulés qui la ralentissent à peine.

Mon entrevue avec Cayden s'est terminée sur les coups de minuit. Un tête-à-tête des plus courts, car mes sœurs ne sont rentrées qu'au lever du jour et j'ai piétiné pendant de longues heures, incapable de trouver le sommeil, agacée par la tournure qu'avaient pris les événements.

— Tu n'as pas réussi à glaner quelques informations ? me demande Odeleen, les sourcils froncés.

Je secoue la tête.

— Je n'ai aucune piste. Il a bien dit quelque chose d'étrange par rapport au djinns qui « passent par Pretamia », mais impossible d'en apprendre plus. Tout allait pour le mieux et sans que je sache comment, la conversation a tourné au vinaigre. Après ça, il s'est fermé comme une huître. Et toi, Daire ?

Ma cadette est trop occupée à fixer son entrave pour se soucier de mes paroles.

— Daire ! je l'appelle, un peu exaspérée.

— Hein ? Quoi ? Excuse-moi, je n'écoutais pas.

Odeleen lève les yeux au ciel.

— Tu parles d'une princesse. Tu t'exprimes comme si tu sortais de la…

— De la forêt ? suggère-t-elle du tac au tac. Tiens, c'est marrant que tu dises ça. Parce que figure-toi que…

— Arrête tes bêtises, la rabroue-t-elle en fronçant les sourcils. Nous sommes sérieuses, au cas où tu ne l'aurais pas encore remarqué.

Avec un soupir à fendre l'âme, Daire se laisse tomber sur le dos.

— Ce que vous êtes ennuyantes toutes les deux, se lamente-t-elle. Il faut toujours être sérieuse, blablabla. Vous ne m'avez même pas demandé comment s'était passé mon rendez-vous avec Cameron. On dirait que vous vous en fichez.

J'inhale lentement par le nez pour m'exhorter au calme, même si, intérieurement, j'ai une envie impérieuse de la gifler.

— Très bien, raconte-nous ton rendez-vous, dans ce cas.

Elle rosit de plaisir et joint les mains.

— C'était comme dans un rêve. Nous avons pique-niqué de nuit dans un des jardins du château, puis nous nous sommes promenés. On a des tas de points communs. Il est si drôle, si cultivé ! Je pourrais l'écouter parler pendant des heures !

— Et de quoi t'a-t-il entretenue ? l'encourage Odeleen avec un calme que je lui envie.

Daire s'assombrit légèrement.

— Il a évoqué Rozenn au début. Il voulait savoir des choses sur toi. Enfin bref… Je pense qu'à la longue, mon charme naturel a fait que…

— Attends, quoi ?

Cameron a parlé de moi pendant son rendez-vous avec Daire ? J'aimerais me sentir triste pour ma sœur, mais en réalité cette nouvelle m'amuse beaucoup.

— Oui, bon, ce n'est pas très important, grommelle-t-elle. En fait, il n'est pas si intéressant que ça. Je pense que vous pourriez bien vous entendre.

J'échange un regard surpris avec Odeleen. Daire change d'avis comme de tunique, il est difficile de vraiment la suivre. Initialement, Cameron était un jeune homme merveilleux ; à présent elle a décidé qu'il n'était plus vraiment digne de capter son attention. C'est bien ma sœur tout craché !

— Assez parlé de moi, décrète-t-elle avec autorité. Et toi, Odeleen ? Est-ce que le séduisant Callum t'a fait de l'effet ?

J'ai la surprise de voir ma sœur pouffer comme une adolescente.

— C'est un très gentil garçon, concède-t-elle. Il m'a fait visiter la bibliothèque sultane, car il avait entendu dire que j'aimais beaucoup les livres. C'était, ma foi, très instructif. Est-ce que vous savez que la bibliothèque renferme des dizaines de milliers d'ouvrages et qu'un quart d'eux porte sur les secrets de notre peuple ? Nous avons passé des heures à bavarder sur des sujets divers et variés. C'était passionnant.

Je suis bouche bée, je n'ai jamais vu mon aînée parler autant en une seule fois. Callum Maddy a tenu sa promesse et a su enjôler mes deux sœurs. Ce garçon est dangereux et je me promets de le garder à l'œil.

Samsaa a dû percevoir que je me crispais, car elle se frotte contre ma main en faisant le gros dos. J'ai l'impression d'avoir une bouillotte pelucheuse contre moi. Une bouillotte qui me distribue un peu de bonheur à chaque seconde. Les ondes de chaleur pulsent dans mes veines, enflammant les extrémités de mes doigts d'agréables picotements. Je commence à me sentir un peu mieux.

Bien décidée à revenir à elle, Daire enchaîne sans la moindre gêne :

— Au fait, je ne vous ai pas dit ! Cameron et moi avons également croisé le sultan avant de quitter le palais.

— Est-ce qu'il s'est intéressé à tes pouvoirs ? questionne Odeleen, le front plissé d'inquiétude.

Notre jeune sœur hausse les épaules.

— Non, il s'est contenté de nous adresser un clin d'œil. Je commence à me dire que ce n'est peut-être pas lui qui a déverrouillé mon entrave. Peut-être que j'ai réussi toute seule.

Entre son pouce et son index, il n'y a plus que l'ombre de la marque bleue à peine reconnaissable. Sa magie se déploie et prend une ampleur qu'on ne peut plus nier.

— C'est impossible, argue mon aînée. Ma main à couper que c'était son présent. Nous ignorons encore comment il s'y est pris, ni pourquoi il t'a libérée toi et seulement toi. Alors que les Terres Libres abritent des centaines de milliers de djinns. Non, il ne nous reste plus qu'une chose à faire.

— Laquelle ?

— Attendre qu'Iqbal revienne de sa mission. Père saura sûrement quoi faire.

Je me garde bien de lui parler de mes doutes. Notre famille s'est retrouvée poliment acculée et n'a pas eu d'autre choix que de capituler. Mon père n'a ni armes ni armée. Comment pourrait-il lutter contre les manigances du sultan ?

Le lendemain, une petite lettre étroitement repliée sur elle-même a été glissée sous ma porte. En l'ouvrant, je découvre une écriture ronde et régulière, un peu hésitante sur les premières syllabes :

J'espère de tout cœur que ma conduite trop cavalière ne vous a pas heurtée. Je suis malheureux comme les pierres à l'idée de vous avoir reconduite chez vous aussi tôt, hier. J'aimerais que nous en reparlions à l'occasion.

Mes hommages, Princesse,

Cayden

Je suis perplexe. Cayden aurait-il changé d'avis ? Serait-il plus enclin à me dire la vérité sur les djinns qui, d'après ses dires, passent par Pretamia ? Pour le coup, je suis impatiente de le recroiser. Je pourrai le cuisiner jusqu'à ce qu'il cède. Avec cette missive, j'ai bon espoir qu'il est mûr et prêt à la cueillette.

Mes réflexions s'arrêtent tout net lorsque l'eunuque Bahram frappe à ma porte. Samsaa, qui dormait sur l'oreiller, pousse un couinement et part se réfugier sous les coussins à franges, lacérant au passage la soie du couvre-lit de ses petites griffes.

Je n'ai pas le temps de réajuster ma tenue qu'une autre silhouette élancée le précède.

Cameron.

C'est le jour de notre rendez-vous et mon cœur me trahit à sa vue. Il bat à coups redoublés. Pour l'occasion, il a revêtu une tunique typiquement pretamienne, bordée de glyphes anciens cousus à même le tissu, au-dessus d'un pantalon en toile. Celui-ci met en valeur sa carnation hâlée. Lorsqu'il m'aperçoit, un immense sourire barre son visage.

— Princesse, je suis heureux de vous avoir un peu pour moi tout seul.

Il me détaille de la tête aux pieds et une petite lueur admirative brille dans son regard.

— Vous voir ainsi est un véritable plaisir pour les yeux.

Un peu gênée, je me racle la gorge pour me donner une contenance. Je ne sais pas quoi répondre à pareil compliment et me contente de dire :

— Appelez-moi Rozenn.

Il penche la tête en signe d'assentiment.

— Et je serai Cameron. Juste pour vous.

Le sang me monte aux joues sans que je ne puisse l'endiguer.

— J'ai décidé de vous emmener au grand marché de Pretamia, poursuit-il. Les commerçants proposent des produits locaux et il arrive que certains objets rares se retrouvent sur leurs étals. J'ai pensé que cela pourrait vous plaire.

Il m'adresse un sourire sincère auquel je réponds sans réfléchir. J'ai beau me répéter inlassablement qu'il ne faut pas trop se prendre au jeu de la séduction, c'est plus fort que moi. Cameron m'inspire beaucoup trop de sympathie et toute la méfiance du monde ne peut rien contre cela.

Nous marchons côte à côte, nos épaules se frôlant par moment. Rakhshan se tient en arrière, aussi discret qu'une légère brise, à tel point que j'en oublie sa présence à certains moments.

Cameron serre et desserre sa main à plusieurs reprises, hésitant à entrelacer ses doigts aux miens. Son embarras me touche plus que de raison et je me mords l'intérieur des joues pour ne pas rire comme une imbécile. Autour de nous, la foule est dense et les dagnirs se poussent mutuellement pour se frayer un passage dans la cohue.

Le marché de Pretamia s'étend sur plusieurs lieues et expose diverses curiosités que je n'avais encore jamais vues ailleurs.

Sous un auvent d'une couleur incertaine, un dagnir recouvert de tatouages, un lézard géant enroulé autour du cou comme une étole, crache des œufs mous par la bouche. Une femme parée d'un foulard oriental danse au son du tambour, au milieu de tatous roulés en boule et sous le regard admiratif des passants.

Un peu plus loin, un couple se tient derrière un étal enfoui sous des breloques rutilantes. Je m'approche, saisie de curiosité. Ce sont des bijoux. Une multitude de bijoux en cuivre et en bronze. Même si les modèles diffèrent de la mode djinn, je ne peux m'empêcher de les admirer, la bouche entrouverte. Timidement, j'effleure un bracelet argenté au jonc massif. Chacune de ses extrémités est ornée d'une tête de manticore, qui me rappelle la forêt bordant la Bulle et ses créatures à foison.

La vendeuse en face de moi – une femme d'âge moyen bien charpentée – m'adresse un sourire aux dents gâtées.

— Ils sont beaux, n'est-ce pas ? C'est mon mari qui les fait. Le bracelet que vous regardez est une de ses plus jolies pièces. Je vous le vends à cent dix shungites.

Son visage avenant se crispe un peu lorsqu'elle aperçoit ma main frappée de l'entrave. Je m'empresse de la dissimuler dans les plis de ma cape.

— Nous le prenons, énonce Cameron avec assurance.

— Vraiment, ce n'est pas nécessaire, je lui chuchote, troublée.

— Ça me fait plaisir. Laissez-moi vous faire ce cadeau.

La femme enveloppe délicatement l'objet dans un tissu avant de nous le tendre. Ses doigts épais se referment prestement sur les cubes de shungites – la monnaie dagnire frappée du sceau des Maddy – qu'elle enfonce rapidement dans la poche de son tablier. Son regard, lui, est fuyant.

— Puisse la magie des djinns ensangler votre vie, Monsieur, lui souhaite-t-elle avec une étrange gravité dans la voix.

Cameron m'entraîne à sa suite, une main entre mes omoplates, mais j'ai du mal à détacher mon attention de la vendeuse. Vu sa façon de me jauger, presque compatissante, j'en déduis qu'elle sait ce que je suis et elle me plaint.

Un peu plus loin, pressée par la foule, j'interroge mon compagnon :

— Vous ne trouvez pas cela étrange, comme formulation ? Que la magie du djinn ensangle votre vie. Ça ne veut strictement rien dire.

Le sourire de Cameron se fait rassurant.

— C'est une vieille formule, n'y prenez pas garde.

Après cela, j'ai un mal fou à maintenir mon attention sur ce qui m'entoure. Je réfléchis à toute vitesse. Même si la réaction de Cameron n'a rien d'alarmant, les dires de cette femme, eux, l'étaient. Instinctivement, je serre la petite pochette de tissu contre mon cœur, comme si on allait me la prendre.

Qu'elle ensangle votre vie…

Ça fait bien des mystères à résoudre, tout de même.

— Approchez ! Venez boire mon fluide. Il est bon ! Il est frais ! Sorti tout droit de la manufacture ce matin ! Approchez !

Je freine des quatre fers en entendant le mot « fluide » qui retentit dans mon dos. Du fluide à boire ?

Sur un présentoir un peu surélevé, juste à côté d'un immense bâtiment aux murs ocre, un jeune homme à l'allure négligée crie à gorge déployée. Les gens se bousculent devant lui, l'air surexcité. Sur le vieux bois de sa tablette sont alignées des fioles en rang d'oignons. Chacune porte une étiquette, mais impossible de distinguer ce qui est écrit, je me trouve encore bien trop loin.

Sur la pointe des pieds, je m'en approche en jouant des coudes. Cameron tente de me rattraper en posant une main sur mon avant-bras.

— Je… Vous êtes sûre que c'est une bonne idée ? balbutie-t-il. N'oubliez pas que nous ne devons pas nous faire remarquer.

— Il a raison, enchérit Rakhshan. Il vaut mieux ne pas se mêler à la foule.

Je ne les écoute déjà plus. Je suis maintenant assez proche pour déchiffrer les étiquettes attachées aux fioles. Le liquide à l'intérieur pétille dans différentes teintes bleues. C'est du fluide de djinn.

« Accélérateur de croissance (un demi-pouce par gorgée) »

« Fécondité (0,5 coït) »

« Nyctalopie (5 à 7 heures) »

Je suis en train de rêver. C'est sans nul doute une mauvaise blague et je vais me réveiller. Mon esprit me joue des tours. Ma tête bourdonne, mon entrave brûle. Les vérités se mélangent et ne forment plus qu'une bouillie incompréhensible.

Mes jambes m'abandonnent au moment où Rakhshan est assez proche pour me réceptionner. Les gens autour de nous sont dans un tel état d'effervescence qu'ils ne s'aperçoivent même pas de ce moment de faiblesse.

Mon garde du corps a la bonne idée de s'écarter du rassemblement et m'éloigne le plus vite possible des braillements du vendeur de fluide, Cameron dans son sillage.

— Laissons-la respirer.

Rakhshan me repose au sol dans l'ombre d'une ruelle et ne me lâche qu'une fois sûr que je tiens sur mes jambes.

— Je n'aurais jamais dû vous amener ici, se lamente Cameron. En plein Cycle de Saisie, en plus.

Ses paroles résonnent dans mes oreilles et quelque chose se brise en moi. Le Cycle de Saisie. Alors l'esclavage n'est pas terminé ? Les djinns des Terres Libres sont encore obligés de donner leur fluide pour s'assurer la survie ? Les Cycles n'ont jamais pris fin…

Une question surgit au milieu de toutes les autres, la plus importante de toutes : Père est-il au courant ? Rakhshan, lui, n'a pas l'air très surpris.

Je m'adosse contre un mur. Mon estomac lutte pour ne pas se contracter et renvoyer tout son contenu sur les pavés.

— Comment vous sentez-vous, Rozenn ? s'enquiert Cameron.

— Je n'en sais rien, je réponds d'une voix fêlée.

Ce que je viens de voir dépasse tout ce que je pouvais imaginer dans mes plus sombres cauchemars. Je soupçonnais le sultan de nous cacher quelque chose, mais pas une information aussi grave. Car oui, c'est un cas d'une extrême gravité.

— Expliquez-moi, j'exige avec plus de fermeté, cette fois.

Cameron paraît sincèrement étonné. Jusqu'à preuve du contraire, je ne peux pas me fier à ses mimiques. Encore une fois, la confiance que je place en certains dagnirs est mise à rude épreuve. À commencer par les deux plus jeunes garçons de la fratrie Maddy.

— Vous expliquer quoi ?

— Cette histoire de Cycle.

Je ne reconnais pas les intonations dures qui franchissent mes lèvres. À voir les yeux de Cameron s'écarquiller, il ne s'y attendait pas du tout.

— C'était une mauvaise idée que vous voyiez du fluide en libre vente. Ça donne une image épouvantable du sultanat.

— Je ne comprends pas…

— Enfin, Rozenn, murmure-t-il, vous savez bien ce qu'est le Cycle de Saisie.

— En théorie, oui. La pratique m'est totalement inconnue, en revanche.

Avec bon nombre de bégaiements, il me raconte ce que Cayden m'a caché la veille. Une fois par mois, les djinns prétendument libres, peuplant la région de Pretamia, doivent se présenter dans la capitale et céder leur fluide. Celui-ci est ensuite revendu à différents fournisseurs en fonction de sa Caste et de sa Classe. En contrepartie, le sultan s'engage à prendre en chasse les Sang Visage qui seraient susceptibles d'attenter à leur vie.

— Le grand marché de Pretamia ne recèle que de fluide de Classe 3 ou 4. La meilleure qualité est réservée aux nobles.

Des Classes… Ils nous fichent comme de vulgaires bêtes d'élevage. C'est proprement écœurant.

— Pourquoi n'a-t-on jamais vu de fluide circuler au palais ? demande Rakhshan, l'expression neutre.

— Afin de ménager votre sensibilité, Père a ponctuellement cessé toute transaction avec la manufacture.

Ponctuellement. Le sultan est le plus gros mystificateur de cette horrible cité !

— Ramenez-moi au palais.

L'air de Cameron se fait vraiment penaud. Fervent, il saisit mes mains entre les siennes et les baise avec tendresse. Elles restent inertes et froides à son contact, car je suis glacée de l'intérieur, incapable de réagir à ses étreintes, si bien intentionnées qu'elles puissent être.

— Je vous assure sur ce que j'ai de plus cher, Rozenn… Je ne savais pas que vous l'ignoriez. Je n'en savais rien, je vous le jure. Je ne voulais pas que les choses se passent comme ça.

Il tressaille sous mon regard aussi polaire qu'un glacier.

— Rakhshan, ramenez-moi dans mes appartements s'il vous plaît. Immédiatement.

Troisième partie

Djinn révoltée

Chapitre 21

La vérité éclate

Méfiez-vous de la colère du djinn.
Elle est plus dévastatrice que n'importe quelle catastrophe naturelle.

Futuro Fermet,
poète Saeedien

Tout se met en place dans ma tête. Les pièces du puzzle s'imbriquent, la vérité éclate pour de bon.

Je comprends désormais pourquoi Cayden plaignait les djinns passant par Pretamia. Je comprends pourquoi Perle se balade avec du fluide dans ses poches. On suce le sang de mon peuple, on vole sa magie, l'héritage de ses ancêtres… Tout le monde est au courant de ce qui se passe ici, mais personne ne proteste, personne n'intervient. Comme si c'était normal, comme si les dagnirs ne bafouaient pas notre dignité au passage. Père nous a envoyées pour mettre en place une alliance qui ne nous sera jamais profitable. Mes sœurs et moi sommes les dindons de la farce.

Furieuse, je sors mes tenues de la penderie et les fourre résolument dans mes malles. Je laisse la robe de facture dagnire qui me ceignait les épaules dégringoler à mes pieds. J'enfile ensuite mon sarouel en mousseline ainsi qu'une tunique qui tombe à mi-cuisse et dont la taille est cintrée par une ceinture à boucle.

Avec résolution, j'attrape ma canne que j'agite vers le bas. Un coup. Elle s'allonge immédiatement. Du pouce, je retrace les glyphes anciens gravés dans le bois noble. J'effectue quelques mouvements rotatoires avec la sensation d'être plus puissante. Ce n'est qu'une canne, mais pour une djinn telle que moi, c'est l'assurance que personne ne peut se mettre en travers de mon chemin. D'autant plus que dans le plus grand secret, Ishmer y a intégré une lame affûtée qui pourrait trancher une gorge dagnire sans le moindre mal. Mon index parcourt l'une des extrémités. La fente a été créée avec beaucoup de soin. Ishmer est particulièrement doué lorsqu'il s'agit de travailler manuellement. L'ouverture est très fine, à peine visible à l'œil nu. Il suffirait que je tape deux fois sur le sol avec la queue de la canne pour que la lame surgisse, prête à se gorger du sang de mon ennemi.

Un coup très discret est frappé à la porte.

— Rozenn…

Je ne réponds pas et accroche la canne dans mon dos à l'aide d'une pièce de vêtement qui m'enserre la poitrine. C'est la troisième fois qu'il essaie d'engager la conversation depuis que je lui ai fermé la porte au nez.

— Rozenn, écoutez-moi. Je suis vraiment navré que vous ayez appris la nouvelle de cette manière. J'aimerais faire quelque chose pour soulager votre peine. Dites-moi quoi.

D'un pas énergique, je franchis les quelques mètres qui me séparent de la porte que j'ouvre avec brusquerie. Les yeux de Cameron parcourent mon corps des pieds à la tête et une lueur de panique les illumine brièvement.

— Que faites-vous ? Vous n'allez quand même pas partir…

— Soulager ma peine, vous dites ? je fulmine, prête à exploser. Ma peine ?! Si vous voulez soulager ma peine, Cameron, rendez sa liberté à mon peuple, cessez de voler son héritage en buvant son fluide et effacez ces affreuses marques sur ses mains. Là et seulement là, vous soulagerez ma peine ! Ce que vous m'avez caché est immonde et il n'existe pas de mot assez puissant pour décrire ce que vous nous faites subir ! Vous criez partout et à qui veut l'entendre que les djinns sont désormais libres. C'est faux ! Mensonge ! J'ai eu tort de me laisser aller avec vous, je n'aurais jamais dû vous accorder ma confiance. Vous êtes comme votre père : mesquin, malveillant…

Mes cris semblent alerter du monde tandis que je continue à vociférer contre un Cameron qui se ramasse de plus en plus contre le mur à mesure que ma fureur enfle.

— Roz, qu'est-ce qui te prend ?

Odeleen apparaît, accompagnée de Cayden qui lui donne le bras. Je m'oublie dans la colère.

— Et vous !

Je pointe un doigt vers le plus jeune des princes avec l'envie de cracher à ses pieds.

— Vous avez choisi de ne rien me dire ! Délibérément ! Vous avez joué la carte de celui qui ne savait rien, me laissant découvrir ce qui se tramait dans cet endroit. Comme ça ! De cette façon !

La rage m'aveugle à présent. À moins que ce soient mes larmes.

Inquiète, Odeleen se détache de Cayden et vient à moi.

— Tu as appris quelque chose ? Dis-moi tout, s'il te plaît.

— Rozenn…

Je me dégage vivement de Cameron qui pose une main sur mon épaule.

— Écartez-vous. Ne me touchez plus jamais, c'est compris ?

Je n'ai cure d'ameuter tout le palais. Qu'ils m'entendent tous ! Je suis la princesse de Mydriav, il est de mon devoir d'empêcher les dagnirs de poursuivre leurs méfaits. Les djinns ne sont pas leurs vaches à lait.

Une robuste silhouette s'approche de moi et le sixième sens me souffle de me taire.

— Je m'en occupe, Messires.

Cameron et Cayden, les bras ballants, hochent la tête de concert.

— Puis-je compter sur votre discrétion pour ne pas ébruiter cet événement ? s'enquiert la voix.

Cameron balbutie :

— Évidemment.

La porte se referme. Je suis de nouveau dans ma chambre. La main douce d'Odeleen me caresse le dos alors que je prends place devant ma coiffeuse, très agitée. Quelqu'un place une Samsaa en mal de caresses entre mes mains et même si ma nervosité est toujours là, mon aura me procure un calme qui vient de nulle part.

Enfin, celui qui est intervenu se met à genoux devant moi. Des yeux d'un gris sombre, un visage carré et une mâchoire ornée d'une couronne de barbe.

— Tout va bien, Princesse Rozenn. Vous êtes en sécurité, ici.

— M… merci, Rakhshan.

Il a tout vu, comme moi. Lui seul est en mesure de comprendre ce qui se joue dans mon esprit.

Dans un état second, je l'écoute raconter à ma sœur aînée tout ce que je sais déjà, tout ce que j'ai vu et entendu. Elle le laisse parler sans l'interrompre, et à mesure qu'il progresse dans son récit, ses doigts se raidissent sur ma peau. La crise de nerfs est passée, mais la douleur, elle, se déploie dans ma poitrine comme les corolles d'une fleur empoisonnée.

Le visage de Rakhshan est placide, mais il me lance quelques coups d'œil inquiets de temps à autre.

Lorsqu'il se tait, Odeleen me prend dans ses bras jusqu'à ce que la vague de tristesse, jugulée par la présence de Samsaa, se calme.

Après cela, ils m'intiment de dormir. Je m'écroule dans mon lit, mon aura collée contre ma joue, et m'assoupis sur le champ.

À mon réveil, je lève la tête, complètement désorientée, et croise le regard triste de mon garde du corps. Il tapote maladroitement mon coude.

— Comment allez-vous ?

Les souvenirs affluent et je pince les lèvres.

— Mieux.

Il sait très bien que je mens, mais sourit, l'air appréciateur.

— Votre sœur et moi-même avons bien discuté. Nous sommes convenus que le plus sage était de rester ici, au château.

— Quoi ? Mais pourquoi ?

Je me redresse, réveillant, par la même, une Samsaa ensommeillée.

— Iqbal va revenir de Mydriav, et nous sommes certains que toute cette histoire sera bientôt mise en lumière. Votre père ne laissera pas ces crimes impunis. En attendant, voilà ce que nous allons faire…

Il se tait quelques secondes pendant que j'hyperventile. Pas parce qu'il est hésitant, non, mais pour me faire comprendre qu'il faut que je me calme.

— Il ne vous reste plus qu'un dernier rendez-vous.

— Avec cette crapule de Callum ! j'objecte, à deux doigts de dégobiller. Il n'en est pas question !

— Vous allez le faire, ordonne-t-il avec fermeté. Parce que vous n'êtes pas une de ces gamines gâtées qui boudent quand elles n'ont pas ce qu'elles veulent. Parce que le sang du djinn coule en vous. Parce que même en vous tuant, le sultan n'aura jamais accès à votre magie. Vous êtes inaccessible, insaisissable, et surtout… vous êtes puissante. Ça, Callahan Maddy le sait très bien. Autrement, comment expliqueriez-vous qu'il vous ait offert une aura ?

J'avise Samsaa qui entreprend de faire ses griffes sur le montant du lit.

— Il a peur de vous et n'a rien trouvé de mieux pour vous maintenir sous sa coupe que de vous donner une drogue qui, contrairement à ce qu'il avait espéré, n'a plus la moindre influence. Profitez de ce coup d'avance pour négocier des accords, pour obtenir ce que vous souhaitez.

Je lui balance mon regard le plus noir.

— Ce n'est pas avec des argumentations sans fin que nous obtiendrons la liberté pleine et entière du peuple djinn. Il faut prendre les armes, se soulever contre cette oppression qui pèse sur les nôtres. Vous avez bien vu le cadeau qu'il a offert à Daire…

Il acquiesce avec calme.

— Il nous prive de nos droits fondamentaux, je conclus.

— Princesse, vous me faites confiance ?

Il s'approche un peu plus et je prends soudainement conscience que pour lui, je suis son égale, pas une gamine trop jeune pour comprendre. Il m'estime vraiment.

— Bien sûr que je vous fais confiance.

— Tentons la manière douce, et si les choses n'évoluent pas comme vous le souhaitez, nous envisagerons une autre solution.

— Qu'est-ce que vous proposez au juste ?

Cette fois-ci, il sourit. Venant de lui, c'est un fait extrêmement rare.

— Essayez de le convaincre de vous libérer de l'entrave.

Chapitre 22

Prendre les armes

L'artefact, ou encore le seul moyen d'avoir de l'ascendant sur ce qu'il est impossible de museler.

Morale du conte pour enfants : *Nialala, l'esclave éternelle*

Je pince mes joues pour leur donner un peu de couleur et laisse mes cheveux dégringoler en vagues souples sur mes épaules. J'ai fait de mon mieux pour être présentable et chasser les stigmates de ma nuit agitée. Perle, qui ne se doute pas un instant de ce que je fomente avec ma sœur et mon garde du corps, m'a mis de la poudre pour cacher les cernes qui me dévoraient le visage. Mes yeux sont plus grands et surtout très brillants, me donnant l'air d'une biche effarouchée.

On m'a prévenu que Callum Maddy m'attendait directement sur place et c'est Perle qui est chargée de m'accompagner au lieu de rendez-vous. Que le prince aîné n'ait même pas pris la peine de venir me chercher ne fait que confirmer ce que je savais déjà : les dagnirs sont des êtres condescendants. Et celui-là en particulier.

Je ne cache pas que je redoute ce rendez-vous. Notre première rencontre ne s'est pas bien passée du tout. Condamnée à tuer la journée en sa détestable compagnie, je vais devoir me montrer agréable au possible et surtout ravaler le mépris qu'il m'inspire. Quoi qu'il m'en coûte.

— As-tu une idée du… thème de l'entrevue ? je m'enquiers à l'adresse de ma suivante.

— Oui.

Elle rougit un bon coup.

— Hélas, j'ai interdiction de vous en parler.

Je la suis dans ce labyrinthe de couloirs. Lorsque nous parvenons à une porte pas bien différente des autres, elle s'incline et m'invite à y entrer.

Sous ses mèches rebelles, les yeux rusés de Callum me scrutent sous toutes les coutures. Il faut dire aussi que j'ai décidé que je ne ferais pas plus d'effort vestimentaire pour lui que pour ses frères. J'ai même poussé le vice en m'affublant d'un sarouel, ce qui est normalement proscrit pour une dame de la cour. Étonnamment, Perle n'a fait aucun commentaire à ce sujet, et maintenant que je me trouve sur le lieu du rendez-vous, je comprends mieux pourquoi.

Sur les murs sont accrochées des armes affûtées, retenues par des crochets en métal. Épées, estocs, janbiyas ou encore fléaux et marteaux… je viens de tomber dans la salle des tortures. Callum compte-t-il me dépecer paresseusement ? Me retirer chaque lambeau de peau avec la plus pure des délectations ? Mon imagination galopante s'estompe subitement lorsqu'il me dit :

— Mes hommages, Rozenn.

— Princesse Rozenn, je corrige, glaciale.

Je me suis engagée auprès de Rakhshan. Je lui ai promis que je ferais des efforts pour me montrer docile, mais l'air goguenard de Callum m'exaspère déjà.

Il vient vers moi et nous nous saluons, paume contre paume. Je retire ma main dès que la bienséance me le permet, tandis que la sienne reste tendue dans ma direction. Je suis incapable de savoir ce qu'il a en tête.

— Je ne vous connais pas bien, Princesse.

Il tourne autour de moi d'une démarche féline. J'ai l'impression d'être une proie cernée par un prédateur.

Docile, Rozenn. Rakhshan a dit docile.

— J'avais dans l'idée de contenter chacune d'entre vous en me basant sur vos goûts respectifs. Pour Daire c'était facile ; elle aime la nature et les discussions légères, voire même grivoises. Odeleen, le charmant petit rat de bibliothèque, a adoré se retrouver entre les murs de nos trésors de littérature pretamienne. Et vous, Rozenn ?

Dans sa bouche, mon prénom a l'air obscène. Je grince des dents.

— Princesse.

— Et vous, Princesse ? Qu'est-ce que vous aimez ?

Les mains levées devant moi, je montre la pièce dans sa globalité.

— Si vous cherchez à me tirer les vers du nez, il ne sera pas nécessaire de passer par la case supplice. Je peux vous dire ce que j'aime sans avoir besoin de tout cet étalage de violence.

Il ne réagit pas. Du moins pas comme je l'espère. Son visage s'étire en un sourire moqueur, comme s'il savait des choses que j'ignore.

— Perle ?

Ma suivante, qui souhaitait s'éclipser discrètement, se fige, une main sur la poignée de la porte.

— Oui, Princesse ?

— Je serai de retour ce soir au plus tard. Si je ne reviens pas d'ici là, c'est certainement parce que le prince Callum m'aura tuée puis enterrée dans quelque coin sombre.

Ma raillerie déclenche un véritable aboiement de rire de la part du concerné. Perle, elle, se contente de pâlir avant de prendre congé.

— Si vous écoutiez plutôt ma théorie ? propose l'aîné Maddy, une fois calmé.

Je fais mine d'ignorer le bras galant qu'il me tend et m'installe sur un tabouret, le port de tête fier. Mes rebuffades l'amusent, et cela entretient un peu plus l'agacement qui me ronge. J'aimerais qu'il abandonne l'idée de me séduire. Que nous cessions cette mascarade, tout simplement.

— J'ai tenté de mettre bout à bout les quelques éléments que j'avais de vous, m'explique-t-il d'une voix chantante. J'ai retenu que vous étiez… une jeune fille qui adore se plaindre sans discontinuer et fulminer pour des raisons futiles.

Mes poings se serrent. Je dois lutter pour ne pas lui sauter dessus et lacérer sa gorge à coups d'ongles.

— Puis, voyant que mes informations étaient bien maigres, je me suis entretenu avec votre dame de compagnie, Perle. Elle m'a avoué que vous dormiez avec votre arme.

Je me raidis. Ainsi, ma suivante n'a jamais été dupe quant à mes efforts pour cacher ma canne… J'ai été bien naïve.

— Qu'est-ce qui pousse une princesse, élevée dans les pures règles traditionnelles, à se balader avec une arme contondante ?

— Ça ne vous regarde pas.

— Vous aimez vous battre ?

— Seulement quand il s'agit de rosser de petits avortons dans votre genre.

Il répond à mon agressivité par un rictus sauvage.

— Alors nous allons bien nous entendre. Je suis lassé de ces dîners mondains et ces rendez-vous mièvres. Je pense avoir réussi à vous cerner, Rozenn.

— Et que croyez-vous connaître à mon sujet ?

J'en oublie même de le corriger sur sa façon de s'adresser à moi. Je brûle d'en savoir plus.

Daire a raison, c'est vraiment un bel homme. Il fait bien deux têtes de plus que moi et ses yeux d'un noir presque abyssal, surmontés de cils épais, ont de quoi plaire à toutes les jeunes filles. Heureusement, je suis bien au-dessus de toutes ces bêtises.

— Vous n'êtes pas venue ici pour trouver un époux.

— Pas besoin d'être clairvoyant pour comprendre cela, même si je n'y suis pas opposée.

Un pieux mensonge, juste pour me convaincre que je n'ai pas abandonné l'idée d'être une petite princesse obéissante et bien élevée.

— En tout cas, ce n'est pas moi que vous aimeriez épouser. Et je vais vous dire la vérité : je ne compte pas non plus me lier à vous dans un futur prochain.

Voilà qui est direct. Sa remarque m'indiffère au plus haut point. Pense-t-il une seule seconde que je puisse vouloir de lui ?

— Hélas, nous sommes condamnés à nous voir dans le cadre de plusieurs rendez-vous. Je vous propose donc de rendre ces têtes à têtes plus supportables.

Là, il m'intéresse. Il a cessé de me jauger et vient me rejoindre en s'asseyant en face de moi. Je me déplace sur le côté pour ne pas que nos genoux se touchent, essayant d'ignorer ses cuisses puissantes trop proches des miennes.

— Que proposez-vous exactement ?

— Déjà, que nous nous tutoyons lorsque nous sommes tous les deux. Je ne suis pas adepte des familiarités, mais je pense que cela pourrait nous permettre de considérer la situation avec plus de… légèreté.

Je ne vois pas trop ce qu'il insinue, mais je hoche la tête, pressée d'entendre la suite.

— Très bien, et après ?

— Pour chacun de nos rendez-vous, il n'y aura pas de repas à la lueur d'une bougie ni de balade sous le regard pâle des trois lunes. Juste cette salle des armes. Toi, moi et le dépassement de soi.

Je hausse un sourcil.

— Vous voulez que l'on se batte ?

— Que l'on s'entraîne, pour être tout à fait exact.

Je ne sais pas quoi répondre. Pour la première fois, Callum m'a coupé le sifflet.

Avec un air entendu, il me glisse :

— Si tu commençais par sortir ta canne des replis de ton manteau ? Tu tiens ton bras gauche sous un angle étrange et le soir où je t'ai vue non loin de la balancelle, ce même bras était toujours près de ta hanche, comme si tu cherchais à garder la main sur…

— La ferme.

Un peu bougonne d'avoir été si facilement percée à jour, j'extirpe mon arme, pas plus grande que mon avant-bras. Il l'observe avec curiosité.

— Je peux ?

— Pas question. Cette canne est comme le prolongement de mon bras. Aucun dagnir n'a jamais posé la main dessus.

D'un mouvement brusque, je la frappe sur le sol et elle se déplie dans un crissement appréciateur, la lame au clair.

Callum ne prend plus la peine de dissimuler sa curiosité.

— On m'avait assuré que les djinns ne se battaient jamais avec des lames.

— Je ne suis pas comme tous les djinns.

— Que dis-tu d'un combat en amis ? J'aimerais mesurer ton habileté.

— Je ne suis pas votre amie.

Néanmoins, je me place en position. Mes pieds s'ancrent dans le sol et je brandis mon arme devant moi, le corps en biais.

Callum se retourne et choisit une janbiya en bois qu'il fait tournoyer au moyen de quelques moulinets pour s'étirer le poignet. Je reste immobile, aussi solide qu'un saule.

Le regard de mon adversaire est intense et me marque au fer rouge. Pas question que je me laisse avoir par son attitude déroutante. Je resserre ma prise pour me donner une contenance.

Soudain, ma canne décrit un arc de cercle gracieux puis s'abat à hauteur de son cou. Callum pare mon coup sans mal et me sourit, aussi surpris qu'amusé par ma rapidité. Je me déporte légèrement avant de le frapper à la hanche. Lorsque le bois claque contre son os, j'ai les plus grandes peines à réprimer ma satisfaction. Callum a la précision de l'archer, mais la lourdeur de l'épéiste.

Il balance son arme dans un mouvement circulaire et je me penche en arrière pour qu'elle ne me percute pas la poitrine. Je virevolte presque dans les airs au moment de lancer une nouvelle offensive et, avec une vitesse époustouflante, il esquive chacun de mes gestes. Je devine qu'il calcule mentalement la chorégraphie complexe de mes pieds, un art que seuls les djinns maîtrisent.

Les minutes s'écoulent, à moins qu'il ne s'agisse d'heures. L'unique chose que je garde à l'esprit, c'est que j'adore cette sensation, celle de me surpasser et d'avoir un adversaire à ma hauteur. Il est minutieux et surtout élastique dans sa démarche. Nos styles s'opposent, mais nous créons à nous deux notre propre ballet. Cet affrontement est une danse et le bois de nos armes joue sa propre musique.

L'odeur de la sueur et de l'effort envahit mes narines. Je la hume avec le sentiment d'être à ma place pour la première fois depuis mon arrivée à Pretamia. Callum paraît vivre la même chose. Les coups qu'il me porte sont comme un exutoire.

Finalement, je perds du terrain et me retrouve acculée contre un mur. Callum est de plus en plus rapide, je peine à distinguer les mouvements de sa janbiya. Je m'échappe, me contorsionne… Dans un dernier sursaut, je place l'extrémité de ma canne entre ses jambes, lui donnant l'illusion que je m'apprête à frapper dans ses parties sensibles. Son instinct d'homme le pousse à baisser les yeux, prêt à se protéger.

Mise sur la distraction, m'a toujours dit Père.

Ma canne balaye le sol et fauche brutalement ses mollets. Il s'écrase durement par terre en riant.

Ses cheveux tombent un peu plus sur son front, gouttant de transpiration. Son torse se soulève en rythme avec le mien. Nous sommes hors d'haleine, rompus.

— Tu es particulièrement gracieuse dès qu'on te met une canne entre les mains, se moque-t-il, sans que je décèle la moindre once de méchanceté dans sa voix.

Je tiens à peine sur mes jambes tellement je suis épuisée, mais il n'est pas question que je laisse transparaître mon état de fatigue.

— Je ne peux pas en dire autant de toi.

La vérité, c'est qu'il était fabuleux, et j'ai hésité plus d'une fois quant à l'issue de cet affrontement.

Il finit par se redresser et s'arrête à quelques pouces de moi. Son visage se rapproche avec une lenteur insupportable. Je dois me faire violence pour ne pas baisser le nez et échapper à son regard brûlant. Sa présence m'écrase littéralement et me coupe le souffle. Je crois que de toute ma vie, je n'ai jamais éprouvé un tel malaise en face de quelqu'un.

— Tu as aimé ça. Admet-le.

Ses intonations sont plus rauques.

— Tu veux dire te faire tomber comme une petite chose fragile et t'infliger une humiliation sans précédent ?

Un sourire se dessine tout seul sur mes lèvres, impossible à retenir.

— Tu as raison. C'était jubilatoire.

L'avouer de vive voix est libérateur. C'était le mot… jubilatoire.

Le bois de sa janbiya caresse paresseusement l'extrémité de ma canne, me faisant revenir à la réalité.

— On continue ? J'ai l'intention de prendre ma revanche.

Chapitre 23

UNE ALLIÉE DE PLUS

AURA : *petit mammifère pelucheux à l'allure attendrissante, qui ne se nourrit que de caresses. Habituellement, l'aura ne dépasse pas la taille d'un chiot et est connue pour ses propriétés de bonheur éternel. La toucher provoque une décharge magique ainsi qu'un état grisant. Elle est très convoitée et difficile à attraper. L'alimenter trop souvent entraîne une accoutumance dangereuse pour la santé.*

Les créatures magiques de nos forêts,
Bibliothèque de Saeed

Odeleen est assise en tailleur devant une grande table basse en merisier. Des piles d'ouvrages et de parchemins s'accumulent autour d'elle, tandis qu'elle feuillette avec des gestes d'une infinie précaution une encyclopédie à la reliure en cuir, sûrement plus vieille que tous nos ancêtres connus.

— Je t'ai cherchée partout.

Elle lève le nez de sa lecture et m'invite à prendre place près d'elle.

— Comment était ton rendez-vous ?

Je hausse les épaules en adoptant une expression détachée. J'ignore pourquoi, l'idée qu'elle apprenne que je me suis bien amusée avec Callum me met mal à l'aise.

Loin d'imaginer mon trouble, Odeleen passe son index sur sa langue avant de tourner une page de son livre, distraite.

— Le prince Callum semble avoir un sixième sens pour deviner ce qui nous plairait. M'amener dans cette bibliothèque c'était… très malin de sa part.

Je ne lui fais pas dire. Il a frappé juste, déchiffrant sans mal mes aspirations. Et ce, uniquement en se basant sur ma position défensive dans une situation banale. De plus, il s'est renseigné auprès de Perle. L'idée qu'il se soit un peu intéressé à moi me déstabilise.

— Il t'a emmenée où, toi ?

Je réprime sourire.

— Nous nous sommes battus.

Elle se désintéresse de ses pages et me fixe, la mâchoire prête à se décrocher.

— Oh. Et… tu as passé tes nerfs sur lui, j'imagine. Son nez est-il toujours à sa place ?

Je n'arrive plus à retenir mon sourire, c'est plus fort que moi.

— Chère sœur, tu me connais bien mal. Je me suis très bien tenue, figure-toi !

Elle se détend légèrement.

— Ouf, tant mieux. C'était audacieux de sa part.

Elle marque une petite pause et je vois ses yeux pétiller d'amusement.

— Il t'a rapidement cernée.

— Et pour toi, la journée a-t-elle été bonne ? dis-je, désireuse de changer de sujet.

Je sais parfaitement qu'elle perçoit mon embarras. Odeleen possède un instinct auquel il m'est difficile d'échapper.

C'est à son tour de hausser les épaules.

— Cameron n'a fait que parler de toi.

Mon corps se transforme en statue de sel. Entendre le nom de Cameron est encore pénible. C'est à ses côtés que j'ai découvert les petites arnaques de son père à l'égard des djinns prétendument libres. Je ne digère toujours pas le fait qu'il m'ait caché une information de cet ordre. De même pour Cayden.

À bien y réfléchir, Callum m'aurait dit la vérité nue si je la lui avais demandée. À croire que le plus détestable peut se révéler le plus honnête des trois…

— Il est malheureux comme les pierres, m'informe ma sœur. Je pense qu'il s'en veut de ne pas t'avoir parlé plus franchement la première fois. Le sultan a dû leur dire que nous étions déjà au courant…

Je n'en crois pas un mot. Et pourtant… Cameron est-il si chagriné qu'Odeleen le prétend ? Cela m'attriste à mon tour.

— As-tu réussi à glaner des informations sur ce commerce immoral ?

— Justement, j'étais en train de me renseigner, lâche-t-elle. Tu savais que les tractations de fluide n'avaient jamais cessé d'exister ? À la différence que les djinns n'ont plus de maîtres directs. En récompense de la soi-disant magnanimité du sultanat, ils peuvent participer au Cycle de Saisie pour obtenir des denrées et continuer à vivre dans les cités dagnires.

Le froid s'installe dans ma poitrine à mesure qu'elle avance dans ses explications.

— Comment les djinns peuvent-ils tolérer pareil traitement ? Pourquoi ne partent-ils pas ?

— Réfléchis, Roz. Qu'est-ce qui les attend s'ils quittent les villes ?

Un nœud d'angoisse me serre la gorge.

Les Sang Visage…

Les Sang Visage nous traquent depuis la nuit des temps sans le moindre scrupule. Les djinns des Terres Libres n'ont que deux choix qui s'offrent à eux : soit ils se plient à la volonté du sultan en vendant leur sang, soit ils quittent la cité en prenant le risque de connaître un sort pire que la mort.

— Père doit forcément être au courant, je souffle en sentant les larmes me piquer les yeux.

Ces mots m'écorchent les lèvres. S'il avait déjà eu vent de cette pratique scandaleuse, il a choisi de ne pas intervenir.

Odeleen tourne le livre dans mon sens et met le doigt sur le début d'un paragraphe écrit en lettres d'or.

— Ce passage explique pourquoi nous, Mydriavos, sommes amnistiés. Apparemment, un traité de paix – sérieusement discutable – épargne les grandes Castes : celle de Mydriav, de Brymeriel et de Saeed, ainsi que leurs sujets directs. Pourquoi crois-tu que les arrivants affluent en masse et que notre Bulle s'agrandit de jour en jour ?

La suite, elle n'a pas besoin de me la dire. Les djinns sont des êtres épris de liberté. Certains ne sont tout simplement pas faits pour la vie sédentaire que la Bulle peut leur offrir. Alors, ils paient l'impôt demandé à chaque Cycle et donnent un peu de leur magie. D'autres cherchent désespérément un droit d'asile. Seulement, pour échapper à la menace des Sang Visage, la Bulle a été très bien cachée, et veinards sont ceux qui parviennent jusqu'à nous sans bricole.

— Autre chose me chagrine, enchaîne ma sœur en refermant l'ouvrage d'un coup sec.

Son visage en forme de cœur s'est assombri et une petite ride s'installe entre ses sourcils.

— La raison pour laquelle le sultan a désentravé les pouvoirs de Daire reste un mystère. Ça ne colle pas du tout avec sa politique actuelle. Pourquoi libérer une djinn – une Intouchable, qui plus est ! – alors qu'il ponctionne tout le monde et en fait une économie qui enrichit la cité ? C'est dénué de sens…

Je n'ai pas non plus la réponse à cette question, mais je baisse la voix, par peur d'être entendue :

— D'après Rakhshan, je devrais convaincre indirectement le sultan Maddy de me désentraver.

Les yeux de mon aînée s'écarquillent légèrement.

— Il ne prendra jamais le risque de te libérer, Roz. Tu es la plus imprévisible de nous trois. Des fois que ton pouvoir soit offensif, tu pourrais réduire son régime à néant.

Je me délecte de cette idée à l'avance, m'imaginant faire tomber cette cité comme un oiseau abattu en plein vol. Les derniers mots de ma sœur tintent longtemps dans ma tête. Je les répète :

— Un pouvoir offensif, tu dis ? La réponse est là, je pense.

— De quoi parles-tu ?

— Enfin, Odeleen ! Le pouvoir de Daire grandit et il est pugnace. Je ne sais pas encore très bien comment il fonctionne, mais si nous décidons de briser nos chaînes et retrouver nos droits par la force, sa magie aura son importance !

La moue qui me répond n'émousse pas un instant mon enthousiasme.

— Réfléchis bien.

— Nous sommes pacifiques, contre-t-elle d'une voix douce.

— Nous sommes idiots. La paix intérieure ne nous a apporté qu'asservissement et humiliations. Le seul moyen d'y arriver est de nous battre.

J'ai beau répéter ces mots, ils glissent sur ma sœur comme de l'eau. Je pourrais m'adresser à un sourd, le résultat ne serait pas plus probant. Elle soupire longuement et me regarde en secouant la tête, un peu dépassée. Sa main vient épouser l'arrondi de mon menton qu'elle pince légèrement.

— Tu es si différente de nous, petite sœur.

Voyant que je me raidis, elle s'empresse de poursuivre :

— Ne te vexe pas, c'est la vérité. Tu es combative, emplie d'une colère que je ne comprends pas toujours.

— Ne me dis pas que je suis trop dagnire, je ne suis pas sûre de pouvoir le supporter.

Elle rit et laisse retomber son bras.

— Tu es la djinn la plus obstinée que je connaisse. Une vraie tête de pioche ! Mais sache une chose… si tu souhaites prendre les armes, je les prendrai avec toi. J'ai confiance en ton jugement, et si tu estimes que le moment est venu de répliquer au centuple, je te suivrai. Les dagnirs nous ont marché dessus pendant des siècles, je veux me relever avec toi et redresser les épaules.

Chapitre 24

LES MAUX DE LA SULTANE

Il existe des centaines de milliers d'effets de fluide.
Du plus utile au plus improbable. En réalité, il existe presque autant d'effets qu'il existe de djinns, ce qui rend le champ des possibilités difficile à quantifier.

La beauté dans l'œil curieux,
Essai de **Mounia Harssad**

Nous avons convenu, Odeleen et moi, qu'il était de bon ton de préserver Daire. Elle ne peut pas tout comprendre. Essayer de la convaincre risque de compliquer une situation déjà inextricable. Et puis, comme l'a si justement remarqué Rakhshan, elle n'a pas le recul nécessaire pour examiner les faits avec objectivité. Fermement décidée à se marier et presque adoptée par les Maddy, elle est persuadée que tout se déroule pour le mieux dans le meilleur des mondes.

Un matin, nous pénétrons dans sa chambre, avec l'intention de passer un peu de temps en sa compagnie. À notre arrivée, nous la découvrons debout sur un lourd tapis persan, immobile. Dès qu'elle nous entend entrer, elle s'exclame avec bonne humeur :

— Les filles, regardez ce que je suis capable de faire !

Elle lève les mains de part et d'autre de sa tête et ferme les yeux. Presque immédiatement, la pièce se met à vibrer, les plateaux à trembler, les vitres à grincer. Je me tiens au montant du lit, prise d'un soudain malaise. La présence apaisante de Samsaa, juchée sur mon épaule, ne m'aide pas.

J'ouvre la bouche pour lui dire d'arrêter avant que tout n'explose, mais aucun son ne sort et mes dents claquent les unes contre les autres. La peur m'envahit. Daire est intuitive, elle agit parfois sans réfléchir aux conséquences. Près de moi, Odeleen est à plat ventre sur le lit et s'agrippe à une colonne en bois.

Les contours de Daire se brouillent un instant, une étrange silhouette noire se détache d'elle et se met à flotter au-dessus du sol. Les vibrations cessent enfin. Notre sœur chuchote quelque chose d'incompréhensible à l'adresse de l'ombre. Celle-ci s'approche de moi et pose sa paume sur ma joue, dans un salut djinn très tendre. Le contact avec cet être inconsistant me brûle la peau. Je me rejette en arrière, pâle comme la mort. L'ombre disparaît dans un sifflement.

— Qu'est-ce que c'était ?

Ma voix résonne comme si nous étions dans une chapelle. Les prunelles de ma cadette se mettent à luire comme des diamants bruts.

— J'ai un fluide de l'ombre, je peux détacher mon ombre de mon corps et l'obliger à m'obéir ! Bon, je ne suis pas encore tout à fait au point, précise-t-elle avec un sourire d'excuse. Pour le moment, elle a tendance à s'effilocher au bout de quelques secondes ; de fait, je ne peux pas l'envoyer trop loin. Je compte bien m'entraîner, cela dit. Le sultan Maddy sera sûrement d'accord pour m'aider…

Elle ne voit pas ma grimace horrifiée ni celle d'Odeleen. Pas un instant elle ne se demande si le sultan n'est animé que de bonnes intentions. Pas une seule fois elle envisage de requérir l'aide de ses sœurs, les deux personnes qui l'aiment plus que tout au monde. Nous restons là sans réagir, cherchant à mesurer la portée de ce terrible pouvoir.

— J'ai aussi remarqué que je pouvais directement parler à mon ombre, comme si elle avait une conscience propre. L'autre jour, Mokka a laissé un verre d'eau sur mon guéridon alors que j'étais près de la persienne. J'ai lâché l'ombre et les mots sont sortis d'eux-mêmes. Elle a tout de suite compris.

— Elle a compris quoi ? demande Odeleen en fronçant les sourcils.

— Que je voulais boire dans le verre ! Elle a réussi à se matérialiser suffisamment de temps pour l'attraper et me le tendre. À ce rythme-là, je n'aurai même plus besoin de Mokka.

Et elle éclate d'un rire aussi doux qu'un son de clochettes. Comment une djinn lumineuse comme elle peut-elle cacher une ombre aussi mystérieuse ? Je secoue la tête, profondément ébranlée. Je n'aurais jamais pensé que le pouvoir de ma sœur puisse être sombre. Détacher sa propre ombre pour en faire une esclave… ça me fait froid dans le dos. Mon père a toujours dit que la magie des Morphes était plus étendue, mais je n'imaginais pas que ce soit à ce point-là.

Odeleen et moi échangeons un regard et je sais qu'à cet instant, nous pensons la même chose. Si nous voulons avoir une chance de libérer les djinns du Cycle, nous devons d'abord convaincre le sultan Maddy de nous retirer nos entraves, comme il l'a fait pour Daire.

L'opportunité se présente le lendemain. Chacune d'entre nous reçoit une lettre nominative nous invitant à un repas familial qui réunira la famille Maddy au complet.

Pour Odeleen et moi, c'est l'occasion rêvée d'obtenir gain de cause. Je m'en ouvre à Rakhshan, qui monte la garde devant nos quartiers. Celui-ci me dispense quelques conseils bien avisés que je m'empresse de garder dans mon esprit.

Quelques heures avant le dîner, je demande à Perle de m'apprêter.

— Je veux être splendide, je lui dis en la regardant à travers le miroir.

Elle, qui désespérait de me voir déambuler en pantalon bouffant et en chemise, se frotte les paumes, en liesse.

— Oh, vraiment, Princesse ? Vous avez décidé de vous mettre à votre avantage ?

Je me garde de démentir. J'ai bon espoir qu'une tenue époustouflante pourrait me donner confiance en moi avant d'affronter le sultan ainsi que sa détestable épouse. Je vais devoir jouer de finesse lors de cette soirée et me montrer parfaitement réceptive. Car aujourd'hui, je sais très bien pourquoi Callahan Maddy m'a offert une aura. Il a peur. Peur de moi. Peur de ce que je pourrais faire.

L'idée m'a été glissée par Rakhshan. Quoi de mieux pour officialiser mon relâchement que d'amener Samsaa avec moi, et ainsi lui faire croire que je suis complètement dépendante de sa présence ?

Heureusement, mon aura s'est suffisamment prise d'affection pour ne me délivrer que de très petits flux de bonheur, à dose homéopathique. Notre relation a évolué comme jamais je ne l'aurais pensé. Intelligente, elle semble comprendre tout ce que j'exprime à haute voix et parvient à m'apaiser sans m'aveugler de béatitude. Sa présence est un réconfort, pas un besoin viscéral.

Je dévisage mon propre reflet. Le résultat est extraordinaire. La jeune fille aux yeux lourdement fardés et à la bouche pulpeuse m'est inconnue. Pourtant, c'est bien moi. Mes prunelles sont orageuses et changent régulièrement de teinte, signe que je suis assaillie par des sentiments contradictoires. Perle a relevé mes boucles au-dessus de ma nuque dans un chignon relâché, tout en laissant quelques mèches s'en échapper.

Ma robe chute sur le sol dans des drapés gracieux, aussi fluides que le cours d'une rivière. Sobre devant, elle ne fait que suggérer le galbe de ma poitrine. Elle présente néanmoins une échancrure vertigineuse dans mon dos, mettant en valeur la courbure de mes hanches.

Je rougis devant mon miroir, ce qui me fait ressembler à une fraise trop mûre. Une partie de moi craint de sortir avec pareille toilette. En demandant à Perle de me rendre splendide, je n'avais pas pensé qu'elle choisirait la tenue la plus provocante ni la plus lascive de ma garde-robe.

— Tu es sûre que ce n'est pas un peu trop ? je dis en me retournant une nouvelle fois pour regarder ma chute de reins.

— Cette merveille a été offerte par la famille Maddy. Si elle est là, c'est pour qu'elle soit portée, affirme Perle.

Le dos courbé, elle trace les dernières arabesques d'un tatouage au henné qui prend naissance dans le creux de mon coude pour mourir à la pointe de mon index.

Samsaa m'attend devant la porte, excitée. Elle semble avoir deviné que nous allions sortir ensemble et ses queues panachées battent dans tous les sens. Je me penche et accroche un petit ruban émeraude à son cou, de la même couleur que mon caftan. Elle me répond par un coup de langue affectueux, avant de s'enrouler autour de mes épaules, comme elle aime tant le faire. Enfin, je quitte ma chambre et trouve mes sœurs qui m'attendent dans le corridor.

En voyant que leurs robes sont beaucoup plus sages que la mienne, je me sens à nouveau rougir. Daire n'est pas contente du tout.

— Tu vas te présenter dans cette tenue, Roz ? Tu as l'air d'une…

Elle ne termine pas sa phrase, sûrement à la recherche d'un terme élégant pour qualifier mon allure.

— Ce caftan semble fait pour toi, m'assure mon aînée en m'attrapant la main.

Puis, elle me glisse à l'oreille :

— Très judicieux d'avoir pris Samsaa avec toi.

Je lui rends son sourire, bien qu'il soit difficile de me débarrasser de la boule d'angoisse ayant entrepris d'obstruer ma gorge depuis cet après-midi. Faire face à la gêne de Cayden, la tristesse de Cameron et les œillades moqueuses de Callum… voilà une perspective qui ne m'enchante pas le moins du monde.

Le sultan Maddy nous accueille les bras grands ouverts, son plus beau sourire hypocrite plaqué sur le visage.

— Chères Princesses Kaplang, quel plaisir de vous revoir ! Je suis ravi que nous ayons trouvé un moment pour nous réunir. J'ai eu beaucoup d'affaires en cours, veuillez m'excuser pour mon absence cette semaine.

Il nous regarde tour à tour. J'ignore si je suis trop paranoïaque, mais j'ai la désagréable impression qu'il s'attarde un peu plus longtemps sur moi et sur Samsaa.

— Asseyez-vous, asseyez-vous ! nous invite-t-il.

Les autres se sont déjà attablés, mais ont eu la correction de se lever pour nous saluer. Je me contente d'une révérence et échappe aux regards insistants des frères Maddy qui, je le sens, sont braqués sur moi.

Je prends place entre mes sœurs et lisse les pans de ma robe. Samsaa vient s'installer sur mes genoux et je la caresse machinalement pour donner le change. À la fin de ce repas, le sultan devra être persuadé que je suis dépendante.

Mon aura ronronne de plaisir, mais comme d'habitude, modère le bonheur qu'elle m'envoie. Je me sens moins crispée grâce à elle.

— Mon époux et moi-même avons pensé qu'il serait intéressant de nous réunir de temps en temps, histoire de parler de ce qui a pu se passer, dit la sultane d'un air aimable.

Les plats arrivent, dissimulés sous des cloches. Avec un claquement, les serviteurs dévoilent les repas en même temps. Je fronce le nez en voyant les mets délicats s'étaler devant moi. Je n'ai pas la moindre envie de manger. Je veux des explications. Le père Maddy s'enrichit sur le dos des miens et on attend de moi que je dîne avec lui, que j'échange des banalités comme si de rien n'était.

Mes doigts s'enfoncent plus profondément dans la toison de Samsaa, y puisant l'apaisement qui me fait déjà défaut, alors que le repas commence tout juste.

Daire n'a pas les mêmes réticences que moi et enfourne une première bouchée de couscous. Elle semble être la seule qui ne perçoit pas la tension prégnante.

— Alors, si nous parlions de la semaine qui vient de s'écouler. Daire ?

Ma sœur s'essuie coquettement la bouche avec une serviette et dit :

— C'était une semaine riche en surprises, Votre Majesté.

Un regard appréciateur s'installe au fond des prunelles du sultan. Il fait mine de s'étonner :

— Ah oui ? À quel propos ?

Le voir faire semblant de se demander ce qui peut être surprenant m'agace prodigieusement. Sa politesse excessive me donne envie de hurler. Je me mets à caresser beaucoup plus rapidement Samsaa. Nouvelle décharge d'apaisement.

Respire, Rozenn.

Daire paraît s'illuminer de l'intérieur.

— Mon entrave a disparu ! Je peux faire des choses qui sortent de l'ordinaire. Des choses… oh, Votre Majesté, les mots me manquent ! C'était vous, n'est-ce pas ? Tout cela, c'est grâce à vous…

Je dois me retenir de ne pas lever les yeux au ciel. La suffisance qu'arbore le sultan Maddy à cet instant précis me met hors de moi.

Nouvelle caresse dans le pelage doux de mon aura.

— Voyez-vous ça ? Et quel pouvoir avez-vous débloqué ?

Ma sœur cadette se lance dans un laïus pour expliquer ce qu'elle est désormais capable de faire. La famille Maddy semble accrochée à ses lèvres, comme hypnotisée. Même Callum ne peut s'empêcher de tendre l'oreille pour ne pas en rater une miette.

Le sourire factice qui étire ma bouche me fait mal aux mâchoires. L'ourlet de mes lèvres frémit.

Lorsque Daire a terminé ses explications, ils se regardent tous, impressionnés.

— Avouez que vous en êtes le responsable, Votre Majesté, lâche ma cadette d'un air conspirateur, comme s'ils étaient devenus les meilleurs amis du monde.

Le sultan dodeline de la tête avec un petit rire.

— Il n'est pas impossible que j'y sois pour quelque chose, c'est vrai. J'ai découvert de vieux parchemins il y a quelques temps, cachés dans les confins de ce palais. Il s'agissait des mémoires d'un Grand Artisan. En les étudiant de plus près, j'ai pu apprendre comment retirer l'entrave des djinns.

— Voilà une avancée considérable ! s'exclame Daire avec un large sourire. Vous allez pouvoir libérer mes sœurs, alors.

Elle m'ôte les mots de la bouche. Sans être dans la confidence, ma sœur fait assurément avancer notre plan.

— Cela va sans dire, répond Callahan Maddy du bout des lèvres. La libération complète me prend une énergie non négligeable, mais nous aborderons ce sujet un peu plus tard, si ça ne vous dérange pas. Quoi qu'il en soit, je suis ravi que mon cadeau vous ait plu. L'autre jour, je vous avais sentie passablement… déconfite. Heureusement, ça ne m'a plus l'air d'être le cas.

L'occasion de rebondir sur ses propos ne se présentera pas deux fois. Je m'empresse d'intervenir :

— Ce serait un honneur de découvrir la nature de mon fluide dès que vous en aurez la force, Votre Majesté.

Aucun de ses muscles ne tressaille, mais quelque chose dans son attitude trahit ses réticences.

— Certes, lâche-t-il d'une voix presque inaudible.

Le silence s'installe avant qu'il ne reprenne la parole, plus enjoué cette fois :

— Dites-moi, Princesse Rozenn, je suis surpris de voir à quel point votre aura semble vous adorer. Quel est donc votre secret pour qu'elle ne cherche pas à s'enfuir ?

Son regard pétille, son sourire est charmeur. Je prends mon expression la plus conquise et déclare sur le ton de l'extase :

— Mon secret, c'est l'amour, Votre Majesté. Je passe mes journées à la couvrir de tendresse et à m'abreuver de bonheur. Je vous remercie pour cette si gentille attention.

J'ignore si j'ai l'air convaincante ou au contraire totalement stupide, mais sans me départir de ma risette la plus niaise, je sors mes bras de sous la table et entreprends de porter un légume jusqu'à ma bouche. Je suis tellement tendue que l'aliment ressemble à une poignée de cendres sur ma langue.

— C'est prodigieux ! Je n'ai jamais vu une aura plus soumise. Vous semblez avoir un don avec les animaux.

Et vous un don pour choisir vos cadeaux, je suis tentée de répondre. Cependant, je m'abstiens et me contente de pencher la tête sur le côté avec coquetterie.

Callahan Maddy reporte son attention sur la tablée :

— Et si vous nous racontiez ces premières entrevues ? Quelques romances commencent-elles à éclore ? Ou bien en êtes-vous toujours à apprendre à vous découvrir ?

Je fixe mon regard sur le plat de couscous en face de moi, sans oser me tourner vers les frères Maddy. Cameron a-t-il relaté l'incident du fluide à son géniteur ? Cayden lui a-t-il parlé des soupçons que je nourrissais ? La culpabilité me submerge. J'aurais dû écouter les conseils de Rakhshan et me montrer plus discrète, moins caractérielle.

— Les princesses sont des anges tombés du ciel, anone Cameron, bien droit sur sa chaise.

Je me tourne vers lui, un peu surprise. Ses yeux ne me quittent pas et semblent quémander une réponse de ma part. J'ouvre la bouche, mais aucun mot ne franchit la barrière de mes lèvres. À la place, mon regard cherche celui d'Odeleen, qui y répond avec calme et apaisement. Je me calque sur sa respiration régulière et pense à ce qu'il se passera demain. Il me reste du temps. Du temps pour convaincre le sultan Callahan de me libérer, du temps pour convaincre mon père de ses agissements.

Du temps.

— J'ai trouvé vos trois fils charmants, intervient Daire, mais c'est encore difficile de faire un choix pour le moment. De plus, Casey est devenue une très bonne amie.

Les deux adolescentes s'adressent une œillade familière, comme si elles partageaient des secrets.

— Prenez votre temps, lui conseille la sultane avec un sourire indulgent. Vous avez trois mois avant de devoir faire un choix final, c'est amplement suffisant pour apprendre à vous connaître.

Casey se met à pouffer derrière sa main. Sa mère la rabroue à voix basse :

— Tiens-toi correctement, je te prie.

— Qu'y a-t-il de si drôle ? interroge doucement Odeleen en penchant la tête sur le côté.

La plus jeune des Maddy se racle la gorge et essuie poliment ses lèvres avec le coin de sa serviette.

— C'est juste que… Mère a déjà décidé qui irait avec qui. Alors du temps, je ne suis pas sûre qu'elles…

— Je te prie de te taire, petite impertinente, siffle la sultane, les épaules trop droites, la bouche pincée à l'extrême.

Insensible à cette atmosphère de plus en plus étouffante, Daire désamorce le piège qui se referme sur nous tous :

— Comme c'est charmant ! Dites-nous, Sultane Maddy, je suis très curieuse de savoir avec qui vous penseriez que j'irais.

Dès que ma cadette s'exprime, la mère Maddy semble s'adoucir instantanément. Si je ne connaissais pas la nature de la magie de ma sœur, j'aurais pu jurer qu'elle était capable d'apaiser n'importe qui, comme Samsaa.

— Eh bien, consent enfin la sultane, pour le moment il est très facile de spéculer. Je mentirais si je disais que je n'ai pas déjà réfléchi à la question, en voyant quelles jeunes filles vous étiez au quotidien. Daire, vous seriez parfaite pour mon Cameron. C'est un jeune homme de devoir et très romantique. Son caractère facile s'accorderait parfaitement à votre entrain et votre bonne humeur contagieuse.

Daire a viré au rouge homard. Elle agite légèrement les mains au-dessus de ses couverts pour chasser son trouble.

— Vos mots me touchent, Votre Majesté, bafouille-t-elle d'une voix où perce une joie incommensurable.

Je suis surprise qu'une femme aussi aigre et superficielle ait réussi à cerner ma sœur si rapidement. Elle dit vrai, Cameron serait parfait pour elle, même si cette union interraciale me dérange au plus haut point.

— Odeleen, poursuit Padmé Maddy en direction de mon aînée. Odeleen, vous êtes… intéressante. Complexe, secrète, discrète. Je vous aime beaucoup, sachez-le.

Ma sœur la dévisage sans répondre, le visage incroyablement neutre. J'admire son sang-froid. Si ça avait été moi, j'aurais peut-être grimpé sur la table, empoigné la rangée de saucisses sur ma droite et frappé la sultane en la traitant de menteuse. À cette pensée, je me remets à cajoler frénétiquement Samsaa qui ronronne de bonheur.

— Si Daire est un soleil, vous êtes une lune. Vous trônez dans le ciel en reine, rien ne vous ébranle. En vérité, vous êtes une force de la nature.

La mère Maddy a touché le mille, une fois de plus. À croire qu'elle sait vraiment cerner les gens d'un simple coup d'œil ou après avoir échangé deux mots avec eux.

— Je n'ai pas encore tout à fait décidé avec qui vous iriez le mieux. Définitivement pas Cameron qui est trop… linéaire pour vous.

Cameron bouge légèrement sur sa chaise, manifestement un peu embarrassé d'avoir été qualifié de « linéaire ».

— Cayden a son petit caractère. Vous auriez de nombreux sujets sur lesquels débattre ensemble. Votre vie avec lui ne serait jamais ennuyeuse. Callum vous ferait voir le monde d'une autre manière et élargirait vos horizons.

Un demi-sourire, complètement indéchiffrable, effleure ses lèvres trop pleines.

— Comme je vous le disais, je ne l'ai pas décidé.

Puis, ses yeux de glace me transpercent de part en part.

— À votre tour, chère Rozenn.

— C'est inutile de faire tout ça, Mère, soupire une voix excédée.

Depuis tout ce temps, Callum s'agite et remue. Il n'y tient visiblement plus.

— Je te demande pardon ? fait-elle avec froideur.

— Nous sommes assez grands pour faire la part des choses. Nos choix nous appartiennent.

— Que se passe-t-il, Callum ? Tu n'as pas envie que je dise ce que tu refuses d'entendre ?

Il se raidit comme une statue et ses doigts se resserrent sur la fourchette qu'il tient. L'espace d'une seconde, je crains qu'elle ne se torde de plusieurs degrés, mais il la pose avec brusquerie dans son assiette.

— J'en ai assez supporté, je vais dans mes appartements.

— Tu restes ici.

La voix tranquille du sultan Maddy n'excuse aucune rebuffade. Callum paraît hésiter, partagé entre ses désirs de bravades et l'obéissance qu'il porte à ses parents. Je sens qu'il abandonne lorsque ses larges épaules s'affaissent imperceptiblement.

— Très bien, continuons cette mascarade.

Il est amer et les mots sonnent désagréablement autour de la tablée. Le silence s'installe pendant quelques secondes, un silence pesant. Jusqu'à ce que la sultane Padmé lui assène :

— Il faut que tu entendes ce que j'ai à dire, Callum. Même si cela te déplaît.

Il serre les mâchoires, faisant ressortir le profil déterminé de son visage.

J'avale presque ma salive de travers lorsqu'elle revient à moi.

— Rozenn. Vous êtes la personne la plus impétueuse que j'ai jamais rencontrée. Vous n'écoutez rien ni personne. Lorsque l'on vous donne un conseil, vous faites tout et son contraire juste pour montrer que vous êtes une princesse. C'est un comportement indigne de votre rang et c'est révélateur de votre jeunesse. De ce fait, je ne vous en tiens pas rigueur. Voilà pourquoi je désapprouve l'idée que vous soyez avec mon fils aîné, Callum.

On dirait que l'intéressé va exploser. Je passe de l'un à l'autre, puis cherche de l'aide auprès de Cayden, Cameron et même Callahan, dans le but d'avoir de plus amples informations. Tous s'abîment dans la contemplation – apparemment captivante – de leurs assiettes.

— En revanche, je constate que Cameron vous fait du bien. Il assagit l'enfant gâtée qui hurle en vous, il vous aide à voir les choses du bon côté. Cayden et vous partagez un point commun, et pas des moindres : vous êtes tous les deux déterminés. Cette détermination peut vous emmener loin. Très loin.

Les deux frères ont le dos rond et n'ose intervenir, la tête baissée. Ils ne semblent pas surpris par les dires de leur mère. Je devine alors qu'elle a déjà dû leur parler de ses présomptions.

Elle lance un regard appuyé vers Callum, comme pour le défier de dire quoi que ce soit.

Je me jette à l'eau :

— Et pourquoi pas Callum ?

Les prunelles du jeune homme me happent, j'ai l'impression de disparaître dans un précipice. Me met-il mentalement en garde ? Ou bien est-il étonné par ma question ?

Mon interlocutrice se tend et répond sèchement :

— Vous êtes trop semblables. Le feu et le vent qui l'attise n'ont jamais fait bon ménage.

Je baisse les yeux sur la table, peinant à réprimer mon sourire.

La sultane Padmé est peut-être douée pour décrypter les gens, en revanche, il y a quelque chose qu'elle n'a pas du tout compris : demandez à deux personnes de ne pas se fréquenter, vous obtiendrez l'effet inverse.

Chapitre 25

Le Cycle de Saisie

Y a-t-il réellement une pièce secrète dans les confins du palais de Pretamia ?
Un endroit où des milliers de fioles de fluide seraient répertoriées sur des étagères,
et où des artefacts poussiéreux s'empileraient dans de vieilles caisses ?
Le mystère reste entier.

Medouane Anédrian,
Maître penseur du Cénacle Académique

Le repas s'est très mal passé.

Sur le chemin du retour, mes sœurs et moi ne parlons pas beaucoup. Odeleen n'a presque pas desserré les dents de toute la soirée et Daire s'est abstenue de trottiner sur les tapis en parcourant les murs de ses doigts curieux comme elle a pris l'habitude de le faire. Une fois arrivées devant nos appartements, nous ne bougeons plus, chacune la main sur la poignée de sa porte. J'aimerais faire un commentaire, mais les mots restent coincés au fond de ma gorge.

— C'était un repas assez étrange, vous ne trouvez pas ? chuchote Odeleen pour ne pas attirer l'attention de sa suivante qui attend avec les deux autres à l'autre bout du couloir.

— Ça, tu l'as dit, je marmonne.

Daire nous jauge tour à tour.

— C'était surtout un moment de tension entre la sultane et Callum…

— Ah, parce que tu l'as remarqué, s'amuse Odeleen, retrouvant peu à peu son humeur habituelle.

— Évidemment que je l'ai remarqué ! À votre avis, qu'est-ce qui a bien pu se passer pour que l'ambiance soit à couper au couteau ?

Nous sommes distraites par Samsaa qui gémit en grattant la porte de mes quartiers, pressée de rentrer pour se vautrer dans le lit. Elle pousse un long gémissement avant de tourner sa jolie bouille dans notre direction. N'obtenant aucune réaction, elle se remet à entamer la porte à l'aide de ses petites griffes.

— Je ne sais pas, fait Odeleen. À mon avis, la sultane ne supporte pas l'idée que Callum s'intéresse à Rozenn. Et… pourquoi souris-tu ?

Je me cache derrière ma main.

— Je ne souris pas.

— Menteuse ! rit Daire. Callum te plaît, n'est-ce pas ?

— Ce n'est pas ça, je m'insurge avec une moue. En fait, je crois que le coup des caractères incompatibles n'est qu'un vilain mensonge.

Elles me dévisagent sans comprendre.

— Réfléchissez, les filles. Callahan Maddy a trois fils. Quand son règne prendra fin, la Grande Urne de Pretamia sera cassée, et le peuple découvrira qui a été choisi comme successeur. Vous ne trouvez pas cela étrange que la sultane se montre si protectrice lorsqu'il est question de Callum ? À mon avis, c'est lui l'héritier légitime. Si Padmé Maddy survit à son mari, elle devra me regarder monter sur le trône au bras du nouveau sultan. Cette éventualité doit la rendre malade.

Et ça me réjouit au-delà du raisonnable, mais je me garde bien d'en faire mention.

— En fait, rien que pour l'ennuyer, je suis tentée de…

— Arrête ça tout de suite, me coupe Odeleen.

Je me tais, trop étonnée pour protester.

— Tu as d'autres priorités, je te rappelle. Et aller à l'encontre de ce que désire la sultane, ce n'est pas une priorité.

Elle a parfaitement raison, même si l'idée est terriblement tentante.

— De quoi parlez-vous ? interroge Daire, perdue.

Nous nous reprenons d'un même mouvement.

— Rien, conclut Odeleen. Allons nous coucher. Demain, Rakhshan nous a promis une balade dans les airs. Nous serons fatiguées si nous ne dormons pas maintenant.

Le lendemain, nous nous envolons en direction de l'océan, perchés sur nos buraqs. Le sultan a demandé à ce que nous soyons escortés par un dagnir, le visage dissimulé sous un kieffeh noir. Il nous colle au train depuis plusieurs heures et ne s'est même pas donné la peine d'ouvrir la bouche depuis le début de l'excursion.

Le temps s'est nettement rafraîchi et mon lourd manteau ne coupe pas tout à fait le vent. La sensation vertigineuse de braver les éléments est toujours là, elle. Mon buraq répond à chacun de mes mouvements et se laisse porter comme un aigle par les courants ascendants. Ses ailes sont déployées toutes plumes dehors et nous planons dans un silence presque religieux.

Rakhshan nous demande de ne pas trop nous éloigner, mais sans m'en apercevoir je dévie légèrement de la trajectoire qu'il emprunte.

Les sabots dorés de ma monture touchent presque la toiture des habitations, plusieurs têtes se lèvent à notre approche. À cette heure-ci, les ruelles sinueuses sont dégagées, si bien que la procession qui s'aligne au nord de la ville attire immédiatement mon attention. Un pressentiment me pousse à tirer sur les rênes de mon buraq. Celui-ci s'arrête brusquement en évasant lentement ses ailes.

Je plisse les yeux, ma main en visière. Il doit bien y avoir une bonne centaine de personnes en guenilles.

Rakhshan s'arrête à son tour, juste au-dessus de moi.

— Princesse, nous devons continuer. Les règles stipulent que nous ne sommes pas autorisés à voler trop près de la terre ferme pour ne pas gêner les activités des habitants.

Je l'entends comme dans un rêve, sa voix me paraît étouffée par les pensées qui se chevauchent et s'emmêlent dans mon esprit.

— Princesse ?

— Rozenn, qu'est-ce que tu fais ?

Je désigne la foule du menton.

— Regardez.

Je prends le temps d'examiner toutes ces silhouettes qui attendent devant les portes closes du bâtiment. Ils sont de tous âge, hommes et femmes confondus. La posture misérable, l'air malade, ils semblent dénutris et surtout à bout de force.

— Ne faites pas ça, Princesse.

Rakhshan sait toujours à l'avance ce que j'ai en tête, avant même que je le décide.

Avec fermeté, j'enfonce mon talon dans le flanc de ma monture. Nous nous posons sur le sol en douceur. Des dizaines de visages effrayés se tournent dans notre direction.

La démarche un peu titubante, je me dirige vers eux, ignorant l'appel sec du dagnir qui vient de toucher terre à son tour.

C'est à cet instant que je les vois.

Les entraves.

Elles sont sur toutes les peaux, dans différentes teintes de bleu, parfois un peu éclaboussées par la boue et la saleté. Il n'y a désormais plus aucun doute. Ceux qui attendent devant cet immense entrepôt sont des djinns.

Les premiers qui se tournent vers moi ont un sursaut en m'avisant, vêtue d'un beau caftan tissé dans la soie la plus fine du pays… Pourtant, moi aussi je porte une entrave, comme eux. Et elle ne leur échappe pas.

— Qui est-ce ? j'entends chuchoter sur le côté.

— Une noble. Une djinn.

— Pourquoi êtes-vous là ? je demande d'une voix assez forte pour être entendue de tous.

Le silence me répond. Pas un silence effronté, non. Les gens sont surtout étonnés qu'une personne de mon espèce puisse se soustraire au malheur qui les frappe.

— Dites-moi au moins ce que vous faites ici, j'insiste. Pourquoi attendez-vous dans cette rue malodorante ?

— Princesse Rozenn, remontez sur votre buraq.

Le dagnir patibulaire fait quelques pas dans ma direction, talonné par Rakhshan. Odeleen et Daire sont toujours dans les airs et assistent à la scène de loin.

Une rumeur parcourt l'assemblée et enfle comme une vague.

— C'est une princesse djinn.

— Vous avez entendu ?

Une petite fille se détache de la foule et s'approche de moi, sa bouche retroussée dans une tentative de sourire. Elle est couverte de crasse et les haillons qui lui servent de vêtements ne cachent pas sa maigreur alarmante. Instinctivement, je pose mes genoux à terre pour être à sa hauteur, ignorant la poussière qui vient esquinter ma magnifique tenue d'apparat.

— C'est vrai que t'es la princesse ?

Je hoche la tête.

— Oui, c'est vrai. Je m'appelle Rozenn.

Sa main aux ongles incrustés de terre saisit une mèche qui dépasse de ma coiffure. L'entrave qu'elle porte provient des djinns des Terres Libres.

Une femme qui doit être sa mère arrive à son tour et l'attrape par le bras pour l'éloigner, le menton pudiquement baissé.

— Attendez, je la supplie. Dites-moi ce qui se passe ici.

Sa posture change légèrement. Elle a l'air d'une proie effrayée, toujours aux aguets, la tête rentrée dans les épaules.

— Vous n'êtes pas au courant, Princesse ?

— Au courant de quoi ?

Elle renifle en portant son regard très loin.

— Nous sommes là pour la Saisie. Comme à chaque lune.

Elle vient de confirmer mes doutes. Je me redresse, les poings serrés.

— Nous savons tous que vous ne pouvez rien y faire, murmure la femme. Si vous êtes ici et pas dans votre Bulle, c'est que le sultan vous a invitée.

— C'est exact.

— S'il vous a ouvert l'accès à son palais, c'est peut-être qu'il a l'intention d'écouter ce que vous avez à lui dire. Parlez-lui de nous, je vous en conjure. Il…

Elle n'a pas le temps de terminer sa phrase que les lourdes portes de l'entrepôt coulissent. Des dagnirs munis de serpes étincelantes apparaissent. Les djinns s'agitent comme des mouches et, dans un bruit de pas précipité, chacun reprend sa place dans la file d'attente. La femme est déjà retournée auprès de ses enfants, les doigts crispés autour du buste de sa fille, comme si elle la retenait de s'enfuir. Sur tous les visages s'est peinte une peur primitive. La Saisie doit être un procédé abominable pour que ce vent de crainte souffle aussi vite.

— N'entrez pas, Rozenn.

Rakhshan ne plaisante pas. Je devine à sa voix qu'il est prêt à recourir à la force pour m'empêcher d'aller plus loin.

— Vous ne pouvez rien faire pour ces gens en l'état actuel des choses. Partons.

Je me laisse entraîner à contrecœur et m'élance dans les airs. La procession s'éloigne au loin, jusqu'à devenir invisible. La joie de voler m'a quittée, je ne suis plus qu'amertume.

— Tu ne pouvais rien faire, me crie Odeleen pour couvrir les mugissements du vent.

Je ne réponds pas, mon attention rivée sur mes mains pleines de boue. Non… je ne pouvais rien faire et c'est ce qui me met le plus hors de moi.

Un peu plus tard dans l'après-midi, incapable de rester en place, je fais faux bond à mes sœurs et à Rakhshan. Perle accepte de me guider jusqu'aux jardins du palais et Samsaa se montre enjouée à l'idée de sortir et batifoler.

Après m'être séparée de ma suivante, je retrouve sans problème le chemin vers la balançoire sur laquelle je me suis assise avec Cameron. Je m'y installe et retire mes sandales d'un simple mouvement de pied négligent. Samsaa s'enfonce joyeusement dans les herbes hautes, avant de venir se frotter contre ma jambe, au comble du bonheur. Hélas, même sa joie ne parvient pas à percer la dureté de ma carapace.

J'ai du mal à imaginer que près du palais, les gens se font ponctionner une partie de leur magie, tout ça pour que des petits bourgeois arrogants se délectent de leur sang. C'est abominable.

Je repense à cette pauvre fillette, à ces djinns défaits et affamés qui se laissent détrousser. Leur vie ne doit être que souffrance et chagrin.

Je me suis longtemps plainte de la Bulle, j'ai toujours rêvé de voir plus que des arbres centenaires et échapper à cette existence bien trop calme et sans surprise. C'est seulement maintenant que je prends conscience de l'enfer du monde extérieur. Au moins, dans la Bulle, personne ne pouvait nous atteindre. Même les djinns nomades les plus intrépides avaient du mal à nous trouver. Nous sommes comme leur oasis dans le désert. Les Mydriavos sont libres de vivre leur vie comme ils l'entendent. Avec leur magie endormie. Une magie qui pourrait tous nous sauver, si nous savions nous désentraver.

Avec un peu d'astuce, je pourrai persuader le sultan Maddy de me libérer comme il a libéré Daire. J'essaie de me convaincre que c'est encore possible, même si je ne suis pas dans les petits papiers de son épouse.

— Samsaa, je dis soudain, j'ai beaucoup réfléchi concernant Callahan Maddy.

À l'entente de son nom, Samsaa cesse de remuer et s'assoit bien en face de moi, les oreilles tombant sur ses pattes avant, sa tête légèrement penchée sur le côté.

— Je comprends qu'il t'ait utilisée comme cadeau et j'ai la sensation que ses présents avaient pour but de nous tester. Daire a recouvré ses pouvoirs par exemple. Elle pourrait choisir de lui en être éternellement reconnaissante, mais elle pourrait également décider de se soulever contre l'oppression des djinns.

Ma propre réflexion me grise. Mon cœur se met à doubler de cadence.

— Pour Odeleen, je n'ai pas encore trouvé l'intérêt qu'il portait à cet artefact. Le fait qu'il t'ait offerte à moi… Il cherchait à me rendre plus sage, plus… malléable. Il voulait me séduire, moi aussi, comme il a séduit Daire. Mais ça n'a pas marché.

Je souris à mon aura et elle répond par un halètement. Je passe ma main dans sa fourrure et celle-ci prend la couleur de ma peau, à l'instar d'un caméléon.

— Tu serais prête à m'aider, Samsaa ?

Elle pose la tête sur ses pattes, avant de basculer sur le dos en poussant un petit couinement.

— À qui parles-tu, Rozenn ?

Je fais brusquement volte-face pour trouver un Callum à la mine sombre.

— Qu'est-ce que tu fiches ici ? je rétorque un peu trop sèchement.

— Je te rappelle qu'il est interdit pour une femme de se promener seule dans les jardins. Ce n'est pas aussi sûr qu'on le croit.

— Surtout quand on voit le genre d'énergumène qui y circule.

— Je ne plaisante pas, Rozenn. La nuit est sur le point de tomber. Si ma mère apprend que tu es ici en même temps que moi, elle va s'imaginer que…

— Que quoi ? Que nous avions un rendez-vous galant ?

Ses sourcils se froncent, me cachant l'intensité de son regard. Mes sarcasmes ne semblent pas l'amuser.

— C'est une possibilité.

— Si elle savait ! je m'esclaffe.

Pas l'ombre d'un sourire ne s'esquisse sur son visage. Il est tendu et de toute évidence pas très content d'être tombé sur moi.

— Je répète, dit-il, à qui tu parlais ?

— À Samsaa. Tu te souviens, le cadeau de ton cher papa…

Il ne remarque qu'à cet instant la présence de mon animal et se penche pour glisser une main entre ses oreilles. Samsaa s'abandonne et ronronne, son pelage strié de bandes lumineuses. Je sens tout de suite la magie passer entre eux : les traits de Callum se détendent considérablement. Je m'empresse de l'attraper, brisant le contact. Il secoue la tête pour reprendre ses esprits.

— Tu devrais rentrer.

— Je suis une grande fille, laisse-moi faire ce que je veux.

Il me regarde durant un temps qui me semble infini, puis s'approche.

— Fais-moi un peu de place.

Je ne bronche pas et me décale sur le banc de la balançoire. Nous sommes désormais proches. Trop proches. Plus que ce que la décence autorise. Ses cuisses effleurent les miennes à chaque mouvement, son odeur musquée m'emplit les narines.

— C'est ma présence qui te trouble ? raille-t-il.

Il n'a rien perdu du changement de carnation que je ne parviens plus à masquer. C'est plus fort que moi.

— Ne te crois pas irrésistible, Callum Maddy. Je ne t'apprécie pas du tout.

— Moi non plus je ne t'apprécie pas du tout, me singe-t-il d'une voix plus basse que d'ordinaire.

Sa main trouve mon menton qu'il relève pour que je croise ses yeux, aussi noirs qu'un puits sans fond.

— Redis-le, Rozenn.

— Redire quoi ?

— Que tu ne m'apprécies pas…

— Je te déteste, Callum.

Il sourit, dévoilant sa denture parfaite.

— Ça sonne comme une musique à mes oreilles.

Ses prunelles recèlent d'une telle profondeur qu'elles m'ôtent toute envie de rire. Ses doigts qui s'appuient contre ma peau me brûlent, mais je n'arrive pas à m'en soustraire. Et puis sans prévenir, ses lèvres happent les miennes.

C'est mon premier baiser et il est à la fois doux et brutal. Mes mains trouvent naturellement le chemin vers ses cheveux et se mettent à fourrager dedans. Il m'enserre la taille dans une étreinte intime, écrasant mes seins contre son torse. Sa bouche aventureuse s'entrouvre, sa langue cherche la mienne, puis l'effleure dans une danse alanguie. Un soupir irrépressible m'échappe, ce qui a le don de me ramener à la réalité. Je m'écarte comme s'il m'avait pincée et me recompose un air atone.

— Nous n'aurions jamais dû faire une chose pareille.

— Je n'ai rien pu faire, argue-t-il, moqueur. Tu m'as littéralement sauté dessus.

Je pousse un cri, ulcérée qu'il se dédouane de la sorte.

— N'en faisons pas une affaire d'État, poursuit-il. Ce n'était qu'un baiser.

Mon cœur est douloureusement piqué et je me redresse, bien raide.

— C'est noté.

— Attends, reprend-il en saisissant mon bras.

— Lâche-moi, j'ordonne avec une fermeté que je suis loin de ressentir.

Il obéit presque immédiatement, mais me coupe néanmoins tout chemin de fuite.

— Oublie ce que j'ai dit. C'est assez rare, mais il m'arrive de dire des stupidités.

Son corps est encore plus près, encore plus tentant. J'essaie de rassembler mes idées. Ce baiser m'a fait perdre tout discernement, alors que les enjeux sont tellement plus grands ! C'est un dagnir, je suis une djinn. Nous ne sommes pas compatibles. Ma vie doit être vouée au bonheur de mon peuple, à sa liberté. Je dois me raccrocher à cela.

— Pourquoi tu ne m'as jamais dit que vous buviez le sang des miens ?

C'est le seul moyen que je trouve pour l'éloigner de moi, et ça marche très bien : il s'écarte comme si je venais de le gifler.

— Pardon ?

— Tu as parfaitement compris.

— N'étais-tu pas au courant ?

La colère empourpre mes joues.

— Crois-tu vraiment que si j'avais eu vent de cette pratique, j'aurais répondu à votre invitation avec le sourire ?

— Tu étais loin de sourire en arrivant à Pretamia, Rozenn. Si tu avais vu ta tête…

Il élude et je perds patience.

— Réponds, Callum.

— Que veux-tu que je te dise ? Oui, c'est une chose qui existe. Oui, je le sais depuis toujours. Et si tu te poses la question… Non, je n'en ai jamais bu.

Je le regarde avec scepticisme. Il me prend pour une imbécile…

— Je n'ai pas besoin de la magie des djinns pour être heureux et je réprouve totalement la Saisie. Si ça peut te rassurer, mon père a interdit tout commerce de fluide au sein du palais le temps de votre séjour. Ça a fait grand bruit. Pour certains, le fluide est comme une drogue dont il n'est pas aisé de se défaire.

Il a parlé d'une voix lapidaire, presque mécanique.

— Pourquoi voulais-tu savoir ça ? enchaîne-t-il.

Son détachement me déstabilise. Callum semble tellement au-dessus de tout, étranger à ce qui se passe à Pretamia.

Je décide d'être honnête.

— J'ai l'impression d'avoir été flouée. On m'a toujours dit que la Saisie avait disparu avec l'esclavage.

— Et que les djinns vivaient heureux et libres dans le meilleur des mondes ? raille-t-il. Ne rêve pas trop, Rozenn.

Je pince les lèvres. Sa condescendance ne m'avait pas du tout manquée.

— Je dois y aller.

Contrairement à ce que je craignais, il ne me retient pas. Je m'enfonce dans les fourrés, mes chaussures à la main, Samsaa dans mon sillage.

Chapitre 26

Le son de sa voix

La disparition des Artisans nous a laissés passablement affaiblis et l'esprit rempli de questionnements qui n'ont jamais trouvé de réponses. Comment parvenaient-ils à enfermer les djinns dans les artefacts sans avoir recours à la magie ? C'est aujourd'hui un mystère qui n'a pas été élucidé. Croyez-moi, si les Maddy avaient eu vent de leur secret, les djinns seraient toujours coincés dans ces petits objets dérisoires.

Discours rebelle,
provenance inconnue

Je passe les jours suivants confinée dans mes appartements, n'acceptant de ne voir que mes sœurs et ma suivante. Rakhshan vient régulièrement frapper à ma porte pour s'enquérir de mon état. Il ne s'étonne jamais de me trouver toujours plus bougonne et ombrageuse que la veille. Dans mes moments mutiques, il s'assoit à mon chevet et me parle de Mydriav, de ses bois et de sa faune luxuriante. Il sait que ça me calme instantanément. Il panse mes blessures émotionnelles, fait preuve de patience et d'une tendresse paternelle à mon égard. Je me laisse aller à la mélancolie le temps de nos entrevues.

Le fantôme du baiser de Callum me hante pendant des jours. Je repense à ses lèvres sur les miennes et son corps se plaquant contre moi. Je ne comprends toujours pas pourquoi je me suis jetée avidement dans ses bras et j'en ai honte. Son détachement lorsqu'il parlait de la condition des djinns m'a choquée au plus haut point. Quelle idée d'embrasser pareil personnage !

Tous ces événements m'ont donné beaucoup de grain à moudre et je ne m'en ouvre à Odeleen qu'un soir, alors que nous sommes dans sa chambre, à l'abri des regards et des oreilles indiscrètes.

— Tu as quoi ? glapit-elle, devenant blême.

Je lui intime de baisser d'un ton. Je ne tiens pas à ce que Daire nous entende à travers la cloison du mur. Elle a jeté son dévolu sur Callum ces derniers jours et se montre intarissable à son sujet.

— Nous nous sommes embrassés. Je ne sais pas comment c'est arrivé et je m'en veux terriblement.

Une palette d'émotions traverse le visage d'Odeleen. Elle passe de la surprise à l'amusement, puis finit par murmurer :

— Je te comprends, c'est un très beau garçon.

— Là n'est pas la question, je grogne. J'ai été faible, mais on ne m'y reprendra plus. Callum est un mufle, comme les autres.

Le regard de mon aînée pèse sur moi et je me retiens de rougir.

— Quoi ? Ne me dis pas que tu avais un faible pour lui…

Soudain, la crainte de me mettre ma sœur à dos m'effleure. Et s'il lui avait tapé dans l'œil, à elle aussi ?

— Rassure-toi, Roz, je ne suis pas amoureuse et je n'ai jamais espéré quoi que ce soit venant de lui, glousse-t-elle, affectueuse.

Je soupire de soulagement.

— L'espace d'une seconde, j'ai eu peur que ce soit le cas. Je marche sur des œufs avec Daire, ces jours-ci. Elle est collée à lui comme une moule à son rocher.

— Il est gentil. Tu devrais lui laisser sa chance.

Je grimace.

— Est-ce que tu as bien entendu ce que je t'ai dit tout à l'heure ? Il a dépeint la condition des djinns comme si nous parlions du temps qu'il fait. Il se fiche de notre peuple, de nos valeurs. Si je m'exprime à cœur ouvert, il me rira au nez. Je doute qu'il soit nécessaire de te rappeler que nous ne sommes pas ici pour batifoler.

— Callum est le genre de dagnirs qui pourrait nous surprendre, j'en suis convaincue.

Je renifle avec ostentation et finis par baisser les yeux sur le livre qu'elle déchiffrait avant que je ne fasse irruption dans sa chambre.

— Que regardais-tu ?

Peu déconcertée par mon changement de sujet abrupt, elle pose le bout de ses doigts sur un dessin très réaliste. Un pendentif en forme d'œuf aux contours irréguliers. Il me fait penser à…

— Ton sautoir ? C'est étrange qu'il soit représenté sur cette page.

Je ne parviens pas à distinguer son expression. Distante ? Méfiante ? Réticente ? Ça ne lui ressemble pas de me faire des cachotteries. Cette idée m'effraie un peu. Cela reviendrait à nous diviser, nous affaiblir. Nous sommes dans le même bateau, prisonnières d'une condition qui nous déplaît.

— Odeleen…

Elle se racle la gorge.

— Le cadeau du sultan m'a beaucoup fait cogiter. Je ne saurais pas trop t'expliquer pourquoi, ce dont je suis certaine, c'est qu'il m'attire, me pousse à reconsidérer énormément de choses. Tu vas te moquer de moi, mais parfois je me réveille la nuit parce que j'entends un bruit qui provient du bijou. Une sorte de chuchotement, ou alors un grattement. Au début, je croyais qu'il s'agissait d'Atefeh qui venait changer les torchères. Aujourd'hui, je pense que…

Elle ne termine pas sa phrase et je me penche pour presser sa main. À son contact, je sens la froideur d'une chaîne qui glisse entre nos deux peaux. Je retourne son poignet et constate qu'elle tient l'artefact entre ses doigts.

— Attends, il y a quelques jours, rien que sa vue te donnait envie de rendre ton déjeuner sur le tapis. Si je comprends bien, tu le gardes toujours près de toi, maintenant ?

Odeleen baisse piteusement la tête.

— Tu dois me prendre pour une folle.

— J'avoue que je commence à avoir de sérieux doutes, je raille, plus pour la forme.

— Ce n'est pas drôle, s'enflamme-t-elle, ses yeux jetant des éclats furibards. J'y ai beaucoup réfléchi. Callahan Maddy t'a offert Samsaa pour mieux te contrôler, il a déverrouillé le fluide de Daire pour une raison qui nous échappe encore. Je me dis que… qu'il avait une idée derrière la tête en me donnant ce bijou. Il ne fait jamais rien au hasard.

Elle agite le sautoir comme un pendule. L'objet se met à capter la luminosité environnante et les glyphes gravés sur son pourtour en sont magnifiés.

— Tu veux savoir ce que je pense, Roz ?

Non.

Non, je ne suis pas sûre de vouloir connaître sa théorie. Car celle-ci risque de changer ma conception même du monde dans lequel j'ai grandi.

— Je pense qu'un djinn est encore enfermé là-dedans.

Dire que je suis confuse est un bel euphémisme. Je me contente de fixer ma sœur aînée comme si elle avait perdu l'esprit ou qu'elle allait brusquement éclater de rire en m'expliquant qu'elle se payait ma tête. Mais non. À la place, Odeleen tressaille et s'entoure de ses bras. Elle a plus que jamais l'air d'une bête blessée.

Chez nous, on dit qu'entendre des voix, c'est le premier signe que l'esprit est malade.

— Montre-le-moi, j'ordonne.

D'une main tremblante, elle me tend l'objet. Je sens tout de suite qu'elle répugne à s'en séparer. Bien qu'il ait passé une bonne partie du temps contre sa paume, la froideur du métal m'interpelle. Je le fais rouler entre mes doigts en songeant très fort « Allez, livre-moi tes petits secrets ». Rien ne se passe, évidemment.

Je me penche pour détailler plus attentivement les inscriptions. Le métal doré est tout à fait lisse à certains endroits. S'il s'agit bien d'un artefact comme l'a suggéré le père Maddy, cela signifie qu'il existe un mécanisme capable de l'ouvrir. Mes doigts parcourent chaque recoin. Toujours rien. Peut-être qu'en le secouant légèrement…

Odeleen me regarde procéder, le souffle retenu. Malheureusement, je fais chou blanc.

— Les possibilités pour l'ouvrir sont infinies, me dit-elle. J'ai déjà lu beaucoup de choses à ce sujet. Certains artefacts doivent être jetés dans le feu, d'autres soumis à la lueur des lunes pendant une nuit entière… Essaie de le frotter, pour voir…

Je m'exécute et frotte vigoureusement le bijou avec ma manche. Au début, rien ne se passe, puis j'entends un déclic. Quelque chose roule sous ma peau. Une bande métallique vient de se détacher de la surface précieuse.

— Regarde, je crois que j'ai trouvé.

Je réitère mon geste. Certaines parties de la sphère peuvent être orientées dans un sens ou dans l'autre. Au moment où je mobilise le mécanisme d'un cran, des dessins à l'encre apparaissent, avant de disparaître. J'enfonce mon ongle dans un interstice et constate qu'il est possible de tourner la portion supérieure. Je pense avoir compris : les dessins doivent se rejoindre, comme dans un jeu de mémoire. Un véritable casse-tête.

— Là ! s'écrie ma sœur, faisant un bond en arrière. Tu l'entends ? Dis-moi que tu l'entends !

Fébrilement, elle regarde derrière son épaule, comme si quelqu'un s'y trouvait.

Je secoue la tête, éberluée.

— Désolée, mais je n'entends rien du tout. En attendant, j'ai peut-être découvert quelque chose.

Avec précaution, je me mets à tordre la pièce du milieu dans un léger cliquetis. Odeleen en oublie ses craintes et s'approche pour observer les motifs cabalistiques inachevés.

— On dirait, une sorte de puzzle…

— Oui, je confirme. Il y a une quinzaine de portions. En les tournant, il faut aligner les glyphes de manière à ce que le dessin soit complet.

— Ils sont si petits… Ça va nous prendre un temps infini.

Je me rencogne contre les oreillers.

— Alors mets-toi à l'aise. La nuit risque d'être longue.

Chapitre 27

ET LA LUMIÈRE SE FAIT

La meilleure façon de se faire obéir d'un djinn
est de le flatter comme un roi.

Proverbe pretamien

Nous passons la nuit à manipuler l'objet sans succès. Je finis par m'endormir dans le creux du bras d'Odeleen, Samsaa amoureusement lovée entre nous. C'est le petit cri d'Atefeh qui nous réveille.

— Princesses, vous avez de la visite, bafouille-t-elle dans une révérence. Puis-je les faire entrer ?

Ma sœur et moi nous redressons de concert, et j'essuie maladroitement ma bouche en étouffant un bâillement.

— Qui est-ce ?

— Vos gardes du corps, Princesse.

— Qu'ils entrent, répond Odeleen, déjà en train de réajuster les boucles autour de son visage. Merci, Atefeh.

La suivante s'efface pour laisser passer Rakhshan et Iqbal. Ce dernier est en sueur et ses bottes sont couvertes de boue. À l'expression qu'ils arborent, je m'attends à recevoir de mauvaises nouvelles.

— Avez-vous fait bon voyage, mon ami ? demande mon aînée.

Iqbal penche la tête.

— Relativement bon. J'ai fait au mieux pour revenir avec la réponse de votre père le plus rapidement possible.

Mes yeux descendent jusqu'à ses mains, à la recherche d'une lettre. Iqbal reste droit comme une tige, imperturbable. Il semble lire dans mes pensées :

— L'émir votre père a souhaité que je vous apporte sa réponse de vive voix, sans avoir recours à une missive. Il craint que les mots écrits puissent être interceptés, et…

— Excusez-moi…

Iqbal sursaute légèrement et se retourne. Dans l'embrasure se tient Perle, triturant gauchement un chiffon entre ses doigts. Je suis étonnée de la voir ici, dans les appartements de ma sœur. Elle évite soigneusement mon regard et explique avec timidité :

— Il m'a été demandé de lustrer le miroir de cette chambre. Veuillez pardonner mon intervention.

— L… lustrer le miroir ? je répète, stupéfaite. Ça ne peut vraiment pas attendre ?

— Non, Princesse.

Une petite voix me glisse que ma domestique a quelque chose derrière la tête. J'ignore de quoi il s'agit, et ma surprise est décuplée lorsque je la vois s'avancer d'un pas raide vers le grand miroir à pieds dans le coin de la pièce, près de la fenêtre. Elle sort un flacon et mouille le chiffon. En le remettant dans son tablier, j'ai le temps de distinguer sa couleur.

Bleu.

Je ne sais plus quoi penser lorsqu'elle referme doucement la porte derrière elle après avoir astiqué toute la surface polie. Que fait-elle avec du fluide dans ses poches ? Et pourquoi en imbiber le cadre ?

J'essaie de me rappeler ses paroles concernant les miroirs. Elle parlait de miroirs sans fond, ou de l'abîme, ceux qui permettaient de voyager d'un endroit vers un autre… Je me souviens maintenant qu'elle était restée très évasive et avait pris soin de changer de sujet.

— Princesse ? m'appelle Iqbal pour capter mon attention.

Après un dernier regard vers la psyché enduite de fluide, je me tourne vers mon garde.

— Pardonnez-moi, je pensais à autre chose. Poursuivez.

Iqbal se racle la gorge et commence :

— Votre père a bien pris connaissance de vos informations et vous demande de ne plus le contacter à ce sujet. Il conseille également de ne pas pousser plus avant vos recherches concernant le fluide et son commerce à Pretamia. D'après lui, c'est beaucoup trop dangereux.

— Quoi ?!

Odeleen et moi-même nous sommes exclamées en même temps. Je n'arrive pas à croire que Père se montre si peu alarmé.

— Si je saisis bien, notre père refuse d'intervenir de quelque manière que ce soit dans cette affaire ? je m'insurge. Ce que nous avons découvert est grave…

Rakhshan s'avance vers moi et je pense déceler une certaine inquiétude dans ses prunelles.

— L'émir en a parfaitement conscience et ne compte pas rester sans rien faire. Il était déjà au courant de ces pratiques, et il avait bon espoir qu'un mariage les fasse progressivement disparaître.

J'ai l'impression d'avoir reçu un uppercut dans l'estomac. Toutes ces années durant lesquelles les dagnirs volaient impunément notre fluide… Père savait. Il n'a jamais rien fait pour l'empêcher et il espérait même un sacrifice de notre part pour endiguer la menace !

Rakhshan n'a aucun mal à deviner vers quelles terribles conclusions mes pensées dérivent.

— Nous sommes trop peu nombreux pour nous soulever. Tous ceux qui vivent en sédentaires à Mydriav, Brymeriel et Saeed sont protégés par un accord avec le sultan Maddy. Les motifs de nos entraves prouvent notre appartenance à une Bulle. Les nomades arborent la marque des Terres Libres, ce qui permet aux dagnirs de les différencier de nous. Ça a toujours été ainsi.

— Nous le savions déjà, déclare Odeleen avec un calme mesuré. Les Bulles sont les seuls lieux sécuritaires dont disposent les djinns. À condition de les trouver. Les nomades, eux, n'ont pas notre chance.

— On peut dire ça. C'est la raison pour laquelle votre père a longtemps refusé que vous vous éloigniez de son arbre. C'est lui qui assure votre liberté.

— Une bien piètre liberté, j'argue avec amertume.

— Certes, réplique Rakhshan, mais une liberté tout de même.

Père voulait nous protéger, c'est vrai. Pour nous préserver du monde extérieur, il nous a enfermées dans la Bulle, loin de tout, en autarcie. Il prenait également soin de nous tenir à l'écart de toutes tractations politiques.

Et pourtant, en nous laissant foncer droit sur les terres de nos ennemis, ça ne l'a pas effleuré une seule fois de nous expliquer que les djinns n'étaient pas libres partout, qu'un trafic honteux se poursuivait dans la plus grande légalité, au sein même de Pretamia. Pas étonnant que certains cherchent l'asile en Amadée…

— Cela signifie-t-il que nous sommes en danger entre les murs de ce palais ? s'inquiète ma sœur.

— Personne ne vous fera le moindre mal ici, assure Iqbal sans hésiter. On ne harnache pas ses invités, chez les dagnirs. Ils sont peut-être affamés de pouvoir, ils n'en demeurent pas moins soucieux des règles de bienséance. Sans compter que votre statut d'Intouchables les empêche de vous faire subir la Saisie. Vous ne pouvez pas être ponctionnées, c'est impossible.

Cette déclaration nous plonge toutes deux dans un silence pensif. Je ne sais plus s'il faut que je m'insurge ou que je me résigne. J'aimerais me retrouver face à Père pour lui dire tout ce que j'ai sur le cœur. Pour lui montrer à quel point il m'a blessée en cherchant à protéger les nôtres.

— Il reste une dernière chose, enquille Iqbal. Toujours d'après votre père, il se pourrait que vous receviez prochainement une visite bienvenue, qui vous permettrait de vous sentir un peu mieux au sein de la Caste Maddy.

— Qu'est-ce que ça veut dire ?

Il hausse très légèrement les épaules.

— Je n'ai pas plus d'informations à ce sujet, mais votre père m'a assuré que cette aide vous apporterait un grand réconfort.

Chapitre 28

Comme à la Bulle

De nombreux mystères persistent concernant le peuple djinn.
Des mystères qui n'en étaient sans doute plus pour les Artisans,
mais dont le commun des dagnirs n'a aucune idée.
Les djinns sont les seuls à avoir reçu un don unique et puissant.
L'origine de cette magie reste encore inconnue à ce jour.

Introduction à la magie sous ses plus belles formes,
Mourad Alkalissar

Tout prend un sens le lendemain matin, lorsque nous sommes convoquées dans la salle du trône. Je suis la dernière à sortir de mes appartements et trouve Odeleen en train de cacher la chaîne de son artefact au moyen d'un voile outre-mer.

Callahan Maddy nous attend avec décontraction, entouré de sa femme et de Casey. À les voir ainsi, on pourrait presque penser à un portrait royal immortalisé sur une toile de maître. Ils respirent la noblesse et le charisme. Même la plus jeune a pris la pose pour l'occasion.

En revanche, aucune trace de Cameron, de Callum et de Cayden. Quelque part, j'en suis soulagée. Regarder ces trois-là dans les yeux aurait été au-dessus de mes forces aujourd'hui.

Je m'avance avec mes sœurs jusqu'à ce que le bout de mes babouches atteigne les limites du luxueux tapis doré. À ma droite, je distingue Daire qui s'incline bien bas, tandis qu'Odeleen se limite à une révérence digne et droite.

Je soutiens froidement le regard du sultan et ne le salue qu'avec un mouvement de menton effronté.

— Mes hommages, dit-il en me fixant avec amusement, comme s'il avait affaire à une enfant difficile à contenter. J'espère que ces derniers jours se sont déroulés comme vous le souhaitiez.

Je suis bien tentée de répondre qu'au contraire, il est de plus en plus limpide que nous n'avons rien à faire dans ce palais. À la place, je garde le silence, comme Rakhshan me l'a tant de fois répété depuis la veille.

C'est Daire qui se charge d'acquiescer avec entrain :

— Plus les jours passent et plus cette vie se révèle épanouissante.

Callahan hoche gentiment la tête, mais ses pupilles sont rivées aux miennes. Je devine qu'il se retient de me poser frontalement sa question.

— Je suis heureux de l'apprendre, Princesse Daire. Mon petit doigt me dit que vous appréciez toujours autant mon cadeau de bienvenue.

La façon dont il a tourné sa phrase laisse à penser qu'il est au courant de ses tentatives pour dompter son ombre, ce qui achève de m'horripiler.

Le visage de ma cadette se fend d'un sourire encore plus extatique alors qu'elle lève fièrement son poing. La sultane et sa marmaille se penchent en avant pour bien voir l'entrave qui a presque disparu.

— Je ne sais pas comment vous remercier, Votre Majesté. C'est un cadeau merveilleux. Je ne ressens presque plus de tiraillement lorsque j'utilise mon don.

— Tout le plaisir était pour moi.

Je lève un peu plus le menton.

— Pourrons-nous bénéficier de ce traitement de faveur prochainement, ou bien Daire est-elle la seule à pouvoir en profiter ?

Je ne voulais pas être aussi venimeuse, mais c'est plus fort que moi. Padmé Maddy fronce les sourcils comme si on lui avait mis quelque chose d'avarié sous le nez. Elle n'apprécie pas mon ton, manifestement.

Le père Callahan, lui, ne se départit pas de son sourire affable.

— J'ai longuement étudié votre magie et ses subtilités. Déverrouiller l'entrave de votre sœur m'a volé une énergie dont vous n'avez pas idée. Alors chaque chose en son temps si vous le voulez bien, Princesse Rozenn.

Il m'aurait giflé que l'effet aurait été le même.

— Bien, je vous ai fait mander parce que j'ai pris une décision sans précédent. J'ai bien peur qu'elle cause un sentiment d'angoisse chez vous, mais n'ayez crainte.

Il balaie notre trio avec une expression proche du paternalisme. Cet homme est le roi de la comédie.

— Nos deux espèces ont besoin de se soutenir et d'avancer ensemble main dans la main, voilà pourquoi je vous ai invitées à Pretamia pour y rencontrer mes fils. Je sais que certaines d'entre vous ont déjà quelques inclinations, mais je me dois d'être honnête : pour mettre toutes les chances de notre côté, j'ai pris l'initiative de faire venir les enfants djinns de la Caste Sohan et de la Caste Roya.

Mon cœur redouble de cadence et un torrent de sensations diverses s'ébat en moi. J'entrouvre les lèvres.

— Loin de moi l'idée d'étouffer dans l'œuf quelques romances susceptibles d'éclore entre vous et mes fils. Bien au contraire, je vous offre l'opportunité d'élargir votre champ des possibles.

— Que voulez-vous dire, sultan Callahan ? interroge Odeleen.

Elle tente de le cacher, mais sa voix trahit son inquiétude.

— Mon frère cadet, régent des comtés d'Omous-des-Fastes, est en route pour séjourner ici. Il a un fils qui sera amené un jour à prendre sa place et souhaite le soumettre à votre jugement, ainsi qu'à celui des autres Castes djinns. Les émirs Locas et Jahangir ont déjà donné leur accord, ainsi que votre père.

C'est comme si une main s'était emparée de mon palpitant pour le broyer sans ménagement. À travers le voile de gaze, Odeleen cherche mes doigts pour les serrer avec désespoir.

Alors voilà, nous sommes des marchandises exposées, et les Maddy n'ont qu'à se servir. Personne pour nous demander notre avis, pour écouter ce que nous avons à dire.

— Il me semblait important de vous parler sans ambages de cette situation, poursuit le sultan. Bien entendu, notre accord n'a pas changé, à l'issue de ce séjour, vous êtes en droit de repartir chez vous sans avoir trouvé d'époux.

Sous-entendu : si vous n'épousez pas un de mes fils, une autre djinn s'en chargera.

Chapitre 29

L'ÉNIGME DE RAKHSHAN

Les djinns ne sont pas comme nous.
Nous sommes faits de chair et de sang,
mais eux sont nés de la flamme d'un feu sans fumée.

Introduction de recueil de poèmes pretamiens,
auteur inconnu

Les jours suivants, aucune invitation de la part des princes n'est en vue. Daire passe ses journées avec Casey. Je les vois se promener dans les jardins du palais, à l'ombre des plantes tropicales. Quant à Odeleen, elle partage son temps entre la bibliothèque, la tête penchée sur des ouvrages poussiéreux, et son artefact qu'elle examine de longues heures durant, comme s'il allait s'ouvrir d'une minute à l'autre. Cela me laisse l'occasion de réfléchir. L'entrevue avec les Maddy ne s'est pas éternisée bien longtemps, mais elle a remis un bon nombre de choses en perspective.

Quoi que je choisisse, le sort des miens est jeté. Mon père, ainsi que tous les autres émirs djinns, ont toléré l'exploitation des leurs ; ils ont permis à Callahan de se servir du fluide sans même lutter. Je peux prendre la décision de repartir comme je suis venue en signe de protestation. Je retrouverai la Bulle, je reprendrai ma vie sauvage et libre que je connais bien, comme si rien ne s'était passé. Comme si je n'avais rencontré ni Cayden, ni Cameron. Comme si je n'avais jamais embrassé Callum. À ce souvenir, ma main se porte à mes lèvres. Je repense à ce premier baiser, volé par quelqu'un dont je supporte à peine la présence.

Mon esprit est en ébullition. Oui, je peux partir, mais je peux aussi choisir de rester et d'épouser un des princes. Mieux, je peux épouser Callum, celui que je soupçonne d'être l'héritier de la couronne dagnire. Le père Callahan ne vivra pas éternellement, un jour viendra où son fils aîné prendra sa place. Je peux l'influencer pour qu'il retire l'entrave de tous les djinns. Callum est peut-être un mufle, il n'empêche qu'il sera utile si je joue mes cartes correctement.

— Vous êtes bien matinale, aujourd'hui.

Perle m'adresse son habituel sourire timide en poussant la porte de ma chambre. D'un geste large, elle écarte les tentures pour que les soleils se déversent dans la pièce.

Je ne suis pas d'humeur à échanger des banalités, alors j'attaque sans préambule :

— Rakhshan a-t-il monté la garde, hier soir ?

— Non, cette nuit, c'est Iqbal qui est resté derrière votre porte.

— Pourrais-tu faire venir Rakhshan, s'il te plaît ? Je dois l'entretenir de choses importantes.

Ma suivante n'a pas le temps de se composer un masque affable, je la sens dévorée par un mélange de curiosité et d'inquiétude.

— Si… si je peux me permettre, Princesse…

Elle n'ose pas finir sa phrase. La dernière fois que je l'ai vue ainsi, elle se tenait devant mon miroir et l'astiquait au moyen d'un chiffon imbibé de fluide.

— Perle, si tu as quelque chose à me dire, c'est le moment, je l'encourage avec douceur.

Elle se rapproche avec précipitation et chuchote :

— Si vous devez parler avec votre garde du corps, allez plutôt dans les jardins. Ils sont magnifiques en cette saison et vous pourrez profiter des soleils. Vous êtes très blanche, ces derniers jours.

Je l'examine quelques secondes sans rien dire, cherchant de quelle manière formuler ma question. Elle est de nature craintive et j'ai peur de l'effaroucher en me montrant trop directe. Je finis par souffler, aussi bas qu'elle :

— Est-ce que ça a un rapport avec le miroir ?

Perle se met à pâlir et chancelle légèrement. Elle tourne la tête vers la psyché sans la regarder. Du coin de l'œil, je vois l'ombre de la papote flotter paresseusement.

— Oui, Princesse. Ça a un rapport avec le miroir, murmure-t-elle sans desserrer les dents. Trouvez-vous un endroit plus sûr pour discuter.

Elle fait volte-face et retire mes draps avec beaucoup trop d'énergie. Je la regarde quitter la pièce, même si quelque chose au fond de moi me crie de la rattraper.

— Vous vouliez me voir, Rozenn ?

Rakhshan semble franchement curieux. Je lui ai donné rendez-vous dans les jardins ouest, près de la muraille. Ils sont plus abondants et si quelqu'un approche, nous l'entendrons sans mal grâce aux brindilles qui craquent à chaque pas.

Mon garde écarte les branches de palmier trop basses pour me faciliter le passage.

— Oui, mon ami. Avez-vous eu vent de ce qu'il va prochainement se passer ?

— Vous parlez de la venue imminente de nos semblables ? Effectivement, cette information ne m'a pas échappé.

Je lui expose sans tarder mon point de vue et ma décision de séduire pour de bon Callum Maddy. J'ai besoin qu'il approuve mon choix, qu'il me confirme que je ne me perds pas en chemin. Rakhshan me connaît depuis toujours, il saura quoi faire.

Son visage ne laisse rien paraître.

— Si vous m'autorisez à parler sincèrement…

— Je vous y autorise.

— C'est une idée qui ne vous ressemble pas, sans vouloir être blessant. User de vos charmes pour mettre la main sur un homme et en tirer ce que vous souhaitez…

— N'est-ce pas ce que sa famille fait depuis des millénaires avec les miens ?

— Sa famille oui, pas lui.

— Remettons les choses dans leur contexte, Rakhshan. Je ne fomente pas un assassinat. Je parle de l'épouser, monter sur le trône et libérer le peuple djinn.

— Et si le fils était de la même trempe que le père. Y avez-vous songé ?

Mon esprit turbine à plein régime. J'envisage déjà de lui faire un enfant, un fils, et de faire monter ce fils sur le trône pour ensuite…

— Arrêtez, Rozenn, intervient mon garde avec autorité. Je sais bien à quoi vous pensez, mais il y a trop de paramètres hasardeux dans ce plan pour se risquer à l'appliquer.

— Que proposez-vous, dans ce cas ?

Nos pas nous ont menés près d'une clairière baignée par une flaque de lumière. De petites fleurs sauvages poussent un peu partout. Comment un endroit aussi paradisiaque peut-il abriter des êtres aussi vils ?

— Votre idée s'étudie, admet-il en traversant le parterre de fleurs. Mais pas sur base de plans hâtifs. Vous pensez que séduire l'aîné Maddy vous permettra d'accéder au trône, très bien. Seulement que faites-vous de sa mère, la sultane Padmé ? Si je ne m'abuse, elle ne vous porte pas vraiment dans son cœur.

Je me mords la lèvre, sidérée d'avoir oublié cette horrible bonne femme. Les choses sont un peu plus corsées, vues sous cet angle.

— Elle a expressément déconseillé à son fils de s'approcher de vous. Elle vous a même qualifié de feu et de vent.

— Si j'épouse Callum et qu'il monte sur le trône, quel sera le statut de sa mère, dans tout cela ?

Dans la Bulle, nous vivons simplement, il n'y a pas d'étiquette, pas de ronds de jambes et autres chichis. Les règles de la cour, je ne les connais pas.

— La sultane aura toujours une place auprès de son fils et fera office de sultane validé. Elle le conseillera et possédera une influence significative. Plus que la vôtre.

Autant dire que la mère Maddy ne me laissera aucune marge de manœuvre.

— Cela dit, poursuit Rakhshan, rien ne prouve que la sultane ne mourra pas avant son époux.

Je redresse brusquement la tête, la bouche grande ouverte.

— Ne vous offusquez pas, Rozenn. Je ne parle pas d'homicide, mais de mort naturelle.

Le silence retombe entre nous. Il finit par le rompre :

— Vous ne serez bientôt plus seule dans la compétition, gardez bien cela à l'esprit. Les Castes Sohan et Roya vont arriver et vous risquez de vous noyer sous cette affluence. De plus, si je ne m'abuse, Daire semble très intéressée par le prince Callum.

— Daire ne se méfie de rien ni de personne. Elle ne s'est même pas insurgée en apprenant que le commerce de fluide perdurait.

— Ne lui en tenez pas grief, elle est trop jeune pour saisir l'ampleur du problème.

— D'où le fait qu'il ne faut pas la laisser épouser le futur sultan.

— C'est exact. Ceci dit, vous vous doutez bien que c'est ce que la sultane Padmé va chercher à faire à tout prix.

Je hoche la tête, songeuse.

— Callum m'a confié ne pas vouloir prendre d'épouse, ni moi ni mes sœurs.

— Pensez-vous qu'il tiendra position face à la pression sociale et familiale ?

Là encore, Rakhshan m'a coupée dans mon élan. Chaque argument que j'avance semble caduc dans sa bouche.

— Quel est votre plan ? je capitule, la mine défaite.

— Restez dans l'ombre du prince, Rozenn. Vous êtes celle qu'il a embrassée, c'est que votre caractère indomptable lui plaît. Callum est en pleine rébellion intérieure. Sa mère lui a interdit de vous approcher, et que va-t-il faire selon vous ?

Je m'étais fait la même réflexion il y a quelques jours.

— Je dois le laisser m'approcher.

— Exactement.

Il me fait signe pour que nous rebroussions chemin et je lui emboîte le pas. Subitement, je repense à ses paroles et je me fige.

— Rakhshan ?

— Oui, Rozenn ?

— Comment êtes-vous au courant que Callum et moi nous nous sommes embrassés ? Je n'en ai parlé qu'à Odeleen.

Une étrange expression se peint sur son visage anguleux.

— Je suis chargé de votre protection. Ce n'est pas parce que vous ne me voyez pas que je ne suis pas là.

Et c'est seulement à ce moment-là que je m'aperçois d'une chose : parcourant la main qui empoigne sa canne, son entrave est devenue pâle, comme sur le point de s'effacer.

Chapitre 30

HAREM

L'amour chez le djinn a une connotation presque divine.
Le lien se renforce par le sang, et le briser relève de l'impossible.

Les remparts de l'amour,
Marlaem Sumpe

Quelque chose vient de se briser en moi. J'ai l'impression de sombrer dans des eaux opaques et turbulentes.

— Rakhshan, vous savez que vous pouvez tout me dire…

Je m'adresse à lui comme si je me tenais devant un animal sauvage susceptible de s'enfuir au moindre geste suspect.

Mon garde du corps regarde à son tour le dos de sa main et pince les lèvres si fort qu'elles ne sont plus qu'un trait.

— Ne vous préoccupez pas de ça, ce n'est rien d'autre que…

— Que quoi ?

— Rien, conclut-il avec sécheresse.

Il sort des gants de sa poche – ceux dont il ne se sépare jamais habituellement – et les enfile prestement.

Mes veines charrient un sang empli d'épouvante. Rakhshan me fait-il des cachotteries ?

— Ce que j'ai vu, ce n'est pas rien, j'articule. Ce que j'ai vu, c'est une entrave qui aura bientôt disparu. Je le sais parce que j'ai aperçu la même chose chez Daire, juste avant qu'elle ne développe son fluide de l'ombre.

— Je n'ai pas de pouvoirs de l'ombre, si c'est ce qui vous inquiète.

Il reprend sa marche sans attendre, me forçant indirectement à lui emboîter le pas.

— Vous me prenez pour une truffe, n'est-ce pas ? Je ne vous ai pas demandé si vous aviez une magie de l'ombre. À vrai dire, je m'en fiche, de votre magie. Tout ce que j'aimerais savoir, c'est pourquoi votre entrave est en train de disparaître. Avez-vous conclu un marché avec le sultan ? En échange de quoi ? Vous l'avez dit vous-même, on ne peut pas accorder une confiance aveugle à ces gens…

Mes accents se font de plus en plus malheureux et le chagrin me serre la gorge. Si j'avais une dizaine d'années de moins, j'aurais certainement pleuré de déception et de colère mêlées. Je me serais peut-être roulée par terre en exigeant des explications, ou j'aurais plongé sur lui, toutes griffes dehors. À la place, je suis aussi sonnée que si j'avais reçu un uppercut dans l'estomac.

Rakhshan a toujours été un allié fidèle. À la Bulle, je savais que je pouvais me confier et me reposer sur lui. Il avait bon cœur. À présent, je ne reconnais plus l'homme qui me fait face et, à bien y réfléchir, je ne suis pas certaine de l'avoir déjà connu…

Il garde le silence, son allure se fait de plus en plus rapide sur le sentier. Je dois maintenant courir pour arriver à sa hauteur.

— Ne me faites pas ça, Rakhshan. Vous n'avez pas la moindre idée de ce que votre silence sous-entend !

Il suspend sa marche et pivote très lentement vers moi.

— C'est précisément ce genre d'idées que je voulais éviter en mettant des gants en permanence, murmure-t-il d'une voix chaude et pleine.

— Dites-moi seulement comment vous avez pu faire confiance à Callahan Maddy en lui demandant de vous désentraver. C'est de la folie…

— Je n'irai jamais demander une chose pareille à cet homme. Ce n'est pas lui qui l'a fait.

Je me recule, les mains sur les hanches.

— Des clous ! Je sais que vous mentez.

En temps normal, il m'aurait repris sur mes manières, mais l'heure n'est plus aux remontrances.

— Je n'oserai jamais vous mentir.

— Qu'est devenu l'homme qui avait prêté le serment de veiller sur nous ?

— Il est devant vous. Je suis et serai toujours votre humble serviteur.

— Si vous êtes ce que vous prétendez, alors expliquez-moi pourquoi votre entrave n'est plus à sa place !

Je viens de lui couper l'herbe sous le pied. Rakhshan se passe une main dans les cheveux, en proie à une grande nervosité.

— Je ne peux pas vous le dire. Vous êtes une personne intelligente et pleine de bon sens, je compte sur votre discrétion, c'est tout.

Je me renfrogne, insensible à ses tentatives de flatterie éhontée.

— Vous avez encore besoin de moi, enchaîne-t-il avec plus d'assurance. Vous naviguez en eaux troubles et je suis là pour vous protéger, c'est ce que votre père attendait de moi.

— Sait-il que vous pouvez désormais utiliser votre fluide ?

Rakhshan grimace, ce qui me donne la confirmation de ce que je soupçonnais déjà : mon père n'est au courant de rien. Mon garde du corps complote en solitaire.

Je m'étreins convulsivement les épaules, en proie à la panique. Comme si j'avais besoin d'un nouveau problème sur les bras !

— Ne vous préoccupez plus de ce détail, par pitié ! Je vous fais le serment de tout vous expliquer en temps voulu. En attendant, essayez de ne pas trop attirer l'attention sur moi. Si le sultan se doutait de quelque chose, ce serait une catastrophe.

Je le fixe, ulcérée.

— Êtes-vous en train de me demander de ne rien dire à mes sœurs ?

— C'est cela même. Daire s'empressera d'en parler avec la sultane – vous savez combien elle l'apprécie. Cette dernière exigera à coup sûr des explications. Et votre aînée, si douce et compréhensive qu'elle soit, ne comprendra pas plus la situation que vous. Faites-moi confiance, Rozenn, c'est mieux pour tout le monde.

Faire confiance… J'ai l'impression d'entendre ces mots tous les jours et chaque fois dans des bouches différentes. Si je ne peux pas le croire lui, alors qui sont mes réels alliés ?

Les jours suivants, Rakhshan se fait aussi invisible qu'une souris qui grignoterait dans le trou d'un mur. Dès que j'entre dans une pièce, il en sort. Et s'il reste derrière ma porte chaque nuit, il se garde bien de passer la tête dans l'embrasure pour me glisser quelques mots, comme il en avait l'habitude auparavant. Quant à moi, je fais comme s'il n'existait pas, ce qui n'est pas facile, sachant que je brûle de lui arracher la vérité.

Je n'ai reçu aucune nouvelle invitation des frères Maddy. Non pas que je me languisse d'eux, mais je suis bien décidée à mettre mon plan à exécution et le plus vite sera le mieux. En l'absence de Rakhshan, la mission me paraît colossale, mais je me persuade que j'y arriverai sans son aide.

Je paresse dans ma chambre ou postée sur le balcon, Samsaa dans les bras. J'attends inlassablement qu'un pli officiel soit glissé sous ma porte ou apporté par Perle, en vue d'un prochain rendez-vous. Vivre en vase clos ne m'a jamais réussi et je commence tout doucement à perdre patience. Mes pensées tourbillonnent dans mon esprit des heures durant. La solitude ne fait que rappeler à mon bon souvenir la douleur ineffable provoquée par la trahison de Rakhshan.

Un jour enfin, ma suivante vient se présenter à moi. Je me détache de la fenêtre pour l'accueillir, frémissante d'excitation.

— Oui, Perle ?

— Votre sœur aimerait s'entretenir avec vous.

Ma fébrilité retombe immédiatement. Je lui fais signe de la laisser entrer. M'attendant à voir Odeleen, comme tous les matins, je suis surprise de me trouver face à Daire, pétulante et fraîche comme un bouton de rose.

Elle m'inspecte de la tête aux pieds avec une moue critique.

— Est-ce que tu as une entrevue de prévue, aujourd'hui ? me demande-t-elle sans préambule.

— Non, rien.

— Tu me rassures. Tes habits sont tous froissés !

— Je vais faire comme si je n'avais rien entendu, je grogne, pas d'humeur à badiner chiffons.

— J'ai quelque chose à te proposer.

Je la scrute par en dessous, un peu suspicieuse.

— Casey n'est pas là, c'est ça ?

Daire pique un fard et entortille une longue mèche brune entre ses doigts.

— Non, elle est en visite chez une vieille tante, dans le nord de la péninsule. Autant dire que je m'ennuie affreusement.

Je ne peux pas réprimer un rire entendu.

— D'accord, et que puis-je faire pour toi, ma très chère sœur ?

— Mokka m'a parlé d'une pièce dans laquelle les concubines de la cour prennent des bains collectifs. Est-ce que ça te dirait d'y aller ?

Je grimace. Des bains collectifs ? Des concubines ? Décidément, ces pretamiens ont de drôles de penchants, auxquels je ne m'habituerai jamais. Les djinns se lavent dans l'eau des sources, au plus près de la nature et loin du regard des autres, pas tous ensemble dans une pièce saturée d'humidité.

— C'est dégoûtant, je déclare en plissant le nez.

— Moi, je trouve ça follement exotique ! On y va ? Dis oui, s'il te plaît.

Son air béat et plein d'espoir a raison de moi. Cela fait plusieurs semaines que je néglige ma cadette, je lui dois au moins ça.

— As-tu demandé à Odeleen de nous accompagner ?

— Non, réplique-t-elle en haussant les épaules. Telle que je la connais, elle est encore à la bibliothèque, le nez fourré dans ses ouvrages sans âge.

— Elle fait des recherches…

— C'est ce que j'avais compris, mais je ne vois pas pourquoi elle est aussi obnubilée par cette breloque poussiéreuse. Ce bijou n'est même pas beau !

Je secoue la tête de manière imperceptible. J'ai renoncé depuis longtemps à faire entendre raison à ma sœur.

Mokka pousse la porte et je remarque très vite que les thermes sont déjà occupés. La pièce est imprégnée d'un air lourd et les braseros fument dans un coin. La buée m'étouffe à chaque inspiration. Au milieu des parfums entêtants, des dagnires musardent dans les grands bassins creusés à même le sol. En nous apercevant, elles nous sourient, puis reprennent leurs conversations sans plus nous accorder d'attention.

Daire se laisse déshabiller par Mokka et trempe les pieds dans le bassin d'eau brûlante. Je me sépare à contrecœur de ma tunique et de mes babouches que je pose le long du mur. En entrant dans le bassin, je suffoque à moitié en aspirant les vapeurs.

— A-t-on le droit d'être ici ? j'interroge en coulant des regards anxieux autour de moi, les bras serrés devant ma poitrine.

Je ne suis pas familière à ce genre de pratique. Ces corps impudiques et dorés exposés sans le moindre complexe me mettent mal à l'aise. De toute évidence, je suis la seule que cela dérange, car personne ne prête attention à ma nudité. Même si elles ne nous dévisagent pas directement, je suis persuadée que les femmes qui nous entourent nous écoutent.

Déjà complètement immergée, les yeux à moitié fermés, Daire répond :

— J'ai demandé l'autorisation à la sultane en personne. Nous avons pris la tisane au boudoir, ce matin. Elle m'a expliqué que les dames de la cour viennent ici pour se délasser au moins une fois tous les deux jours.

Se délasser ? Mais se délasser de quoi ? Ces femmes ont une vie moins fatigante qu'un macchabée !

— Détends-toi, Roz, me conseille Daire avec un sourire comblé. Tu ne sais pas profiter des belles choses. La Bulle ne nous offrira jamais pareil confort. Tu t'imagines qu'il y a encore quelques semaines, nous nous lavions avec de l'eau *glacée* ?

Et alors ? Je l'aimais bien, l'eau glacée, moi.

— C'est tout ce qui t'intéresse ? Le confort ?

— Ne me dis pas que ce n'est pas agréable d'avoir une servante à ta disposition, de manger dans des assiettes ouvragées et de recevoir les attentions d'hommes tous plus charmeurs les uns que les autres…

Je reste interdite, ne sachant quoi répondre à cela. Que ma sœur soit complètement en dehors des réalités ne devrait pas me surprendre et, pourtant, j'ai les plus grandes peines du monde à me retenir de la secouer comme un prunier. La vie à la cour du sultan commence à lui monter à la tête.

— Sais-tu que le prochain bal est pour bientôt ? s'extasie-t-elle. C'est la sultane qui me l'a dit.

Si elle se met à ne jurer que par la mère Maddy, je fais un scandale.

— Un bal durant lequel tu vas entrer en concurrence avec d'autres princesses djinns. Joyeuse perspective, n'est-ce pas ?

Daire ne mord pas à l'hameçon. Je ne suis même pas sûre qu'elle ait décelé le sarcasme chargé dans ma voix.

— Je connais Cameron, Callum et Cayden depuis plus longtemps que les autres princesses. Je ne suis pas inquiète.

Je renonce à lui faire entendre raison. Elle n'a pas la moindre idée de ce que Callahan Maddy trame dans l'ombre. Elle ne se doute pas un instant qu'il fait sûrement ça pour nous diviser et exacerber notre envie de nous tirer dans les pattes.

— Rozenn ? Quelque chose ne va pas ?

Je secoue la tête. Ce n'est pas le moment de m'épancher sur mes soupçons. À la place, je balaye la pièce du regard. Les dagnires qui nous entourent sont des beautés, c'est indéniable. Leurs corps bronzés miroitent sous les ombres chatoyantes des braseros qui dansent sur les murs. Nombre d'entre elles ont des tiares ou des bijoux de front étincelants.

Je chuchote tout bas :

— Toutes ces femmes sont nobles ?

Daire me scrute d'une drôle de manière, surprise par ma question.

— Eh bien… pour la plupart, il s'agit des courtisanes du sultan. Qui veux-tu que ce soit d'autre ?

— Les… les quoi ?

— Les courtisanes. Ses maîtresses, si tu préfères. Nous nous trouvons dans le harem de Callahan Maddy, je te signale.

Mes yeux s'écarquillent.

— Et la sultane Maddy ne dit rien ?

C'est la première question qui me vient à l'esprit.

L'air ailleurs, Daire attrape une fleur qui flotte à la surface. Du bout des doigts, elle en caresse les pétales.

— Je suppose que non. C'est ancré dans leur culture depuis toujours, donc j'imagine que ça semble normal pour tout le monde. Un dagnir ne peut prendre de nouvelles amantes que si son mariage a été consommé avant.

— As-tu conscience de ce que cela signifie ? dis-je d'une voix blanche. Les princes Maddy auront un harem, eux aussi. Cette idée ne te révulse pas ?

Daire m'adresse un regard condescendant, comme si elle se trouvait face à un enfant un peu limité intellectuellement.

— Tu sais, Rozenn, les dagnirs ont simplement des besoins différents des nôtres et il faut apprendre à les tolérer comme eux nous tolèrent. Même si je ne comprends pas toujours leurs désirs ou leurs coutumes…

Je n'écoute déjà plus, choquée par ce que je viens d'entendre. Chez nous, le mariage se fait par le partage de fluide, un acte si profond et si précieux qu'il prévaut sur tous les autres liens. Que ma cadette soit prête à y renoncer me donne de l'urticaire. Elle est capable de piétiner un engagement sacré transmis par nos ancêtres, tout ça pour épouser un imbécile en turban ? Que va-t-elle léguer à ses enfants ? Sans parler du fait qu'elle en oublie sa fierté de femme. Si elle se lie à un Maddy, sa vie se résumera à se pavaner à son bras lors des réceptions importantes. Le reste du temps, elle sera ignorée, délaissée, peu considérée. Quelle vaste farce !

Inconsciente de ce qui se joue dans mon esprit, elle se rapproche de manière imperceptible, l'air soudain plus hésitant.

— Je vais être sincère, je ne t'ai pas demandé de me tenir compagnie seulement parce que je m'ennuyais.

— Ah non ? je réponds, un peu distraite, toujours en prise avec cette histoire de harems.

— Je voulais savoir… bafouille-t-elle en se parant de rouge. En fait, tu vas trouver ça bête et sûrement un peu précipité, mais as-tu… Enfin… À ce stade, sais-tu qui tu envisages d'épouser ?

— Tu as raison, c'est précipité.

Elle entortille ses doigts plissés par l'eau du bain, mal à l'aise.

Je pourrais lui confier que j'ai prévu de séduire Callum. Je pourrais lui dévoiler mon plan dans son entièreté, lui expliquer ce que j'ai derrière la tête. Mais je n'ai plus la moindre confiance en elle. Étourdie comme elle est, il est fort possible qu'elle s'empresse d'aller en parler à la sultane.

— Pourquoi me demandes-tu cela ? je dis pour gagner du temps.

— J'ai déjà quelques pistes de mon côté et je n'aimerais pas que la rivalité mette notre relation en péril.

Elle s'empare de ma main qu'elle pose gentiment contre sa joue. Elle faisait toujours ce geste quand elle était petite pour me convaincre de faire quelque chose pour elle. À l'époque, ça m'attendrissait et je cédais à tous ses caprices. Aujourd'hui, je le perçois comme une tentative de me manipuler.

— Je t'aime, Roz. Nous nous sommes trop éloignées, ces dernières semaines. Normalement, on devrait se raconter nos rendez-vous, on devrait partager nos impressions et parler de garçons toute la journée. Je ne comprends pas pourquoi les choses ont changé.

Peut-être parce que les garçons en question sont les fils d'un homme abject et d'une femme dogmatique… Évidemment, je ne dis rien de tout ça à ma sœur adorée. Je me contente de lui pincer le menton, comme le faisait notre mère, et de lui mentir :

— Rien n'a changé. J'aimerais juste que tu fasses attention à qui tu accordes ta confiance, surtout maintenant que tu as développé un pouvoir immense.

Elle lève la main, là où son entrave se trouvait auparavant.

— J'y fais attention, ne t'en fais pas. Je n'utilise mon ombre que pour des tâches faciles.

— Je ne parle pas seulement de ton ombre, mais aussi des princes. Prends le temps de bien choisir avec qui tu veux terminer tes jours. Il te faut quelqu'un de gentil et de constant.

Autrement dit : quelqu'un qui n'est pas Callum.

— Je sais déjà tout ça, réplique-t-elle avec une petite mimique adorable. Je connais assez les princes et je sais qu'ils feraient tous des époux modèles. On ne pouvait pas rêver mieux.

— Tu as une vision de l'amour très romantique, comme tous les djinns. Seulement tu dois aussi apprendre à t'imposer, à ne pas te laisser marcher sur les pieds. Celui qui ne comprendra pas ne te méritera pas.

— Parfois, je me dis que c'est moi qui ne mérite pas les princes. Ils sont si beaux, si raffinés… À côté, je ne suis qu'une princesse de la Bulle qui n'avait encore jamais tenu une cuillère il y a peu. C'est d'un risible !

J'attrape ma sœur par les épaules et la regarde bien en face. Étonnée, elle ne se débat pas et attend que je parle avec de grands yeux ingénus.

— Tu es une princesse, une vraie. Promets-moi de ne pas te laisser dicter ce que tu dois faire, Daire. Promets-moi que tu feras les choses sans te laisser aveugler par tes sentiments.

— Je ne suis pas comme toi, Roz…

— Si, tu l'es. Promets-le-moi.

J'ai besoin qu'elle le dise, au moins pour me rassurer.

— Bon d'accord, consent-elle sans grande conviction. Je te le promets.

Quatrième partie
Djinn insaisissable

Chapitre 31

De toute beauté

Des yeux charbonneux soulignés de khôl, une bouche comme un bouton de rose.
De son fluide versé, la belle djinn m'a le cœur volé.

Poème anonyme,
très populaire en Amadée

Les shadhahvars déboulent à fond de train dans les jardins privés du palais, soulevant la poussière du chemin de terre. Leur entrée est remarquée, tous les serviteurs s'arrêtent en plein travail pour ne rien manquer de la procession : une dizaine de djinns encadrés par des soldats dagnirs se déplacent avec une grâce majestueuse. Je repère tout de suite les deux jeunes filles auburn qui montent en amazone, ainsi que les garçons dont le visage m'est très familier.

La silhouette élancée de l'un d'eux touche terre et mon pouls s'affole dans ma gorge. Si cela ne tenait qu'à moi, je soulèverais mes jupes et courrais me pendre au cou d'Ishmer avant de claquer un baiser sonore sur sa joue.

Mon ami de toujours cède les rênes de son shadhahvar à un palefrenier puis lève la tête pour aviser le magnifique palais qui étincelle comme un joyau. Je le dévore du regard, avec le sentiment que le temps s'est arrêté. Son visage amical, les rayons des soleils qui jouent dans les reflets cuivrés de ses cheveux… C'est lui, c'est mon meilleur ami.

Odeleen m'allonge un léger coup de coude dans les côtes.

— Ne le fixe pas comme ça, Roz, glisse-t-elle d'une voix à peine audible. Tout le monde vous observe, ça va faire jaser.

Je me détourne et rencontre les pupilles incandescentes de Callum Maddy. Je soutiens un instant son air effronté avant de me concentrer à nouveau sur Ishmer, qui m'aperçoit parmi la foule venue les accueillir. Son visage se fend d'un sourire si spontané que j'en oublie les moqueries à peine déguisées du prince aîné. L'espace de quelques secondes, Ishmer vient de devenir mon phare dans la pénombre, le chemin qui mène à mon chez-moi. Il m'a tant manqué !

Mes sœurs sont en proie aux mêmes émotions. Odeleen n'a pas souri aussi largement depuis des siècles et Daire tient difficilement en place, dansant d'un pied sur l'autre.

Je me rembrunis légèrement lorsque les autres djinns avancent à leur tour. Je reconnais immédiatement les filles Roya, issues d'une lignée de djinns Intouchables. Karmin Sohan vient se placer près de son demi-frère et nous adresse un fin sourire.

Ils s'inclinent tous selon la coutume dagnire. Callahan et sa Caste répondent de concert. Je suis la seule à ne pas céder, insolente. Je les salue avec les usages de mon peuple : en amenant lentement ma paume jusqu'à ma joue. Ishmer réagit de la même manière, ce qui suscite les chuchotements parmi les sujets de la cour. Je m'en moque comme de mes premières babouches.

— Soyez tous les bienvenus, amis djinns, déclame Callahan Maddy avec une grandiloquence qui achève de m'exaspérer. Je vous remercie d'avoir répondu favorablement à mon invitation et j'ose espérer que votre séjour parmi nous se passera bien.

Il enchaîne sur les présentations. Cameron et Cayden s'y plient sans rechigner et arborent une expression de circonstance. Callum en revanche, semble plus réticent à obéir, je le vois à la contracture de ses mâchoires et au regard peu amène que lui jette sa mère.

— C'est un honneur de faire votre connaissance, réplique Karmin.

Sur ses traits réguliers, je discerne une certaine réserve qui contraste avec ses paroles ; et pour cause : aucun d'entre nous n'est ici de son plein gré. Nous jouons cette petite comédie parce qu'il le faut. Personne n'est dupe, tout cela n'est qu'un écran de fumée, rien d'autre.

L'attention de Karmin s'arrête à plusieurs reprises sur Odeleen, qui ne remarque pas qu'elle est l'objet de son intérêt. Ce n'est pas un secret qu'il en pince pour elle depuis de longues années. L'invitation des dagnirs a mis à mal ses espérances, lui qui désirait l'épouser un jour. À regret, il se détache d'elle pour revenir au sultan.

— Je suis Karmin Sohan et voici mon frère, Ishmer. Ma sœur Loula est malheureusement souffrante et n'a pas pu répondre à votre requête.

En voilà une qui a échappé au pire ! Affabulation ou réels maux ? Une chose est certaine, Loula Sohan est en sécurité à Brymeriel, loin de l'emprise nocive des Maddy.

— Vous me voyez navré de l'apprendre, dit Callahan avec un air soucieux que je soupçonne d'être une façade. Rien qui ne mette ses jours en danger, j'espère.

C'est Ishmer qui répond sur un ton formel :

— Notre sœur est d'une constitution fragile, mais vous n'avez pas à vous en faire.

Près de moi, Daire pousse un très léger soupir. Loula est une de ses amies d'enfance. Elle se faisait une joie de pouvoir la présenter à Casey.

Le père Maddy se tourne ensuite vers les Roya. Depuis leur entrée dans l'enceinte du palais, elles suscitent une vive curiosité chez la gent masculine.

Ma Caste recevait rarement cette famille d'Intouchables au sein de la Bulle, mais du peu que j'ai pu les fréquenter, ils ne m'ont jamais laissé une très bonne impression. Mère disait d'eux qu'ils se montraient trop mous et indolents en toute circonstance. Je ne suis jamais allée à Saeed, mais je les imagine tous froids et détachés, d'une nonchalance exaspérante. Qu'ils aient répondu présents à l'invitation du sultan en est la preuve évidente. Il est de notoriété publique qu'ils ont toujours aspiré à une vie de splendeur et de richesses sans avoir à fournir le moindre effort.

Cece Roya, l'aînée de la fratrie, est la djinn la plus horripilante que je connaisse, mais aussi la plus belle. Notre discorde remonte à nos jeunes années. Durant un bref séjour à la Bulle, Cece s'adonnait à un jeu de son cru : elle rapportait régulièrement à mon père des méfaits que je n'avais pas commis. Elle tirait un plaisir malsain à me causer ennuis et remontrances, sans raison apparente. Je suis habituée à la détester.

Sa sœur, Aziliz, est l'insignifiance personnifiée. Éclipsée par la beauté surnaturelle de son aînée, elle a pour habitude d'être ignorée et se comporte en conséquence. Pourtant, elle est loin d'être quelconque et ses attraits sont tout ce qu'il y a de plus saisissants. Lorsque Cece se tient à proximité, elle semble se faner comme une fleur cueillie la veille. Pour avoir déjà échangé quelques mots avec elle, je sais néanmoins qu'elle n'a rien d'un meuble ou d'une potiche. Aziliz Roya compense sa réserve avec un esprit aiguisé et critique.

— Je suis heureux de vous rencontrer, Princesses, clame Callahan, ses yeux plongés dans ceux de Cece. Les chansons qui nous parviennent ne tarissent pas d'éloges sur vos charmes intemporels. Force est d'admettre qu'elles sont bien en deçà de la vérité.

Cece accepte le compliment en penchant coquettement la tête sur le côté, faisant ainsi ressortir son profil parfaitement ciselé et la tiare qui enserre son front. Aziliz, elle, ne remue pas un cil, hermétique à la flatterie. Le tableau contrasté qu'elles offrent me donne presque envie de rire de dépit.

Je coule un regard curieux vers les frères Maddy pour aviser leurs réactions. Je ne sais pas trop ce que j'espère, mais je ne suis pas surprise de constater qu'ils n'ont d'yeux que pour Cece. Une bouffée d'agacement me serre la poitrine. Je ne compte pas laisser cette bécasse ruiner mes plans, ça non !

— Comment avez-vous trouvé l'arrivée des nouveaux djinns ? s'enquiert Perle sans parvenir à dissimuler sa curiosité. Vous les connaissiez, n'est-ce pas ? Ça a dû vous faire plaisir de les revoir.

Je la regarde à travers nos reflets dans le miroir, un sourire marmoréen flottant sur mes lèvres. Après l'accueil des nouveaux convives devant l'entrée principale du palais, les Maddy nous ont invités à rejoindre nos appartements pour nous préparer en vue du bal de bienvenue donné le soir même. Revivre cette réplique narquoise de mon premier bal à Pretamia ne me transporte pas de joie, contrairement à Daire qui attend l'événement avec grande impatience, pressée de faire ses preuves auprès des princes.

— Bien… c'était bien.

— Vous êtes sûre ? Vous paraissez un peu abattue, si je puis me permettre.

Elle me fourre Samsaa dans les mains avec un air bienveillant. Je la remercie d'un hochement du menton, puis ferme les yeux lorsque ses doigts se mettent à jouer dans mes cheveux, ramassant les mèches qui encadrent mon visage. Elle les tresse avec aisance, puis les entrecroise en les fixant à l'aide d'épingles.

— Cela me chagrine un peu de faire inlassablement les mêmes choses.

Perle suspend ses gestes et nos regards se croisent. Un flot de non-dits circule dans cet échange muet, avant qu'elle ne se racle maladroitement la gorge.

— C'est pourtant la vie qu'affectionnent la plupart des dagnirs, m'informe-t-elle en pesant chacun de ses mots. Le faste et les divertissements.

— Dans ma Caste, les choses sont bien différentes.

Ma suivante ne répond pas, trop occupée à mêler les nattes dans une chorégraphie raffinée. Le chignon délicat fait ressortir la finesse de ma nuque. Perle laisse deux mèches onduler près de mes tempes pour épouser l'ovale de mon visage.

— De quoi ai-je l'air ?

— Vous êtes magnifique, comme toujours.

Je me redresse pour lui faire face avec une expression de connivence.

— Est-ce suffisant pour séduire un prince, d'après toi ?

— Vous en avez déjà séduit trois. Si je me fie aux bruits de couloir – et il y en a – ce sont les princes qui devraient plutôt s'inquiéter de qui vous allez choisir.

Ses paroles me ragaillardissent quelque peu. Je cesse de penser à Cece et à la menace qu'elle représente pour me concentrer sur ma méthode d'approche.

J'ai toujours une peur bleue de miser sur le mauvais shadhahvar. Et si Callum n'était pas l'héritier présumé ? Si je lançais une guérilla pour conquérir le mauvais prince ? À cette pensée, mes doigts s'enfoncent plus profondément dans la fourrure de Samsaa et celle-ci ronronne de contentement, les pattes en l'air et ses immenses oreilles reposant sur mes cuisses.

Inconsciente de ce qui se joue dans ma tête, Perle revient bientôt à mes côtés et accroche mon caftan sur la psyché dans un nuage de soie.

— Écoutez votre instinct, me chuchote-t-elle avec sympathie. Le cœur chante à lui seul un nombre incalculable de vérités.

— Puis-je m'entretenir avec vous, Princesse ? retentit la voix de Rakhshan.

J'ouvre la porte sans un mot et note rapidement qu'il ne se sépare plus de ses gants en cuir. Encore une fois, une bordée de questions brûlantes se pressent sur mes lèvres, mais je me mords l'intérieur des joues, consciente que ce n'est pas le moment idéal pour me confronter à mon garde du corps.

Mes sœurs attendent devant une alcôve, à l'autre bout du corridor, mais Rakhshan m'entraîne dans le sens inverse. Une fois face à moi, loin des oreilles indiscrètes, il me scrute avec intérêt.

— Avez-vous eu le temps de réfléchir à notre dernière discussion ?

— Vous voulez parler de Callum ou de l'absence de votre entrave ?

Son visage se verrouille. D'un geste, il m'intime de parler moins fort et vérifie que personne n'est à portée de voix pour dire :

— Je vous ai expressément demandé de faire preuve de discrétion. Comptez-vous appliquer mes conseils ?

— Oui, je compte faire ce dont nous avons discuté, je réplique avec réticence.

Il semble soulagé et m'escorte jusqu'à mes sœurs, déjà apprêtées pour la soirée. Odeleen triture nerveusement l'artefact qu'elle a passé autour de son cou, les épaules rentrées. Elle est bien plus pâle que d'ordinaire.

— Est-ce que tout va bien ? je l'interroge, soudain inquiète.

— Je ne suis pas vraiment dans mon assiette, me répond-elle à voix basse. J'entends cette voix en permanence maintenant.

Elle semble tellement lasse que j'ai envie de la prendre dans mes bras.

— Nous allons trouver une raison à tout ça, Odeleen. Je te le promets.

— J'ai déjà compulsé tous les livres et les parchemins qui auraient été susceptibles de m'éclairer, mais je n'ai rien vu d'intéressant.

— Tu ne peux pas avoir regardé partout. Je t'aiderai. En attendant, colle-toi sur le visage ton sourire le plus niais et allons-y.

Odeleen me répond par une œillade un brin amusée, mais n'a pas le temps de dire quoi que ce soit, car Daire se glisse entre nous en enroulant ses bras autour de nos épaules.

— Êtes-vous prêtes à faire sensation, mes chères sœurs ?

Nous hochons la tête de concert.

— Prêtes.

Chapitre 32

LE BAL DES HOSTILITÉS

Les Roya sont une des familles les plus ancestrales de l'Histoire. Connus pour leur beauté sans pareille, ils cultivent l'art du paraître avec une attention proche de l'obsession.

Mœurs et habitus,
Grande bibliothèque de Varda

Guidées par nos suivantes, flanquées de Rakhshan et Iqbal, mes sœurs et moi traversons des galeries et descendons plusieurs volées de marches. Certains murs sont couverts de peintures abstraites, d'autres de portraits qui semblent nous suivre des yeux. Chacun de nos pas sur les épais tapis fait tinter nos bracelets de cheville.

— C'est ici, indique Mokka.

Perle me barre le chemin et lisse distraitement un pli imaginaire sur mon caftan brodé de perles. J'ai l'impression qu'elle a envie de me dire quelque chose, mais qu'elle se retient. Son expression nerveuse est un parfait écho de mes pensées.

— Vous allez faire sensation dans pareille tenue, Princesse. Ne soyez pas trop angoissée et tout ira bien.

Je ne peux pas m'empêcher de m'attendrir, touchée par sa prévenance.

Deux dagnirs en tenue de service tournent les poignées en argent des grandes portes et nous font pénétrer dans la salle de bal. J'avais oublié à quel point elle était opulente. Les festivités ont déjà commencé et plusieurs couples dansent la pantomime à un rythme endiablé au son des instruments de percussion.

Installée sur l'estrade, la famille Maddy nous invite à prendre place à ses côtés. Près d'eux se tient le neveu du sultan, venu prétendre à notre main. Le teint maladif et les cheveux filasse, il est si grand et dégingandé qu'on a l'impression qu'il a poussé beaucoup trop vite, à la manière d'une mauvaise herbe. Je ne m'y intéresse qu'une poignée de secondes, car j'aperçois Ishmer que je rejoins sans attendre. Je dois déployer des trésors de contrôle pour ne pas le serrer contre moi. Soumis aux mêmes élans, il me renvoie mon sourire, les traits extatiques.

— Prenez place et régalez-vous, badine Callahan avec bonne humeur. Vous êtes toutes très en beauté, ce soir.

Je résiste à mon envie soudaine de lui faire avaler ses airs pédants.

— Je remercie Son Altesse, glousse Daire en papillonnant des paupières. Nous voulions des tenues à la hauteur de cette remarquable cérémonie.

Le couple Maddy la couve d'un regard conquis, mais je ne vois là qu'une satisfaction malsaine de leur part. Ils ont fait d'elle l'agneau innocent et malléable qu'ils espéraient qu'elle soit.

La main d'Ishmer attrape la mienne sous la table, me tirant de mes humeurs négatives. Je la serre en retour avec une force presque désespérée.

— Tu m'as manqué, Roz…

Sa voix est tout juste audible et ses lèvres frémissent à peine. J'attends que les serviteurs en livrée aient posé une série de mets somptueux devant nous pour répondre :

— Tu m'as manqué aussi. Il s'est passé beaucoup de choses ici et je dois te mettre au parfum.

— Oui, j'aimerais tout savoir dès que possible. Est-ce que… est-ce que toi aussi tu es tombée sous le charme des princes ?

Il coule un regard en direction de Daire, qui se pâme d'admiration devant Cayden. Je frissonne malgré moi.

— Certainement pas, aucun de ces dagnirs ne m'intéresse. Mais j'ai un plan figure-toi.

Ishmer paraît très heureux de l'apprendre.

Nous sommes coupés par l'arrivée des sœurs Roya. Cece resplendit dans sa robe retenue aux épaules par des boutons de nacre. Ses longs cheveux auburn tombent en vagues souples et brillantes dans le creux de son dos, encadrant un visage d'une perfection presque douloureuse. Aziliz se tient en retrait, la mine si patibulaire que je n'ai aucun mal à deviner qu'elle aimerait être n'importe où sauf ici.

À ma grande horreur, Cece vient s'asseoir avec nonchalance sur le siège vide près du mien. Son parfum capiteux me parvient rapidement.

— Chère Rozenn, je suis ravie de pouvoir converser avec toi après toutes ces années.

Elle me toise avec un mélange de dédain et de dégoût, son nez froncé comme si je dégageais une odeur incommodante. D'instinct, je me rapproche un peu plus près d'Ishmer.

— Je n'irais pas jusque-là, mais bonjour à toi aussi, Cece.

Loin de se démonter, elle se penche en avant, ses iris d'un vert sombre lançant des éclairs dangereux. Je me dérobe lorsque sa main, froide comme la peau d'un serpent, m'effleure l'avant-bras.

— Je ne suis là que depuis quelques heures, mais j'ai déjà appris que tu avais fait sensation. Paraît-il que le prince Cameron est sur le point de te faire sa demande en mariage…

Elle jette un œil discret en direction de l'intéressé en bout de table et l'étudie avec une petite moue calculée. Cameron, loin de s'imaginer qu'il est l'objet de notre attention, observe les danseurs sur la piste en faisant tourner son verre d'arak entre ses mains.

— Je suis bien forcée d'avouer qu'il est très agréable à regarder, pile ce qu'il te faudrait. J'ai toujours rêvé d'un jeune homme romantique et serviable dans son genre.

Ça ne devrait pas me surprendre. C'est tout à fait dans les cordes de

Cece de s'emparer de mes aspirations, pour le simple plaisir de m'avoir évincée. Je me compose une attitude indifférente.

— Si Cameron te plaît, alors je t'encourage vivement à l'aborder au plus vite, car il connaît un franc succès auprès des femmes de l'assistance.

Et je ne mens pas. Les trois frères Maddy attisent toutes les passions énamourées. Les plus jeunes et jolies dagnires en âge de se marier manquent de défaillir sur leur passage.

Cece en est légèrement désarçonnée. Sa paupière droite se met à tressauter dans un tic nerveux. Satisfaite de mon vilain petit tour, je cache un sourire triomphant derrière mon verre en faisant mine de boire une lampée. Cece pivote à nouveau vers Cameron au moment où celui-ci coule un regard dans notre direction. Elle bombe la poitrine en affectant un air dégagé. Si je n'étais pas aussi agacée, je poufferais de rire devant le ridicule de la situation.

— Si c'est une ruse de ta part pour m'éloigner de lui, tu perds ton temps, me jette-t-elle à voix basse, toute affabilité envolée. Cayden est mignon également, qu'en penses-tu ? Paraît-il que tes prouesses en beau langage l'ont impressionné. Le seul qui semble insensible à tes charmes se révèle être finalement Callum. Très séduisant, tu n'es pas d'accord ?

Tout en parlant, elle m'étudie, les yeux réduits en deux fentes. Je fais de mon mieux pour ne rien laisser paraître, pour ne pas lui donner la satisfaction de m'avoir touchée. Sous la lueur des chandelles qui dessinent des reflets chatoyants sur la peau nue de ses bras, je la trouve d'une beauté effrayante, surnaturelle.

Je me penche sur elle. Les mots sortent à gros bouillons :

— C'est toi qui perds ton temps, ma chère Cece. Si tu penses que tu es ici en qualité de princesse, tu te fourvoies. Tu n'es rien de plus qu'une djinn esclave de leur bon vouloir et bouffie d'un orgueil démesuré. Ils seront prompts à comprendre et à voir clair dans ton jeu, tu peux me croire. Alors maintenant, occupe-toi de tes délicates petites fesses et lâche-moi la grappe, ou tu risques de le regretter.

Qu'elle se le tienne pour dit !

Durant une fraction de seconde, Cece semble prête à relever le défi, mais elle finit par se raviser et croise ses jambes fuselées sous la table sans plus décrocher un mot.

Je me rengorge, avec le sentiment puissant d'avoir remporté une bataille.

— Princesse Cece, me ferez-vous l'honneur de m'accorder cette première danse ?

Nous levons toutes deux la tête vers Callum qui nous surplombe. Ma gorge se serre douloureusement en voyant ma rivale se délecter de cette victoire facile. Le regard de Callum croise brièvement le mien. J'ai le temps de discerner la lueur de provocation qui brille dans ses prunelles abyssales. Sans parler de son sourire carnassier. Le sang pulse maintenant dans mes tempes, trahissant ma fureur intérieure. Je me sens dupée, même si au fond je n'ai pas le moindre droit sur le prince. Il ne m'a jamais rien promis après tout…

Lorsqu'ils s'élancent sur la piste de danse dans un tourbillon de velours, leurs corps se frôlant et leurs mains jointes, je ne peux pas m'empêcher de ciller, au comble de l'exaspération. Ishmer me glisse :

— Tu lui as bien cloué le bec à cette peau de vache.

— Ça n'a visiblement pas suffi, puisqu'elle est désormais là-bas et moi ici, je réplique avec amertume.

— Depuis quand la danse dagnire a-t-elle le moindre attrait pour toi ? s'étonne-t-il. S'il n'y a que ça pour te faire plaisir, alors viens, allons nous trémousser sur leur pantomime ridicule.

Sa boutade me déride instantanément. Ishmer me soutient dès que je flanche depuis que l'on se connaît. Et ici, au cœur de tout ce faste, il n'a pas changé d'un iota ; il est resté mon meilleur ami.

— Ne te méprends pas, la danse n'est toujours pas mon fort, je réplique, pince-sans-rire. Non, c'est autre chose qui me chiffonne, vois-tu…

Sa curiosité piquée, Ishmer me presse de lui en dire plus, mais je me contente de secouer la tête. Il serait trop risqué de lui expliquer mon plan ici et maintenant, avec toutes ces oreilles qui traînent.

Je mange mon repas en prenant part à des conversations qui m'indiffèrent au plus haut point. Pendant ce temps, Callum et Cece partagent une danse. Puis une autre. Et encore une autre. Bientôt, les murmures commencent à nous parvenir : les nobles de la cour se demandent si cette splendide princesse djinn n'a pas envoûté le prince aîné. Un regard en direction des parents Maddy me permet de prendre la température. Callahan observe la scène avec un air indéchiffrable ; il est évident que Padmé se pose bon nombre de questions et évalue Cece sous tous les angles. Voit-elle en elle une possible future sultane de Pretamia ?

Cece est rompue à l'art de la pantomime. Elle ondule et balance ses hanches à un rythme de plus en plus lancinant. Son corps et celui de Callum semblent soumis à une attraction unique en son genre. La scène m'est de plus en plus pénible.

À l'issue de leur troisième performance, le couple s'arrête, leurs torses se soulevant sous l'effort. Un tonnerre de youyous retentit de toutes parts. Seule la tablée du sultan reste silencieuse, spectatrice d'un moment que les nobles de la cour jugent grandiose.

Un sourire éclatant aux lèvres, Cece s'incline profondément. Callum la contemple comme s'il n'avait jamais vu créature plus exquise. Tout le monde retient son souffle lorsqu'il saisit la main de sa compagne et la pose sur son cœur. Un signe sans équivoque, que ce soit chez les dagnirs ou les djinns : il lui offre son indéfectibilité. Plus aucune prétendante n'aura de rendez-vous avec lui, désormais.

Cece vient de devenir sa promise.

Mes desseins ont pris l'eau en moins d'une heure. Je suis à présent si écœurée que j'hésite à quitter la pièce sans même un regard en arrière. J'aimerais enfouir ma tête sous mes oreillers, Samsaa furetant dans mes cheveux, et oublier cette atroce soirée durant laquelle j'ai perdu le peu d'emprise qu'il me restait sur l'aîné des Maddy.

Tous deux sont sur le point de revenir à notre table et Cece me lance un de ses battements de cils horripilants. Elle a gagné et elle le sait.

Contre toute attente, quelqu'un vient se pencher à mon oreille et un chuchotement soulève une mèche échappée de mon chignon.

— Dansez avec moi, s'il vous plaît.

— Pardon ?

Un long frisson – qui n'a rien avoir avec le froid – me traverse la colonne vertébrale. Cameron me tend la main et attend que je m'appuie dessus. Au même instant, je sens les doigts d'Ishmer se poser sur ma taille pour me pousser à y aller, au mépris de la bienséance dagnire.

Si Cameron est dérangé par le geste familier de mon ami, il n'en montre rien cependant. Je perçois tout de même sa surprise au moment où je lui emboîte le pas vers la piste de danse.

— Quelque chose vous choque, Votre Majesté ?

Il n'hésite qu'une seconde.

— Je ne savais pas que vous et ce djinn étiez si intimes.

Main dans la main, nous dépassons Callum et Cece qui saluent encore la foule en liesse. Sans leur accorder plus d'attention, je me laisse guider par mon aimable cavalier. Ce dernier vient de m'offrir une échappatoire inattendue.

L'oud entame quelques notes entraînantes et le bras de Cameron se referme autour de mes hanches.

— Ishmer est mon meilleur ami, j'explique. Il désire ce qu'il y a de mieux pour moi. Ce que vous prenez pour de l'intimité n'est autre qu'une franche camaraderie.

— Vous m'en voyez soulagé. Je n'ose imaginer le déchirement que ça aurait pu être si l'une d'entre vous était éprise d'un de vos semblables.

Cameron n'a même pas conscience d'avoir enfoncé son pied dans la fourmilière. Il ignore qu'à la table d'honneur, Karmin dévore ma sœur aînée du regard depuis le début des festivités et pianote nerveusement sur sa cuisse, se tâtant à l'inviter à danser sans que cela ne paraisse suspect aux yeux des dagnirs.

— Y a-t-il eu l'ombre d'une romance entre vous et ce jeune homme ? insiste-t-il, franchement curieux.

— Pas la moindre, soyez sans crainte.

Les premiers pas s'esquissent. Cameron imprime une légère pression dans le bas de mon dos, me permettant de suivre chacun de ses mouvements avec fluidité. Je me perds dans la musique sans même m'en rendre compte, laissant les contours de la foule se brouiller dans un amas de couleurs vives. Je n'ai jamais été très douée dans ce domaine. Père se moquait gentiment de moi, prétextant que j'étais née avec deux pieds gauches. Pourtant, à ce moment précis, je n'ai pas l'impression d'être ridicule. Mieux encore, je me sens comme la plus belle femme du monde et l'expression tendre de mon cavalier y est pour beaucoup.

— Est-ce qu'un homme et une femme peuvent être amis, chez les djinns ? s'étonne Cameron, ses lèvres tout près de ma tempe.

— Ils peuvent être ce qu'ils ont envie d'être. Pourquoi, pas chez vous ?

— Les seuls liens permis sont les liens maritaux, ou ceux qu'un homme entretient avec ses maîtresses.

Et c'est nous les sauvages, dans l'histoire…

Les derniers accords meurent dans la salle de bal, j'entends à peine les acclamations joyeuses des nobles de la cour. Cameron s'est arrêté et me tient toujours fermement contre lui. Nous sommes seuls au monde, figés sur la piste de danse alors qu'une nouvelle musique retentit.

— Rozenn… je peux encore vous appeler Rozenn ?

— Oui, je murmure.

— Je souhaiterais que nous reprenions les choses à zéro, vous et moi. L'idée que vous puissiez m'en vouloir me hante et j'aimerais remédier à cela.

Je me soustrais à ses pupilles pleines d'attente muette, indécise. Je décide de lâcher une demi-vérité :

— Je ne suis pas certaine de pouvoir vous faire confiance.

— Vous pouvez, répond-il à brûle-pourpoint. Je vous aiderai à vous intégrer dans cette nouvelle vie du mieux que je pourrai.

Je réfléchis à toute allure. J'ai perdu mon pion principal en seulement quelques danses, mais cela ne signifie pas que je suis déjà hors course. Que Callum soit l'héritier n'était qu'une hypothèse et il n'est pas à exclure que le nom de Cameron ait été glissé dans la Grande Urne. Sans compter le fait que l'image de la petite djinn affamée près de l'entrepôt me pourchasse depuis plusieurs jours. Je ne peux pas abandonner maintenant, sous prétexte que Cece a marché sur mes plates-bandes. Je peux encore changer les choses.

Je plonge mon regard dans celui, azuré, de mon compagnon.

— J'accepte.

Il incline la tête et, dans un geste plein de douceur, enveloppe ma main dans la sienne pour la poser sur sa poitrine. Là où son cœur bat à coups redoublés.

Chapitre 33

Le poison de la jalousie

Harem : *lieu où résident les courtisanes d'un dagnir. On en recense environ deux cents dans le harem du sultan et cet endroit – tenu secret au cœur du palais de Pretamia – est connu pour la jalousie qui suinte des murs.*
Rivalité, intrigues et manigances sont le lot quotidien de ces femmes qui luttent tous les jours pour obtenir les faveurs du sultan.
Quelques langues bien trop pendues et malavisées prétendent même qu'il y aurait des femmes djinns parmi elles, plus délicieuses que quiconque.

Shunshun Ashkad,
maître penseur Amadéan

— J'ai du mal à y croire, souffle Daire d'une voix vacillante.

Je suis peinée de voir la détresse et la résignation assombrir son joli minois. Odeleen l'attire à elle pour qu'elle pose sa joue sur son épaule, comme quand elle était petite. Daire se laisse faire, le visage baigné de larmes, décomposé par le chagrin.

— Je n'avais pas encore fait mon choix, poursuit-elle. J'aimais tellement Callum. Et Cameron… Comment tout cela a pu arriver si vite, le temps d'un seul bal ? Je croyais que… Casey m'assurait que j'avais toutes mes chances, que ses frères n'étaient pas tout à fait sûrs de leur décision…

Odeleen la berce avec douceur, écrasant une de ses larmes du pouce. Je devrais être agacée par cette attitude puérile, pourtant, je ne ressens envers ma sœur que des élans de compassion. Elle vient de connaître son premier chagrin d'amour. Elle qui s'imaginait pouvoir choisir le meilleur parti, elle qui envisageait même de lui laisser se bâtir un harem, la voilà toute démunie et tremblante. Elle n'a que seize ans et le coup est douloureux. Très douloureux.

Quant à moi, je préfère rester en retrait. Je me sens responsable de sa déception, car j'ai accepté de me lier à Cameron. Cela m'a valu les remontrances de Rakhshan, qui souhaitait que je me concentre sur Callum. J'ai choisi de promettre ma vie à un dagnir pour aider mon peuple. Pour sauver cette petite fille près de l'entrepôt. Pour éviter à mes sœurs d'avoir le poids d'une existence compliquée sur les épaules.

— Je suis désolée, Daire, je murmure. Vraiment désolée.

Et je le pense sincèrement. Je suis désolée de lui avoir ravi l'un de ses prétendants. Désolée de le manipuler en mon âme et conscience, alors qu'il semble être un modèle de gentillesse et de bienveillance.

Ma voix ramène Daire à la réalité. Elle s'écarte lentement d'Odeleen et me toise avec rancœur, les traits contractés dans une rage prête à se déverser sur moi. Ses yeux sont maintenant secs, ses pommettes, ses épaules et sa poitrine empourprées.

— Tu m'as trahie. Je te faisais confiance, j'ai essayé de te faire parler et tu m'as assuré qu'aucun des princes ne t'intéressait. Tout ça pour me planter un couteau dans le dos, au vu et au su de toute l'assistance. J'ai tellement honte ! Tu avais tout prévu depuis le début !

— Pas du tout ! je m'insurge. Tu ne comprends donc pas que les enjeux sont beaucoup plus grands qu'une simple amourette ? J'ai…

— Silence !

Son ordre claque avec une force inattendue et une brève explosion retentit dans la pièce. Après ça, tout se passe très vite. Je suis sur le point de clamer mon innocence, mais quelqu'un me tire en arrière avec brutalité avant de me bâillonner, m'empêchant de respirer par le nez et la bouche. Terrorisée, je me débats de toutes mes forces puis tombe lourdement sur le sol. Mon pouls s'affole, le sang afflue vers mon visage et j'agite les bras pour atteindre mon assaillant. Je ne réussis qu'à me griffer les joues.

Plantée au-dessus de moi, Daire m'observe sans réagir.

— Arrête ça tout de suite ! lui ordonne Odeleen en se précipitant pour me venir en aide. Libère-la !

Daire se détourne, déstabilisée, et la pression qui pesait sur moi disparaît. J'inspire une grande goulée d'air en me tenant la gorge, des larmes amères brûlant mes paupières.

— Que s'est-il passé ?

Alertés par les bruits de la lutte invisible, Rakhshan et Iqbal font irruption dans la chambre. Odeleen ne leur répond pas et foudroie notre cadette du regard.

— Est-ce que tu as perdu la tête, Daire ? Tu attaques ta propre sœur pour un simple béguin…

— Que s'est-il passé ? répète Rakhshan en se penchant pour me remettre sur pieds.

Je vacille légèrement et agrippe son épaule pour ne pas tomber. Ma respiration est toujours erratique.

— Daire a invoqué son ombre pour étouffer Rozenn, explique Odeleen. Voilà ce qui s'est passé !

— Je n'ai pas fait exprès, marmonne celle-ci en se postant devant la persienne, nous tournant ostensiblement le dos. Elle m'a provoquée, j'ai répliqué, c'est aussi simple que ça. C'était mérité.

Quatre paires d'yeux s'écarquillent. Je ne suis pas sûre d'avoir bien entendu.

— Enfin, Daire… gémit Odeleen. Tu t'entends parler ? Tu n'es plus toi-même. Depuis quand s'attaquer les unes les autres est mérité ?

Notre cadette n'écoute déjà plus. Elle sort de la pièce sans un regard en arrière. Je jurerais discerner une ombre flotter dans son sillage avant de disparaître dans l'obscurité du corridor.

Les jours passent et je n'ose plus frapper à la porte de Daire. Elle s'enferme des journées entières, n'acceptant de voir que Casey et Odeleen.

Cette dernière m'assure que les choses vont s'arranger, que notre sœur traverse une mauvaise passe, mais je me fais de plus en plus de souci. Qu'il est loin le temps où la seule préoccupation de ma cadette était de cueillir les plus jolies fleurs sauvages pour embellir son nid. Nous étions proches, nous étions amies. Aujourd'hui, il n'y a que le ressentiment et la convoitise qui flottent entre nous. Tout ça pour une histoire de garçons. Des garçons dont je ne suis même pas amoureuse moi-même…

Je reste dans ma chambre, l'attention rivée sur les ruelles de Pretamia, m'imaginant fouler les pavés et sauver tous les djinns tributaires de cette cité maudite. Perle me tient compagnie des heures entières et Samsaa m'offre parfois des spectacles attendrissants en rognant les meubles ou en courant après ses queues. Elle me transmet également d'agréables ondes positives, mais qui ne chassent pas toujours mes idées noires.

Ma suivante m'apprend que les rendez-vous se poursuivent sans moi. Cameron a dû être envoyé dans une ville régentée par un lointain cousin et ne reviendra que dans quelques jours. Pendant ce temps, Ishmer a passé une journée en compagnie de Casey qui – d'après ses dires – n'est rien d'autre qu'une enfant beaucoup trop gâtée. Aziliz Roya, elle, voit Cayden de manière assidue. J'imagine que pour Daire, c'est le coup fatal : plus aucun prince ne s'intéresse à elle.

Pour tromper le temps et éviter de trop penser à ces déboires, je tiens compagnie à Odeleen. Le bal nous a laissé à toutes deux une impression étrange. Mon aînée ne comprend toujours pas ma décision concernant Cameron.

— Tout est allé tellement vite, soupire-t-elle en faisant rouler le sautoir sur sa paume. Je croyais que Callum était ta cible principale. N'était-ce pas ce dont vous étiez convenus, toi et Rakhshan ?

Comme à chaque fois que j'entends le nom de mon garde du corps, ma mâchoire se contracte.

— Tu as vu comme moi ce qui s'est passé entre lui et Cece. Je ne fais pas le poids. Si je veux rester dans la course pour le trône, je n'ai plus qu'à me rabattre sur celui qui est disponible.

Ma sœur se tapote le menton, songeuse.

— Tu n'as jamais pensé à Cayden ? Il est doté d'un grand sang-froid et d'un calme à toute épreuve. Peut-être que ses parents voient en lui le monarque idéal : diplomate et sûr de lui.

— L'ennui, c'est que Cayden m'a bien fait comprendre qu'il ne comptait pas épouser qui que ce soit. Il était catégorique. Je le soupçonne également de ne pas jouer franc jeu avec moi. Pour tout te dire, je ne le considère même pas comme un parti potentiel.

— Tu fais peut-être erreur. Cayden sait que si son nom est dans la Grande Urne, il n'aura accès à ses fonctions que s'il épouse une princesse. Il devra bien s'y résoudre un jour où l'autre.

— Alors que proposes-tu ? je demande avec lassitude.

— Tu ne peux pas être sur tous les fronts, laisse-moi m'occuper de Cayden.

Je hoquette de surprise.

— Il s'entend beaucoup trop bien avec Aziliz, si tu veux mon avis. Et tu n'es pas obligée de faire ça, Odeleen. Tu n'as pas à sacrifier ta propre vie.

— Il n'est pas question que tu t'engages seule dans cette débâcle. Je suis ta sœur, il est de mon devoir de t'accompagner.

J'aimerais lui demander ce qu'elle fait de Karmin dans toute cette histoire, mais je me mords la langue à temps. Inconsciente de mon dilemme, Odeleen s'installe au milieu de ses coussins, l'air fatigué.

— Est-ce que tu savais que le sultan Maddy a fait livrer ses présents de bienvenue à Cece et Aziliz ?

Je tends l'oreille, intriguée.

— Je n'étais pas au courant.

— C'est Atefeh qui m'en a parlé. Accroche-toi, tu ne vas pas en revenir ! Il a offert à Cece un somptueux collier qui date lui aussi du temps des Artisans.

— Un collier imprégné du fluide de djinn, tu veux dire ?

Elle acquiesce, la mine grave.

— Pas n'importe quel djinn… l'émir Jahanshah.

La nouvelle me laisse coite. Jahanshah Roya a vécu il y a très longtemps. On parlait de lui en termes très flatteurs, car sa beauté était jalousée et son visage ne présentait pas le moindre défaut. Pour cause, il était pourvu d'un fluide qui gommait tous les stigmates. En tant qu'Intouchable, personne ne pouvait bénéficier de ce don précieux sans son accord. Épuisé de voir son peuple se faire siphonner, il avait décidé de conclure un marché avec le premier sultan dagnir en s'offrant aux Artisans. En échange de quoi les djinns de sa Caste étaient épargnés pour toujours. Au lieu de tenir parole, le sultan lui a subtilisé son fluide avant de l'enfermer dans un artefact, puis s'est échiné à traquer la Caste Roya des siècles durant.

Cette histoire nous est racontée dès l'enfance, pour nous apprendre à nous méfier des dagnirs qui font des promesses en l'air. Personne n'a jamais envié le sort de cet émir trop exquis et trop dévoué.

— Je suppose que lorsqu'elle portera ce collier, elle sera encore plus belle qu'elle ne l'est déjà.

Ma voix est pleine d'acidité et d'agacement contenus.

— Ce n'est pas le plus important, tranche Odeleen. Paraît-il que Cece était ravie et qu'elle est partie remercier Callahan pour sa générosité. Te rends-tu compte ? Sa générosité ! Elle n'est même pas un peu offensée que le sang de son ancêtre direct se retrouve sur ce bijou.

— Et Aziliz ? Qu'a-t-elle reçu ?

— Une brosse qui fait pousser les cheveux à mesure qu'elle s'en sert, marmonne Odeleen, complètement désabusée. Elle n'a montré ni joie ni colère, donc j'en déduis que ça la laisse de marbre.

— Quel genre d'homme offrirait des cadeaux confectionnés de cette manière ? Je crois qu'il joue avec elles comme il a joué avec nous.

Nous observons le silence, préoccupées. La situation nous échappe complètement. Callahan Maddy dépose ses pions avec la précision d'un stratège. Si nous n'agissons pas, il se pourrait que très bientôt, les conditions des djinns aillent de mal en pis.

Chapitre 34

Cœur errant

Au fond, nous ne sommes pas si différents les uns des autres.
Deux jambes, deux bras, un cœur.
Pourquoi réduire son prochain en esclavage alors qu'ensemble,
nous pourrions accomplir de merveilleuses choses qui embelliraient notre monde ?

Jahanshah Roya,
confessions rendues publiques après sa disparition

Cameron Maddy porte une tenue raffinée mettant en valeur son corps élancé. Ses boucles brunes sont emprisonnées dans un turban noué à la dernière mode et une besace en cuir bat contre sa cuisse. Il est tellement séduisant que sa beauté me frappe en plein cœur. À voir son regard qui parcourt ma silhouette avec émerveillement, j'en déduis que le sentiment est réciproque.

Sa main caresse avec respect les perles d'ivoire piquées dans mes cheveux, puis s'arrêtent sur le bracelet aux têtes de manticores qui teinte à mon poignet droit. Celui qu'il m'a offert lors de notre premier rendez-vous.

— Merci d'être venue, Rozenn.

Sa voix n'est qu'un murmure, mais je sais qu'il est ému. Nous ne nous sommes pas vus depuis le bal et je lui ai manqué, c'est évident. Je ne peux pas m'empêcher de me soustraire à son regard, partagée entre le plaisir de sa compagnie et la gêne de le côtoyer par pur intérêt.

Je réponds avec le plus d'entrain possible :

— Le séjour chez votre cousin s'est-il bien passé ?

Il m'offre son bras que je prends après une demi-seconde d'hésitation.

— Très bien. J'ai tué le temps à la chasse, sur le dos de leur meilleur shadhahvar. Ce n'était pas très dépaysant, si vous voulez tout savoir.

Un frisson désagréable me traverse des pieds à la tête. La chasse… encore une invention barbare tout droit sortie des pratiques dagnires !

— Alors, dites-moi… j'enchaîne avec un sourire un peu forcé. Où m'emmenez-vous de si bon matin ?

— C'est notre premier rendez-vous depuis le fiasco. Je voulais faire les choses bien cette fois-ci et éloigner de vos pensées tous ces mauvais souvenirs.

Cameron l'ignore, mais rien ne pourra jamais me distraire après ce que j'ai vu. Ces fioles de fluide alignées sur le comptoir, présentées comme s'il s'agissait de quelque marchandise ordinaire, ça ne s'oublie pas. De même que les djinns qui attendaient devant l'entrepôt qu'on leur vole une partie de leur identité, que les enfants en guenilles, grattant une entrave qui brûlerait leur peau jusqu'à la fin de leurs jours… Comment peut-on se soustraire à pareille vision ?

Je ne dis rien de tout cela à Cameron. Pas encore. J'aimerais lui faire comprendre les choses en douceur, sans précipitation ; mieux encore : qu'il en prenne conscience tout seul. C'est pourquoi je lui souris et resserre mon étreinte autour de son bras avec affection.

— Ne parlons pas de ça, voulez-vous. Dites-moi plutôt ce que vous avez prévu.

Il fait mine de verrouiller ses lèvres à double tour et de jeter la clé par-dessus son épaule, l'air mutin.

Je le laisse m'entraîner le long des coursives pour rejoindre les allées des jardins, appréciant simplement les siffleurs pépiant dans les arbres et l'odeur forte des orangers en fleurs. Nous contournons les murs extérieurs du palais nimbés d'une lumière aveuglante, avant de traverser un sentier plus étroit. Les jardiniers sont déjà à l'œuvre et taillent les massifs à coups de grands ciseaux. Ils s'inclinent tous sur notre passage. Le chemin finit par s'évaser pour laisser voir un terrain dépouillé de ses arbres. L'herbe grasse me chatouille les chevilles lorsque nous nous engageons sur le parterre.

— Il me semble que les djinns se battent à la canne, dit Cameron.

— C'est exact. Il s'agit d'un art ancestral que nombre de dagnirs trouvent risible.

— Je ne suis pas d'accord.

— Ah non ? je rétorque, prise de court.

— La canne est une arme intéressante. Elle permet d'apprécier la légèreté, l'adresse et la précision du combattant, sans pour autant l'obliger à tuer son adversaire.

Mes lèvres s'entrouvrent légèrement, mais je la referme bien vite. Je n'aurais pas pu mieux dire… Que Cameron ait capté aussi facilement l'essence même de cette discipline me touche plus que je ne l'aurais pensé.

— Est-ce que je me trompe ? s'inquiète-t-il en avisant mon silence.

— N… non, pas du tout. Au contraire, c'est tout à fait ça. Il me semblait simplement que les dagnirs étaient de fervents adorateurs de janbiyas, ces espèces de dagues incurvées.

— C'est exact, mon père organise régulièrement des tournois où les plus braves se mesurent les uns aux autres. Le grand gagnant repart avec les honneurs et des opales à ne plus savoir quoi en faire.

Il désigne les cibles en bois qui se trouvent au fond du carré d'herbe, devant les haies.

— Ça, c'est la première étape, m'explique-t-il. Cette compétition réunit des centaines de guerriers chaque année. Les meilleurs au lancer de janbiyas peuvent passer à l'étape suivante : le Gahiansha.

— Le Gahian… quoi ?

— C'est un sport local que les dagnirs apprécient beaucoup. Deux équipes s'affrontent sur un terrain délimité. Le but est d'envahir le territoire ennemi en faisant preuve d'adresse et de stratégie. Je vous expliquerai les règles tout à l'heure, si vous le souhaitez. C'est assez impressionnant à regarder.

— Est-ce qu'il arrive que des gens meurent pendant les affrontements ?

— Ça arrive tout le temps, bien sûr, affirme-t-il. Parfois, un lancer peut se perdre dans la foule. Et malgré le danger que cela représente d'être aux premières loges, la bonne société débourse des fortunes pour assister au spectacle dans les tribunes les plus exposées.

— Voilà une pratique bien curieuse… Si je comprends bien, vous trouvez un certain divertissement à voir les vôtres s'étriper.

— On peut présenter les choses ainsi, oui, consent-il en rougissant légèrement.

— Vous m'avez amenée ici pour m'apprendre à lancer des janbiyas ?

Il s'arrête et pivote vers moi.

— J'aimerais que vous appreniez comment les dagnirs vivent. En retour, je souhaite en apprendre le plus possible sur vous et vos semblables. Tout ce que vous aurez envie de partager avec moi. Je connais trop peu le peuple djinn et j'en suis bien chagriné.

— Très bien, allons-y dans ce cas !

Cameron laisse tomber sa besace à ses pieds et en sort une série d'étuis qu'il me tend.

— Que voulez-vous que je fasse de ça ? je dis, un peu perdue.

— Les plus petits s'attachent autour des cuisses. Ceux en cuir noir vont à la taille. Lors des duels, les combattants en accrochent aux mollets, aux avant-bras et aux bras, mais nous allons nous abstenir pour cette fois-ci.

— Les janbiyas ne tombent jamais durant la lutte ?

Il se rapproche de moi pour me montrer la manière dont sont conçus les étuis. Il y a une lanière reliée à un bouton de cuivre. Une simple pression entre deux phalanges permet d'en sortir la janbiya facilement. La lanière est cousue de telle manière que l'adversaire aura du mal à s'emparer de l'arme ennemie.

J'écoute les explications de Cameron avec un intérêt grandissant, même si je ne peux m'empêcher de repenser à mon combat contre Callum. Callum qui m'avait promis que chacun de nos rendez-vous se passerait de cette manière… Pourtant, c'est avec Cameron que je vais apprendre à me battre comme une dagnire. Pas Callum.

— Rozenn, vous êtes toujours avec moi ?

Je secoue la tête, reprenant pied avec la réalité. Je ne m'étais pas aperçue que mes pensées vagabondaient.

Le turban de Cameron glisse légèrement sur son front lorsqu'il se penche vers moi pour boucler un ceinturon autour de ma taille. Je ne peux pas m'empêcher de le rattraper avant qu'il ne tombe entre nous. Alors que je le remets à sa place, nous échangeons un regard amusé. Ses prunelles s'attardent deux secondes de trop sur mes lèvres, mais il finit par s'écarter.

— Vous remarquerez que les sangles pour les avant-bras et les bras sont plus petites, car les janbiyas le sont aussi. On les choisit en premier recours dans un combat. Une fois lancées, elles sont à peine visibles à l'œil nu.

— Donc plus difficiles à éviter, je complète avec un frisson désagréable.

— Tout à fait, mais pas d'inquiétude, nous ne les utiliserons pas.

Je n'en suis pas fâchée. Je trouve cette manière de combattre vicieuse, elle va à l'encontre des valeurs qui m'ont été inculquées.

— Très bien, maintenant que vous êtes équipée, mettez-vous en face de la cible.

Je m'exécute après m'être débarrassée de mes babouches. Mes pieds s'enfoncent dans l'herbe et je me sens presque comme à la maison.

Cameron fait la première démonstration. Lorsque la lame vient transpercer le bois avec une force démentielle, je ne peux pas m'empêcher de sursauter. Le milieu de la cible a été atteint le temps d'un battement de cil. C'est extraordinaire !

— Y a-t-il une technique particulière pour lancer ? je questionne en essayant de reproduire les mêmes gestes dans le vide.

— C'est toute l'originalité de ce sport, chaque lanceur a sa propre façon de faire. Certains – comme moi – usent de la force brute, d'autres misent sur la finesse, d'autres encore ont besoin de prendre un certain élan. Le Gahiansha est beaucoup plus complexe, car il demande une endurance et une agilité que vous possédez sûrement grâce au combat à la canne.

Il vient se placer derrière moi et pose doucement ses mains sur mes épaules. Sa joue se presse contre ma tempe lorsqu'il murmure tout bas :

— Détendez-vous.

Il appuie dans mon dos, m'obligeant à effectuer une légère rotation du buste. La janbiya dans la main, il décompose les gestes que je dois reproduire. Nos corps sont soudés l'un à l'autre dans une étreinte qui n'en est pas vraiment une. Je retiens mon souffle.

— Très bien, comme ça.

Je suis sur le point de me jeter à l'eau, les yeux rivés sur le cercle sombre, lorsque des voix et quelques éclats de rire me surprennent. Je laisse retomber mon bras.

Les rires s'éteignent. Callum et Cece, main dans la main, s'arrêtent net en nous apercevant. Un silence pesant s'installe.

— Eh bien, je crois que nous avons eu la même idée au même moment, fait remarquer la jeune fille en rejetant sa longue chevelure dans son dos. Tu veux que nous allions ailleurs, Callum ?

L'intéressé me fixe avec insistance, une lueur étrange brûlant au fond de ses pupilles. Une petite ride est apparue entre ses sourcils. Il est vrai que nous ne nous entendons pas très bien, lui et moi, mais cette brusque animosité, elle, est nouvelle. Je n'avais jamais vu autant de dégoût contenu dans sa manière de plisser les lèvres.

— Non, faisons ce pour quoi nous sommes là, réplique-t-il, les dents serrées.

Il salue son cadet d'un bref hochement de menton, puis nous dépasse, ses doigts étreignant toujours ceux de Cece.

— Tout va bien, Rozenn ? me glisse Cameron.

Je me racle nerveusement la gorge avant de répondre.

— Très bien, pourquoi ?

— Vos prunelles changent de couleur à une vitesse affolante. Est-ce la présence de mon frère qui vous incommode ?

— Pas du tout, je m'empresse de démentir. Tout va bien, je vous assure.

Le couple s'installe à quelques encablures de nous. Callum est déjà occupé à nouer les sangles autour des membres de sa compagne. Je constate rapidement qu'il ne s'agit pas de leur première séance.

Essayant de faire abstraction de leurs bavardages, je lance la première janbiya… qui file de travers et s'enfonce dans la haie compacte. L'angle incurvé de la lame rend la trajectoire complètement aléatoire.

J'entends le rire strident de Cece et ma paranoïa se réveille : elle est en train de se payer ma tête, cette garce !

— C'est un bon début, m'encourage gentiment Cameron, ne vous déconcentrez pas.

Il colle à nouveau son torse contre mon dos et me montre comment bien tenir le manche de mon arme. Ses gestes sont doux et ma respiration retrouve peu à peu un rythme normal. Sur notre droite, la conversation entre Callum et Cece s'est interrompue. Je sens qu'ils nous observent.

Mes yeux se réduisent en deux fentes, focalisés sur ce petit cercle qu'il me faut atteindre. J'essaie d'occulter l'idée que les mouvements requis n'ont rien à voir avec l'art de la canne. Je ne réfléchis plus, la lame siffle et tourbillonne dans les airs. Le bois de la cible craque lorsqu'elle s'enfonce dedans. Surprise d'y être parvenue, je bascule la tête en riant aux éclats. Tels deux enfants, Cameron et moi improvisons une danse de la joie. Il me soulève dans ses bras, puis me serre à m'étouffer.

— Alors ? Qu'avez-vous ressenti ?

— C'était grisant, même si je suis encore loin de la cible centrale.

— Ça viendra, me rassure-t-il avec un enthousiasme franc. Reprenons !

Je saisis une janbiya sanglée autour de ma cuisse et reporte mon attention sur le plateau en bois. C'est seulement à cet instant que je me souviens de la présence de Cece et de Callum. Ce dernier est de plus en plus renfrogné. Les mâchoires serrées à l'extrême, il fixe résolument sa propre cible. Mon instinct me souffle qu'il n'a pas apprécié notre petite démonstration. Surprenant mon regard, Cece s'approche de lui et ses mains glissent langoureusement sur ses biceps. Je me détourne rapidement avant d'en voir plus.

Mes lancers suivants ne sont pas brillants, mais je suis tout de même plus détendue. Cameron me donne quelques conseils et m'embrasse sur la joue à deux reprises. J'accepte ce flirt innocent, devinant qu'à l'autre bout du terrain, Callum bout littéralement sur place. Il serre convulsivement ses armes. Ses jets sont de plus en plus agressifs et d'une violence débridée. Ça a quelque chose d'exaltant de savoir que, même si Cece a remporté ses faveurs, me voir avec Cameron porte un coup à son orgueil.

Lorsque ce dernier se penche et effleure tendrement mes lèvres avec les siennes, la coupe est pleine. Dans un fracas de métal, Callum laisse tomber ses janbiyas, enjambe son sac et quitte la zone de lancer.

— Est-ce que tout va bien ? s'inquiète Cece. Pourquoi pars-tu déjà ? Callum…

Elle s'attarde une demi-seconde sur les lames qui jonchent le sol, puis décide de le suivre en trottinant.

— Qu'est-ce qui lui prend ? s'étonne Cameron, les sourcils froncés en signe de perplexité.

Le sourire jusqu'aux oreilles, une joie perfide dans le cœur, je hausse les épaules.

— Aucune idée. On continue ?

Chapitre 35

L'ARTEFACT CAPRICIEUX

Je n'aime pas la nature, je ne l'ai jamais aimée. Tout ce vert à outrance me donne des relents et l'odeur de mousse m'insupporte. Cette vie tout entière passée comme une sauvageonne planquée dans un trou à rats m'écœure. Mère a toujours dit que j'étais faite pour connaître le luxe et l'abondance. Ma chance vient de se manifester et j'ai bien l'intention de la saisir à bras le corps, même si pour ce faire, je dois écraser mes concurrentes.

Cece Roya,
Journal personnel

Cameron récupère la janbiya que je lui tends et la range dans sa besace qu'il boucle rapidement. Son regard m'interroge silencieusement, mais préférant jouer la coquette, je fais mine de ne rien remarquer. Nous nous mettons en marche pour rejoindre le palais.

— Ce moment a-t-il été aussi agréable pour vous que pour moi ?

Je laisse s'étaler mon large sourire.

— J'ai beaucoup apprécié votre leçon, même si je ne comprends toujours pas l'intérêt de blesser son prochain pour le divertissement.

— Vu sous cet angle, il est vrai que cela semble complètement stupide, admet-il, amusé. Que voulez-vous, c'est la coutume.

En passant sous un figuier, il cueille un fruit et me le donne. L'exercice m'a passablement fatiguée. J'arrache sa tige et laisse la saveur sucrée exploser dans ma bouche et réveiller mes papilles. Cameron me contemple tout son soûl pendant que je me délecte en gémissant de bonheur.

— J'aimerais vous revoir, Rozenn.

— C'est d'accord, je réponds sans la moindre hésitation.

Il m'adresse un sourire éblouissant, heureux de ma spontanéité.

— Que voudriez-vous faire, la prochaine fois ?

C'est la question que j'attendais. Je feins de réfléchir quelques secondes alors que l'idée germe dans mon esprit depuis déjà un moment.

— J'aimerais que nous retournions au grand marché et que vous me disiez tout ce qui se passe dans cette cité pour les gens comme moi.

Il semble désarçonné et un tic nerveux fait palpiter sa paupière. Je l'ai pris au dépourvu, il ne s'attendait pas du tout à ça.

— J'avais pensé à une activité plus légère… Je ne suis pas certain que vous apprécierez tout ce que je vais vous raconter. Je ne sais même pas si je suis autorisé à vous en parler.

Ces mots lui en coûtent, je le vois bien. Je pose une main amicale sur son épaule. Il n'est plus question de lui mentir.

— J'ai besoin de savoir la vérité, Cameron. Et ce n'est pas en restant enfermée dans ce château que je la connaîtrai.

— Vous ne m'aimerez plus du tout si vous apprenez la vérité.

Il a à peine achevé sa phrase qu'il semble déjà la regretter.

— Je ne pourrai jamais m'abandonner à qui que ce soit si on ne m'explique pas ce qu'il se passe ici. Comprenez-moi, mettez-vous à ma place.

Cameron frémit sous le sous-entendu.

— Je vous dirai tout ce que je sais, dans ce cas.

Sur le chemin du retour, nous croisons Ishmer et Casey revenus de leur troisième rendez-vous. Cameron – qui était sur le point de prendre congé – semble réticent à l'idée de me laisser gravir l'escalier à deux hélices. Mon amitié avec Ishmer n'est pas pour le rassurer.

Afin d'abattre ses doutes, j'attrape son visage à deux mains et me hisse sur la pointe des pieds pour déposer un baiser sur son front. Il me retient tout contre lui, ses mains remontant dans mon dos jusqu'à effleurer ma nuque. Le baiser volé qu'il m'a donné devant son frère et Cece est largement surpassé par la tendresse de cet instant. Nous nous sourions avant de nous séparer.

En gravissant les marches, je suis surprise d'y trouver Ishmer, l'air goguenard et les mains sur les hanches. Je rougis comme une pivoine, plus de honte que de timidité.

— Très chaste, ce baiser, s'extasie-t-il, gentiment moqueur. Qui êtes-vous et qu'avez-vous fait de mon amie ?

Je le bouscule avec une moue.

— Ce n'est pas drôle.

Il me suit sans se départir de sa risette insupportable.

— Il te plaît tant que ça ? Je t'aurais plutôt vu avec le premier.

— Callum ?

— Celui-là même.

— Qu'est-ce qui te fait penser cela ?

— Il paraît toujours en rogne. Vous iriez merveilleusement bien ensemble.

Je laisse échapper un sifflement agacé, avant de le rejoindre dans son rire. Ishmer peut se montrer horripilant quand il veut. Pourtant, il m'avait manqué, ce grand nigaud.

— Où sont tes appartements ? s'enquiert-il. Je m'ennuyais hier, j'ai essayé de vous retrouver, mais je suis tombé dans un méli-mélo de couloirs qui menaient à des culs-de-sac. J'ai fini par croiser un dagnir snobinard et tiré à quatre épingles, qui m'a indiqué la direction à suivre. Ça m'a tout simplement ramené à mon point de départ. Mon camériste m'a expliqué que le palais pouvait se montrer labyrinthique.

— Attendons ma suivante, elle va me guider. Je me perds fréquemment moi aussi.

Quelques secondes plus tard, Perle fait son entrée, un peu essoufflée.

— Veuillez m'excuser, Princesse. Je vous ai guettée tout l'après-midi, mais au moment où on me mandait aux chambres de l'aile ouest…

— Pas d'inquiétude, Perle, je la rassure. Je n'ai pas eu à attendre. Mon ami Ishmer m'a gentiment tenu compagnie.

Ma suivante lui présente ses hommages avec précipitation.

— Tu veux bien nous emmener dans mes quartiers, s'il te plaît ?

Perle redouble de confusion.

— Vous et… et le prince Sohan ?

— Oui, tout à fait. Quelque chose ne va pas ?

— C'est à dire que… j'avais pensé…

Sa voix n'est plus qu'un murmure. Elle se racle la gorge avant de lever un regard craintif vers nous.

— Vous devez comprendre que vos hôtes risquent de mal le percevoir. Les gens jaseront à coup sûr.

— Qu'ils jasent, colportent et médisent, intervient Ishmer avec un mouvement négligent de la main. Nous n'avons pas à changer pour leur être agréables. J'aimerais voir mes amies et si le sultan n'est pas content, il n'aura qu'à nous le dire.

Son franc-parler laisse Perle coite. Je suis bien placée pour savoir que ce n'est pas la bonne méthode pour la rassurer. Je lance d'une voix douce :

— S'il y a le moindre problème, tu pourras dire que c'est un ordre de ma part et que tu n'étais pas autorisée à désobéir.

Elle hoche faiblement la tête avant de pivoter pour nous ouvrir le chemin. Nous lui emboîtons le pas en échangeant un regard de connivence.

Les tentures sont tirées dans la chambre d'Odeleen. Seule une lampe, dans laquelle luit une larme de lave, éclaire son lit. Ma sœur a les jambes croisées et le dos courbé sur son artefact dont les pièces bougent dans un enchaînement étourdissant.

— Elle n'a pas mangé depuis hier, chuchote Atefeh avec la gravité de quelqu'un qui veille au chevet d'une personne malade.

— Vous pouvez nous laisser, je lui réponds.

Non sans une réticence évidente, la jeune dagnire referme la porte derrière elle.

Ishmer enfonce les mains dans les poches de sa tunique.

— Eh bien, on peut dire que tu as une mine affreuse, Odee, claironne-t-il. Heureusement que Karmin ne t'a pas vue dans cet état, autrement il réviserait sérieusement son jugement à ton sujet.

Odeleen redresse lentement la tête, prenant tout juste conscience de notre présence. Mon ami a raison, elle est à faire peur. Une bouffée de culpabilité me serre l'estomac. Je lui avais promis de l'aider à percer le mystère du sautoir, mais trop prise par mes manigances avec les fils Maddy, j'en ai oublié les obsessions de ma sœur. Ses traits sont marqués par la fatigue, de grands cernes lui mangent le visage et son regard bistre est complètement éteint.

— Odeleen… je murmure, ébranlée.

Ses paupières sont vraiment gonflées, comme si elle avait pleuré d'épuisement. Je m'assois sur le rebord du lit et entoure ses épaules.

— À quand remonte la dernière fois où tu as dormi ?

— Ça va, je me porte comme un charme, assure-t-elle en repoussant une mèche qui rebique sur son front.

— Qu'est-ce que ça doit être quand ce n'est pas le cas ? fait remarquer Ishmer avec une grimace équivoque.

Elle ne répond pas, sûrement trop éreintée pour percevoir l'ironie dans sa voix.

— Tu as passé toute la journée enfermée entre ces murs ? poursuit-il. C'est le meilleur moyen pour devenir maboule. Viens, allons nous promener dans leurs jardins taillés au millimètre.

Ma sœur résiste en secouant fermement la tête.

— Je ne peux pas, je suis à deux doigts d'ouvrir l'artefact. Et puis j'ai rendez-vous avec le neveu du sultan demain, ce sera l'occasion de prendre l'air.

Sans plus faire attention à nous, elle soulève un énorme grimoire emprunté dans la bibliothèque et commence à en déchiffrer les pattes de mouche.

Ishmer fait les gros yeux.

— Qu'est-ce que c'est que cette histoire d'artefact ? me demande-t-il à voix basse.

Je m'empresse de lui expliquer la situation dans son ensemble. À mesure que j'avance dans mon récit, mon ami est de plus en plus mortifié. Il laisse échapper un sifflement.

— Et moi qui trouvais que les cadeaux qu'il avait faits à Cece et Aziliz étaient de très mauvais goût… je constate qu'il n'a pas brillé avec vous non plus. Une aura, vraiment ?

Je hausse les épaules. Samsaa ne représente plus un problème et, contrairement à ce que Callahan espérait, l'animal ne m'a pas lobotomisée.

— Que penses-tu que cet artefact puisse faire, au juste ?

Je me tourne vers Odeleen qui marmonne toute seule en introduisant un ongle dans une des pièces du bijou.

— Ce n'est pas ce qu'il peut faire qui m'inquiète, mais ce qu'il contient.

Chapitre 36

Le torchon brûle

La relation entre une épouse et les concubines de son mari est moins complexe qu'on pourrait le croire. La femme légitime règne sur le harem. Considérée comme vertueuse et exemplaire, elle est la seule à avoir accès au boudoir et reçoit le respect que l'on refuse aux concubines. Elle est bien souvent celle qui ingère les fluides les plus capiteux, tandis que maîtresses et courtisanes doivent se contenter du sang des Classes inférieures.

La place de la femme dans le foyer dagnir, 2e édition,
Bibliothèque d'Omous-des-Fastes

Les petites griffes de Samsaa s'insèrent de plus en plus profondément dans la peau de mon ventre à mesure que les rires se font forts. Rejetées au milieu des coussins multicolores, Daire, Cece et la sultane folâtrent à grand renfort d'exclamations suraiguës. Leurs bracelets tintent à chaque moulinet de bras comme une musique stridente. Si mon aura le pouvait, elle se boucherait les oreilles tant les sons deviennent insupportables.

Je me détourne en serrant les dents et prends place sur un pouf brodé de soie, près du plateau de kolompeh. J'en enfonce un dans ma bouche sans m'encombrer de manières, et même si la pâte est délicieusement sucrée, elle ne chasse pas pour autant l'amertume que je ressens en écoutant la conversation qui se déroule comme si Odeleen, Aziliz et moi-même n'étions pas là. Le plus difficile, c'est de voir ma jeune sœur m'ignorer avec superbe.

— Votre Majesté, la tunique que vous portez est un véritable chef-d'œuvre, babille Cece, très à l'aise dans son rôle de djinn parfaite.

— Oh, cette vieille chose, réplique la sultane en touchant le bord de son décolleté bordé de bijoux en or. Une petite étoffe de rien du tout, vous savez.

Oui, une petite étoffe de rien du tout qui, à elle seule, nourrirait sans mal une famille dans le besoin pendant plusieurs mois.

— Un rien habille une femme aussi noble que vous.

La mère Maddy accueille le compliment avec un plaisir manifeste. Elle pose sa main sur celle de Cece.

— Vous êtes bien aimable, mon petit. Prendrez-vous de la tisane ?

Cece irradie en hochant vigoureusement la tête. D'un geste sec, la sultane fait appel à une servante en retrait pour que leurs tasses soient remplies.

— Dites-moi, mesdemoiselles, qu'avez-vous pensé du dernier bal ?

Daire se rapproche imperceptiblement d'elle, avec un air de chien mouillé.

— Vos bals sont toujours réussis, Votre Majesté.

— Je souhaite en organiser un autre prochainement, en l'honneur des récentes fiançailles. Il nous faudra d'abord attendre que Cayden avoue son transport avant de me lancer dans de laborieux préparatifs.

— Je n'ai pas le moindre doute quant au succès des prochains bals, répond ma cadette. Ce sera une merveille, comme toujours.

Odeleen et moi grimaçons en même temps. L'admiration – proche de la servilité – qu'elle exprime à l'égard de cette bonne femme nous dépasse.

— En tant que mes futures brus, j'attends de votre part que vous m'aidiez dans la préparation de ce grand événement.

— Vous pouvez compter sur nous, affirme Cece en reposant précautionneusement sa tasse de tisane dans la soucoupe. Les Roya ont un penchant pour les festoiements. Nos danses sont très différentes des vôtres, mais elles vous plairaient, sans nul doute. Je suis certaine que nous pourrions accorder nos coutumes pour faire de ce bal un moment unique en son genre.

Padmé Maddy fronce ses sourcils fins.

— Êtes-vous en train de me suggérer d'organiser un bal qui serait un mélange entre nos deux cultures ?

Le sourire de Cece s'élargit.

— Tout à fait, Votre Majesté.

— En voilà, une effroyable idée ! Dois-je vous rappeler que nous sommes au palais de Pretamia, un sultanat qui n'abrite que des familles dagnires depuis la nuit des temps ? Lorsque vous épouserez mon Callum, votre culture ne sera plus qu'un souvenir et vous pourrez embrasser la vie qui vous tendra les bras. Laissez donc les rites sauvages et les danses du ventre à ceux que ça concerne, vous êtes une vraie princesse, maintenant.

La remarque provoque un certain malaise. Cece accuse bravement le coup, deux plaques rouges se peignant sur ses pommettes, tandis que Daire semble subitement subjuguée par les franges d'un des coussins posés sur ses genoux. De mon côté, je ne peux pas m'empêcher d'exulter, l'air moqueur. La sultane méprise notre peuple et ne s'en défend même pas, il serait temps que les Roya en prennent pleinement conscience.

— Vous avez raison, Votre Majesté, consent enfin Cece. Je n'aurais jamais dû proposer quelque chose d'aussi saugrenu. La décision vous revient.

— Nous sommes d'accord sur ce point.

Elle mord délicatement dans un kolompeh en retroussant les lèvres, puis s'essuie le coin de la bouche à l'aide d'une serviette, insensible au silence pesant qu'elle vient de générer. Enfin, elle semble se souvenir que trois personnes n'ont pas encore pris part à leurs bavardages frivoles.

— Aziliz, Odeleen, Rozenn ! Pourquoi vous tenez-vous si loin de moi, mes enfants ? Venez, il y a des coussins de libres par ici.

À contrecœur, je décolle mon dos du mur et rejoins la sultane en traînant les pieds. Samsaa remonte le long de mon bras pour s'installer sur mon épaule, ses longues queues épaisses s'enroulant autour de ma gorge.

— Ma chère Aziliz, poursuit-elle, je ne me rappelle pas avoir entendu le son de votre voix depuis votre arrivée au palais. Comment vous sentez-vous parmi nous ?

Les mains sagement posées sur ses genoux, Aziliz penche la tête sur le côté, l'air un peu ailleurs. Son talon s'agite régulièrement de haut en bas, traduisant une impatience péniblement contenue.

— Tout va bien, Votre Majesté, je vous remercie de votre sollicitude.

Ses accents grinçants m'amusent. Elle a beau être d'une politesse affectée, le ton laconique de ses réponses est insultant.

— Vous et mon fils Cayden en êtes à votre quatrième rendez-vous, si je ne m'abuse.

— Troisième.

Aziliz et Daire ont répondu en même temps. L'une avec une belle indifférence, l'autre avec l'expression de celle qui vient de mordre dans un citron.

— Mon fils vous plaît-il ? Je sais que le choix est malheureusement restreint, maintenant que Cece est promise à Callum et Rozenn à Cameron, mais j'espère que vous ne lui témoignez pas d'intérêt par dépit. Et n'oublions pas Cyrus, le neveu de mon époux, qui est un excellent parti…

Elle a prononcé mon nom avec un déplaisir flagrant. Je m'en félicite intérieurement.

Le visage d'Aziliz n'a pas frémi un seul instant. J'admire son détachement.

— Le prince Cayden est de très bonne compagnie, mais j'ai bien peur qu'il ne me plaise pas autant qu'à Daire.

L'intéressée glapit de surprise, avant de sourire jusqu'aux oreilles. Aziliz vient de lui céder la place sans même se battre, ce qui est inespéré pour elle.

Le regard de Padmé Maddy a changé. De curieux, il devient complètement détaché, comme si apprendre qu'Aziliz ne souhaite pas épouser son fils lui faisait perdre toute forme d'utilité à ses yeux.

— Eh bien, voilà qui a le mérite d'être clair.

Et elle se tourne à nouveau vers Cece et Daire. Telles trois pestiférées, Odeleen, Aziliz et moi ne prenons pas part à la discussion lardée de sous-entendus et de rictus hypocrites. Nous nous contentons d'observer la scène qui se joue de loin, avec l'impression persistante de faire partie des meubles.

Quelque part, je n'en suis pas mécontente. La mère Maddy ne m'inspire que de l'antipathie et je sais qu'elle désapprouve l'engagement que Cameron a pris avec moi. À plusieurs reprises, elle vante les mérites de son cher benjamin à Daire, qui boit ses paroles comme du petit lait, répétant inlassablement qu'ils seraient parfaitement assortis.

Ça me confirme seulement ce que j'espérais de tout mon cœur : Cameron Maddy a peut-être son nom dans la Grande Urne, puisque l'idée même que je sois sa promise semble filer des boutons à sa mère.

J'en suis à mon septième kolompeh lorsque leurs caquètements bifurquent vers les rendez-vous de Callum et Cece. Celle-ci a repris quelques couleurs et raconte avec force de détails ses escapades avec son cher et tendre. Elle me lance plus d'une fois un de ses coups d'œil dont elle a le secret, ceux qui, quand je n'étais qu'une enfant, me faisaient sortir de mes gonds.

Plutôt que de lui sauter à la gorge pour l'étrangler, je gratte le museau de Samsaa et me laisse envahir par le bien-être qu'elle me procure généreusement. Mon sourire se fait plus béat, plus lointain.

Des éclats de rire subits font brusquement éclater la petite bulle bienheureuse dans laquelle je m'étais enfermée. Samsaa a beau se frotter contre mon cou comme un chat en manque de câlins, rien n'y fait, le charme est rompu.

— Nous sommes allés nous promener dans votre magnifique roseraie exposée plein sud. J'adore la nature, vous comprenez, et votre fils l'a tout de suite deviné.

Je me crispe en entendant ce mensonge éhonté. Durant ses séjours à Mydriav, la Cece que je connais passait son temps à se plaindre des moustiques et de la proximité des éplorés, ces grands oiseaux à collerette dont les mélopées rappellent nos chants funèbres. S'il y a quelqu'un qui exècre la nature, c'est bien elle.

— La roseraie est un endroit délicieux. Callum a bien fait de vous y emmener, il n'y a rien de plus romantique.

— Je ne vous le fais pas dire. Nous nous sommes également exercés à plusieurs reprises au lancer de janbiyas.

La sultane a un mouvement de recul.

— Le lancer de janbiyas, vous dites ? Quelle horreur ! Vous êtes une princesse, vous n'avez pas à vous adonner à ces passe-temps d'homme.

— J'ai appris que Callum excelle dans l'art du combat à la janbiya, j'ai voulu en avoir une démonstration. Je crois même que je me suis découvert une nouvelle passion.

Un désagréable frémissement serpente le long de ma nuque et il n'a rien à voir avec les queues de Samsaa qui soulèvent quelques-unes de mes mèches de cheveux dans un mouvement de balancier. C'était à moi que Callum apprenait ces choses. Voilà qu'il les partage maintenant avec Cece…

— Je suis un peu sceptique. Ce n'est pas en vous battant que vous réussirez à séduire mon grand garçon, glousse Padmé en l'enveloppant d'un regard complaisant.

Sa remarque fait naître un sourire triomphant sur le visage de Cece. Un sourire qui – je le comprends très vite – n'est destiné qu'à moi.

— Détrompez-vous, Votre Majesté. Les baisers que nous avons échangés jusqu'à présent n'avaient rien de fraternel.

La mâchoire m'en tombe. Je serre les poings de toutes mes forces, me refusant à céder à mes pulsions de colère en collant une gifle à cette idiote.

Callum l'a embrassée. Il l'a embrassée.

Pourquoi cela me choque-t-il autant ? Je devais y être préparée. Ce dagnir a toujours été un mufle. Moi qui croyais que je me jouais de lui en cherchant à le ramener dans mes filets, il se pourrait que je me sois fourvoyée. C'est lui qui s'est moqué de moi.

Péniblement, je tente de reprendre le contrôle sur mes émotions. Mon orgueil a pris un sacré coup et la confusion doit se lire en toutes lettres dans mes yeux. Odeleen penche la tête sur son épaule.

— Roz, chuchote-t-elle. Tes prunelles sont jaunes. Quelque chose te met mal à l'aise ?

Je ne réponds pas tout de suite, la paume enfouie dans la fourrure de mon aura. Ma sœur, avec ses grands cernes violets et ses paupières qui papillonnent lourdement, balaye la pièce du regard et semble enfin comprendre.

— C'est en rapport avec le baiser ?

— Si ça ne te dérange pas, je rétorque entre mes dents, ce n'est pas le moment approprié pour en parler.

— Je ne savais pas que ça signifiait quelque chose pour toi.

— Ça ne signifiait rien, je proteste vivement. Rien du tout. Seulement je croyais…

— Qu'il ressentait quelque chose pour toi.

Je n'ai même pas la force de répondre par l'affirmative, trop embarrassée pour affronter mon aînée.

— Tu sais, Cece, poursuit Daire avec légèreté, je suis persuadée que si tu étais arrivée quelques semaines plus tard, Callum aurait été promis à Rozenn. Il s'en est fallu d'un cheveu.

Ma sœur a l'art pour mettre les pieds dans le plat. Même si le ton de la plaisanterie y est, son humour n'est pas du goût de tout le monde. Cece se rembrunit. Son visage est si crispé que les angles pointus de son menton et de son nez ressortent plus que d'ordinaire. La sultane, elle, n'a aucune réaction. Elle passe nonchalamment son index sur le rebord de son verre, considérant la scène à la manière d'un félin qui jauge sa proie.

Cece prend une grande inspiration.

— Je suis désolée, très chère Daire, mais tu te trompes sur toute la ligne. Callum m'a affirmé que Rozenn n'était pas du tout à son goût et qu'il la trouvait, disons… un brin irritante. Enfin, il a usé de termes bien moins courtois, j'en ai peur, mais ce ne serait pas digne de moi que de les répéter.

L'humiliation est maintenant absolue. Il ne me reste plus qu'à quitter cet endroit pour oublier tout ce que je viens d'entendre. Ça ne devrait pas autant me heurter et pourtant, ses propos me font mal.

— Me voilà forcée de vous donner raison, ronronne la sultane avec décontraction. J'en ai moi-même parlé avec mon fils et je peux vous assurer, ma petite Cece, que vous êtes l'élue de son cœur.

Chapitre 37

LA COULEUR DE LA COLÈRE

Un jour, j'ai croisé la route d'une femme djinn. Son fluide de chuchoteuse m'a entraîné dans des dédales sombres et inextricables. Nuit après nuit, elle m'aveuglait de ses charmes, déroulait chacun de ses mots avec l'intelligence d'une grande conteuse. J'en oubliais de manger, de dormir, et même parfois de respirer. Elle ne m'accordait de sursis qu'une fois les soleils levés, puis revenait murmurer dans mon esprit lorsque la lune était à son firmament, me happant pour me guider dans des contes connus d'elle seule.
Elle s'appelait Shahrzad.

Shahryar,
le Grand Roi

Avant aujourd'hui, la solitude ne m'avait jamais vraiment pesée. Il m'arrivait de m'ennuyer un peu à la Bulle, mais jamais je n'avais ressenti pareille lassitude, pareille fatigue nerveuse. En temps normal, je me serais tournée vers Odeleen, mais l'état de ma sœur aînée semble pire que le mien et je ne souhaite pas l'accabler davantage avec mes préoccupations. J'ai été tentée de me confier à Ishmer, mais nos heures libres ne coïncident jamais. Lorsque par chance nous nous croisons au détour d'un couloir, il y a toujours trop de monde pour engager une conversation à cœur ouvert. J'aurais pu m'appuyer sur l'épaule compatissante de Rakhshan, requérir quelques conseils, mais je ne suis plus autorisée à lui faire confiance à quiconque ici. Pas plus à lui qu'à Daire.

Cette dernière ne m'a plus adressé la parole depuis que sa magie s'est attaquée à moi. Désormais, il m'arrive de voir son ombre se détacher très légèrement de sa silhouette, ondoyant comme une ridule d'encre, me narguant de l'attraper. Plus que sa colère, son indifférence me blesse. Notre famille est en train de se cliver. Le sultan avait tout prévu depuis longtemps.

Pour oublier la peine qui me heurte et l'attente qui me ronge, je tue le temps avec Odeleen, en examinant des ouvrages rébarbatifs et pleins de poussière. Ma sœur aînée rechigne de plus en plus à me laisser toucher à son artefact, et lorsque je lui demande si les voix persistent, elle hausse les épaules, peu désireuse de s'épancher sur le sujet.

Les journées s'écoulent, inlassablement. Je ne sais pas où est Cameron ni ce qu'il fait, je trouve le temps de plus en plus long. J'ignore comment avancer mes pions, sombrant dans l'ennui et la lassitude. Samsaa ressent mes craintes et se les approprie toujours en ronronnant de plaisir sous mes caresses. Je peux passer des journées entières sans quitter mon lit, savourant des émotions qui me paraissent intenses sur le moment, mais qui ne me laissent qu'un arrière-goût d'illusion.

Pour ne pas m'engluer plus encore dans mes sombres pensées, je décide d'attendre que Perle se soit éclipsée pour errer dans le palais. Il nous a été formellement déconseillé de sortir sans suivante pour nous guider dans ces longs corridors. Je sais qu'Ishmer n'en a pas tenu compte et s'est perdu un nombre incalculable de fois.

En dépit de la nuit tardive, je m'aventure chaque soir de plus en plus loin. Au début, je ne mettais le nez dehors que quelques minutes, puis j'ai fini par prendre de plus en plus d'assurance. À première vue, les couloirs et les pièces changent de disposition suivant un schéma aléatoire, mais un plan commence peu à peu à se former dans mon esprit. Parfois, je le vois à la manière dont une peinture est légèrement penchée de biais sur le mur, ou grâce au coin d'un tapis rabattu. Ça se joue à d'infimes détails. Ce sont ces mêmes détails qui me permettent de déceler l'architecture complexe et farfelue de cet endroit.

Je m'aventure toujours plus loin, emmagasinant le plus d'informations possible. Il m'arrive même de faire plusieurs fois le tour de certaines ailes pour essayer de découvrir ce qui a changé. Je me fais la réflexion que si un jour je dois fuir Pretamia avec mes sœurs, je n'aurai besoin de personne d'autre que moi pour trouver la sortie.

Un soir, je me retrouve nez à nez avec une lampe à lave et manque de défaillir de surprise. Les gardes sont concentrés au rez-de-chaussée, car le méli-mélo des portiques constitue une défense suffisante aux étages. Je suis donc très étonnée de tomber sur quelqu'un, et encore plus lorsque je découvre qu'il s'agit d'Ishmer. Celui-ci se tient la poitrine en soufflant bruyamment.

— Rozenn, tu m'as fait une peur bleue !

Nous reprenons tous les deux nos esprits, un peu sonnés.

— J'ignorais que tu te promenais dans le palais.

— J'essaie de savoir comment tout cela marche, m'explique-t-il dans un chuchotement. Ça me rend fou de ne pas le comprendre.

— Le mobilier change de place. Il y a quelques modifications un peu partout qui te permettent de déterminer dans quel schéma tu te trouves.

Mon ami me dévisage comme s'il venait de me pousser une deuxième tête.

— Je n'ai pas saisis un traître mot de ce que tu viens de dire.

Pour étayer mes propos, je désigne le mur de droite. Sur un support mural est posée une torche au bout de laquelle miroite une poignée de lave cristallisée qui feule sous un courant d'air imaginaire.

— Dans ce couloir, il y a deux cas de figure. Si la torche est sur son socle, l'aile ouest est sur notre gauche. Si elle ne l'est pas, alors il faut continuer tout droit pour emprunter un petit escalier de service qui mène vers les cuisines.

— Ça a l'air bien compliqué.

— Et encore, il y a des zones plus labyrinthiques que d'autres. Parfois, une pièce ne contient pas moins de dix combinaisons différentes. Tu peux entrer dans une salle, ouvrir la porte et te retrouver à l'autre bout du palais la seconde suivante. J'imagine que seuls les occupants des lieux ont connaissance de ces secrets.

— Pourquoi fais-tu tout cela, Roz ?

— Faire quoi ?

Il secoue la tête et quelques mèches brunes se mettent à danser sur ses tempes.

— Pourquoi pars-tu à l'assaut du palais ? Pourquoi passes-tu des nuits entières à essayer de déterminer tous ces schémas ?

— Je suppose que je m'ennuie, comme toi. Et peut-être qu'en découvrant la manière dont cet endroit fonctionne, je comprendrai mieux la famille du sultan.

Ishmer me regarde bel et bien comme une folle.

— Tu divagues complètement. Je crois que l'enfermement ne te réussit pas.

Je m'assois sur le lourd tapis et prends appui contre les boiseries. Il me rejoint en pliant ses longues jambes.

— Sans doute, mais j'ose espérer que tout cela n'est pas vain. Réfléchis, Ishmer. Tous ces cadeaux, les pouvoirs de Daire, la venue des Roya… j'ai le sentiment que tout se passe comme Callahan Maddy l'avait prévu. Il ne nous a pas invités ici parce qu'il souhaitait nous présenter ses enfants. Ça cache d'autres desseins.

— Es-tu en train de me dire que tu renonces à séduire Cameron Maddy ? murmure-t-il à brûle-pourpoint. J'avais cru comprendre que tu voulais lui mettre le grappin dessus pour t'emparer du trône.

— Mes plans n'ont pas changé.

— Et si ça faisait partie de son plan à lui ?

— Si quoi faisait partie du plan de qui ?

Ishmer réfléchit en se tapotant le menton.

— Si Callahan Maddy vous connaissait suffisamment pour déterminer vos réactions à l'avance ? Nous sommes peut-être des cobayes avec lesquels il s'amuse en nous observant de loin. Peut-être qu'au fond, c'est ce qu'il veut : nous donner l'impression d'avoir le choix, alors qu'en réalité, il nous oriente sur une voie ou une autre.

— S'il s'avère que tu as raison, alors j'aurai fait tous ces efforts pour rien. Parce qu'il aura tout anticipé et que j'aurai été trop stupide pour ne pas m'en apercevoir.

— Pas forcément. Parfois, il suffit d'un rien pour déstabiliser les fondations tout entières.

C'est à mon tour de ne pas saisir où il souhaite en venir. Je n'ai pas le temps de lui demander d'éclairer ma lanterne qu'il est déjà sur ses deux jambes et m'aide à me relever.

— Il se fait tard, je vais essayer de retrouver ma chambre avant que les soleils ne se lèvent. Tu devrais faire de même.

Il remet une de mes mèches de cheveux derrière mon oreille, un geste coutumier qu'il a l'habitude de faire depuis que nous sommes enfants. Je lui souris distraitement.

— Je pense que je vais m'aventurer un peu plus loin, ce soir. Je ne suis pas encore allée au-delà des thermes jusqu'à maintenant.

— Comme tu veux, mais si je peux te donner un conseil, évite le rez-de-chaussée. Il y a des gardes partout et il te sera impossible de circuler sans te faire pincer. J'imagine que tu n'as pas très envie que le vieux Callahan prenne connaissance de tes petites escapades nocturnes.

Nous rions sous cape avant de nous séparer. Le flamboiement de sa lampe à lave s'amenuise, jusqu'à s'évanouir dans la pénombre.

Je retourne à mon exploration en me dirigeant vers ce qui semble être l'aile nord. Elle est mal éclairée, les murs disparaissent peu à peu, au profit de la roche. La montagne reprend ses droits dans cette partie du palais. Je m'aventure dans des pièces voûtées qui ne sont pas fermées à clé, admirant les parquets cirés cohabitant avec les murs d'obsidienne. Certaines sont très grandes, d'autres plus modestes, faisant penser à des cabinets dans lesquels trônent de lourds secrétaires en bois précieux. Je tombe également sur une bibliothèque taillée à même la pierre, bien moins grandiose que celle qu'écume Odeleen. Le manque de luminosité m'empêche de déchiffrer le titre des ouvrages, mais je me promets mentalement de ramener ma sœur ici. Peut-être trouverons-nous plus d'indications sur son artefact dans ces vieilles encyclopédies.

À tâtons, je cherche la poignée de la porte à double battant, l'ouvre… pour me retrouver dans un corridor différent de celui que j'ai quitté. Au loin me parviennent des bruits de bottes à moitié étouffés par les tapis. Mon sang ne fait qu'un tour : je viens de passer des étages au rez-de-chaussée. Ce palais est plus fourbe que je ne l'avais cru !

Je referme la porte derrière moi, la rouvre, puis sors le nez dehors. Le couloir est toujours le même et les visages sur les portraits qui me font face semblent me narguer avec leurs petits sourires en coin. Je réitère l'expérience en comptant les secondes, mais n'obtiens pas de résultat plus probant. La mort dans l'âme, je commence à envisager l'idée de me rendre et de laisser les gardes me raccompagner dans mes appartements. Le sultan apprendra alors que je me balade dans tout le palais et me soupçonnera certainement de préparer un mauvais coup.

M'appuyant sur le battant, je réfléchis en me mordillant la langue. Où suis-je tombée ? Soudain, ça me revient. Je jette un œil de tous côtés et m'engage sur la pointe des pieds. Je m'arrête devant une porte beaucoup plus simple que les autres et actionne la poignée en priant pour que cela marche.

La salle d'armes.

L'avoir trouvée me procure un étrange sentiment de réconfort. J'envisage même de rester ici jusqu'au petit matin et de retourner dans mes quartiers lorsque le palais grouillera de nobles aux bijoux scintillants.

Je traverse la pièce en admirant toutes ces lames effilées accrochées aux murs comme des trophées. Il y en a de toutes sortes et de toutes tailles. Pas étonnant qu'avec un tel attirail, les dagnirs soient parvenus à nous asservir. Nos cannes ne font pas le poids contre tout ça.

Je passe la main sur un assortiment de janbiyas posées sur des coussins. Leur manche ouvragé est serti de pierres précieuses. J'en attrape une, la soupèse, et rive mes yeux sur un panneau en bois qui se trouve près d'une porte à demi dissimulée par un rideau de perles. Sans réfléchir, j'étends le bras de toutes mes forces. Sous l'impulsion, la lame va se ficher dans le panneau au moment où la porte s'ouvre.

Callum ne sursaute pas et se contente d'arquer un sourcil mi-étonné mi-désabusé. Il penche la tête vers l'arme enfoncée dans le mur, puis se tourne vers moi.

— Il y a quelques progrès. Tu faisais peine à voir après tes piètres performances de la dernière fois.

— Que fais-tu là ?

Ses iris noirs flamboient.

— C'est plutôt à moi de te poser la question. Une princesse djinn grincheuse comme toi n'a rien à faire ici, surtout en pleine nuit.

Je croise les bras sur ma poitrine dans une attitude bravache, bien décidée à ne pas me laisser impressionner par cet imbécile ouvertement méprisant.

— Ce que je fais ne te concerne pas, alors fiche-moi la paix.

— Il ne me semble pas t'avoir invitée à un rendez-vous, à ce que je sache, assène-t-il, malveillant.

Mon rire est grinçant, dénué de toute gaieté.

— Si c'était le cas, j'aurais fait des confettis de ton invitation.

— Voilà une chose qui ne risque pas d'arriver, car il ne se passe pas une seconde où je n'ai pas envie de t'étrangler de mes propres mains, argue-t-il.

Je suis soufflée par la brutalité de ses mots. Avec hargne, je crache en retour :

— Un doux rêve que tu n'es pas le seul à caresser.

Nous nous affrontons du regard, les poings serrés et la mâchoire crispée. Les pulsations de mon cœur résonnent jusque dans mes oreilles tant je suis furieuse.

Il se campe en face de moi, raide comme un piquet.

— Je vais te reposer la question et tu n'as pas intérêt à me mentir, Rozenn. Que fais-tu ici en pleine nuit ? Tu voles des armes ? Ta canne de grand-mère ne te suffit plus ? Tu comptes égorger quelqu'un d'important ? Qui es-tu réellement et à quels jeux douteux t'adonnes-tu ?

Il crie presque. Ma rage n'en est que décuplée.

— Tu n'as rien à me demander, je n'ai aucun compte à te rendre !

— Bien sûr que si ! Je suis…

— Tu n'es rien pour moi ! Tu n'es qu'un dagnir manipulateur, un menteur et… et tu…

Mes émotions se mélangent. Je ne sais plus si je suis en colère contre moi-même ou contre lui. Je repense à son rapprochement avec Cece, à sa promesse de me ramener ici pour que nous combattions ensemble… Du vent que tout cela !

Ma main soulève mes jupons. Quelques secondes plus tard, je déplie ma canne devant moi.

— Qu'es-tu en train de faire ?

Je ne réponds pas, assaillie par des sentiments contradictoires. Pourquoi ai-je sorti mon arme ? Pourquoi suis-je si hors de moi ?

Il m'attrape le bras d'une poigne de fer. Ses doigts s'enfoncent cruellement dans ma chair et ma réaction est automatique : j'abats ma canne sur lui pour qu'il lâche prise. J'ai le temps d'entendre un grand « clac » avant de me positionner, sur la défensive. Mes prunelles doivent être aussi cramoisies que le sang. Pour la première fois de ma vie, j'ai vraiment envie de le faire couler, de procurer une douleur sans nom à celui qui m'a heurté si fort.

Callum se tient la main, ses traits déformés. À ce stade, ce n'est plus de la colère que je vois, c'est une vendetta.

— C'est ce que tu veux ? éructe-t-il. Que je t'écrase comme un petit insecte insignifiant ? Tu en es bien certaine, Rozenn ?

Ma canne tournoie pour toute réponse.

Callum attrape une ceinture couronnée de janbiyas qu'il noue autour de sa taille. Son expression est effrayante, mais je suis trop remontée pour y prendre garde. Je suis prête à affronter cette montagne de muscles.

Il attaque le premier. Sa janbiya fend les airs à une vitesse effarante. J'ai tout juste le temps de me dérober en baissant la tête. Il en profite pour me foncer dessus, sa deuxième dague déjà dans l'autre main. Je me déporte au dernier moment lorsqu'un de ses mouvements circulaires cherche à m'atteindre. Je n'ai malheureusement pas le réflexe de prévoir son croc-en-jambe ; me voilà étalée sur le dos avec sa silhouette massive qui me surplombe. Alors qu'il se penche avec un sourire goguenard, j'allonge ma canne d'une secousse et l'enfonce brutalement entre ses côtes. Il titube en arrière et se rattrape lourdement à une table.

Je me relève avec célérité et fais de nouveaux moulinets pour me détendre le poignet.

— Allez, Rozenn, montre-moi ce que tu as dans le ventre, pour voir.

Sa main vole à toute allure, faisant tomber sur moi une pluie de janbiyas. Ma canne tournoie devant mon visage et les lames viennent ricocher sur le bois sans l'entamer.

Je le laisse approcher en esquissant quelques pas sur le côté. Je suis essoufflée, mais pas question qu'il le remarque. Si cet idiot perçoit la plus petite trace de faiblesse, il ne tergiversera pas et l'exploitera sans ménagement.

Callum passe une main à sa ceinture et s'aperçoit qu'il a quasiment vidé ses fourreaux. Il ne lui reste plus que deux janbiyas dont il se saisit, une dans chaque main.

Il tente une feinte ; je manque de me faire couper un bras, mais je résiste et réussis à l'atteindre à la cuisse. C'est à peine s'il lâche un grognement. Lorsqu'il s'élance droit dans ma direction, je me jette sur le côté pour l'éviter avec une seconde de retard, me brûlant le flanc au passage. Son corps massif me percute de plein fouet et nous roulons sur le sol. Je sens les reliefs irréguliers de la pierre dans mon dos et j'ai beau essayer de me redresser, il pèse de tout son poids sur moi. Je dévie sa lame qui s'abat là où ma tête se trouvait l'instant précédent.

D'un habile jeu de jambes, je parviens à me dégager et lui enfonce le coin de ma canne dans le plexus solaire. Son souffle se coupe brusquement, ses janbiyas lui échappent alors qu'il cherche l'air qui lui manque en se tenant le torse. Je suis sur le point de lui assener un nouveau coup, mais son pied s'écrase sur mon genou. Je pousse un gémissement de douleur.

La respiration laborieuse, il se hisse pour la deuxième fois au-dessus de moi. Ses cuisses se resserrent autour de mon bassin, entravant chacun de mes gestes. L'irradiation qui se diffuse dans toute ma jambe fait monter des larmes aux abords de mes paupières.

— Rends-toi. Tu as perdu.

Abrutie de douleur, j'entrevois à peine la férocité de son ton. Je me débats de toutes mes forces.

— Rozenn…

Sa bouche plonge voracement sur la mienne. Ses mains tremblent légèrement et viennent encadrer mon visage avec une douceur inattendue. À mon grand désespoir, je ne le repousse pas. Je ne l'encourage pas non plus. Je le laisse explorer ma bouche de sa langue, succombant à la folie douce qui m'embrume l'esprit et m'étreint les reins. Je tombe dans des abîmes dont je ne suis pas sûre de revenir indemne.

Les lèvres de Callum s'éloignent pour venir se poser sur ma tempe, mes joues, mes yeux. À chaque baiser, je ressens comme une petite décharge qui se propage partout dans mes membres.

Je lutte. Je lutte contre la force qui me piège entre les bras de cet homme. Je lutte pour ma dignité, pour ma santé mentale.

Refusant de goûter plus longtemps à la douceur de son étreinte, je balance ma canne et vise son visage. Callum étouffe un grommellement et s'écarte en se tenant l'œil, soudain très énervé.

— Tu es devenue folle ou quoi ?

Je me redresse avec toute l'arrogance qu'il me reste. Ma jambe me lance atrocement, maintenant que ses baisers ne sont plus là pour me faire oublier jusqu'à ma propre existence.

— Réserve ça pour ta fiancée à l'avenir et pense à m'effacer de ton tableau de chasse au passage.

La démarche claudicante, je traverse la pièce puis ouvre la porte, m'engouffrant dans la pénombre.

Chapitre 38

Classes et Castes

L'échelle d'évaluation est une série de tests permettant de définir la nature d'un fluide. Avec les années, la technique s'est affinée et le sultanat dispose maintenant d'un éventail de puissance non négligeable.

Rapport d'un Grand Artisan,
palais de Pretamia

— J'ai oublié, tu comprends ? J'ai oublié qu'il était de mon devoir de le séduire, de l'amener à changer d'avis et d'abandonner ses engagements auprès de Cece. Il n'y avait que… que cette colère qui me dévorait les tripes.

— Et le baiser ?

La voix d'Odeleen est très douce, comme le murmure d'un ruisseau.

— Ce baiser n'avait aucune importance, je rétorque, butée. Il a cherché à me déstabiliser et je me suis laissée faire.

J'ai passé le reste de la nuit couchée sur une méridienne dans une pièce vide du palais au rez-de-chaussée. Ce n'est qu'au petit matin que j'ai pu remonter dans mes quartiers sans éveiller les soupçons. Mon premier réflexe a été de rejoindre ma sœur afin de tout lui raconter.

J'aurais aimé me débrouiller seule avec ce problème, mais comment garder le silence après ce qui s'est passé ? Je ne sais plus si je dois être choquée du comportement de Callum ou du mien. J'ai perdu tout sens commun. Je suis en train de glisser sur une pente raide et je me briserai avant d'arrêter ma course. Mon genou ne me fait plus mal ; en revanche, ma fierté bafouée, oui.

— Je ne te parle pas de plan ou de calcul, souffle ma sœur, mais de sentiments. Tu as décidé de vouer toute ton existence au salut de notre peuple, mais tu en oublies d'être un peu égoïste. Qu'en est-il de toi ? De ce que tu ressens ? Pourquoi es-tu si en colère qu'il t'ait embrassée ?

— Je ne ressens rien.

— Rends-toi à l'évidence…

— Je ne ressens rien ! je réplique avec plus de force. Juste de la haine. Il se moque de moi, il joue avec moi.

— Et Cameron ?

— Avec Cameron, c'est différent. Il est honnête et gentil. Du moins, c'est l'impression qu'il donne. Si les circonstances avaient été plus favorables, j'aurais sûrement… enfin, tu vois…

J'ai moi-même du mal à démêler mes émotions. Je ne suis pas certaine d'y parvenir un jour.

— Ton plan est viable, Rozenn. Tu peux épouser le successeur du sultan, tout en améliorant la condition des djinns. Cela dit, je ne peux pas m'empêcher d'émettre quelques réserves. Tu es en train de sacrifier ton bonheur pour les nôtres, ta vie ne sera qu'une longue succession de mensonges.

Je l'ai toujours pensé, mais jamais en ces termes. La mélancolie et la sollicitude d'Odeleen me touchent. Pourtant, j'ai l'impression d'avoir été conçue pour ça, pour défendre mes idées, pour défendre ceux qui n'en ont plus la force.

— Tu me connais, il y a une part de moi qui aime courir au-devant du danger. Je ne rebrousserai pas chemin.

— Je sais que tu ne le feras pas, mais s'il te plaît, ne renonce pas à l'amour si facilement. Tu mérites ce qu'il y a de mieux.

Nous nous sourions tristement, main dans la main.

Le jour suivant, le neveu du sultan – dont j'oublie chaque fois le nom – invite Daire et Odeleen à une petite représentation musicale dans l'aile des artistes. De ma chambre, j'entends mes sœurs se pomponner en discutant de tout et de rien. Si je ferme les yeux suffisamment longtemps, je pourrais croire que nous sommes à Mydriav, dans nos nids respectifs. Il manque juste le bruit du ruisseau voisin qui clapote contre les pierres et le chant des éplorés.

Je suis en train de me demander à quoi je vais bien occuper ma journée lorsque deux voix masculines derrière la porte attirent mon attention.

— J'aimerais voir la princesse Rozenn, s'il vous plaît.

— Bien sûr, répond Rakhshan. Laissez-moi d'abord lui signaler votre venue, si vous permettez.

Je me redresse brusquement sur mon lit et Samsaa saute à mes pieds, surprise. J'ignore si cette voix appartenait à Cameron ou Callum, les deux frères ayant une élocution similaire.

Mon garde du corps pénètre dans mes quartiers après avoir doucement frappé à la porte.

— Le prince aimerait vous voir. Êtes-vous présentable ?

Je me compose un visage avenant.

— Bien sûr, vous pouvez le faire entrer.

Il s'agit de Cameron, vêtu d'une tenue de marche discrète, mais de bonne facture. Son regard s'illumine en m'apercevant.

— Bien le bonjour, Rozenn.

Je m'incline respectueusement et lui donne ma main pour qu'il la pose sur sa joue.

— Aucune affaire ne me retient au palais aujourd'hui et je vous avais promis de retourner au marché. Cela vous intéresse-t-il toujours ?

— Plus que jamais.

J'attrape un voile que je place sur mes cheveux pour me protéger de la poussière, puis le suis à l'extérieur. Rakhshan nous emboîte le pas sans un mot, laissant Iqbal garder un œil sur mes sœurs.

— Je me dois de vous confier que mon père ignore le lieu de notre rendez-vous. J'ai outrepassé les exigences de ses vizirs qui prévoyaient de nous organiser un repas dans les jardins. Je leur ai dit que nous partions en balade dans l'enceinte du palais. J'ai pensé que vous préféreriez la discrétion. Votre garde du corps…

— Le secret sera bien gardé, assure Rakhshan, imperturbable.

Cameron hoche la tête avec précipitation. Je ne l'ai jamais vu aussi nerveux.

Nous gagnons le marché de Pretamia à dos de shadhahvar. Mettre le nez dehors me procure une merveilleuse sensation, malgré ce qui m'attend. L'escorte de Cameron nous abandonne lorsque nous arrivons aux abords du marché.

Il est encore tôt, mais les éventaires sont déjà très animés. Rakhshan me tend une paire de gants en cuir couleur chair.

— Enfilez-les, m'enjoint-il. Ainsi, personne ne verra votre entrave et ne soupçonnera votre véritable nature. Tant que vos yeux ne se mettent pas à papilloter, bien entendu.

Je me tourne vers lui, avise ses propres gants, et lâche dans un murmure :

— Vous auriez tout aussi bien pu me donner les vôtres, sachant que vous n'avez plus besoin de cacher quoi que ce soit.

Rakhshan jette un rapide coup d'œil en direction de Cameron pour vérifier qu'il n'entend rien.

— Pas de ça ici, s'il vous plaît. Je vous ai assuré que je vous dirais tout ce que vous vouliez savoir en temps et en heure.

— Difficile de faire confiance à quelqu'un qui garde jalousement son lot de secrets.

— Secrets que je m'empresserai de partager avec vous quand le moment sera venu.

Face à son regard insistant, je ne peux pas m'empêcher de me sentir empruntée et penaude.

Je me détourne de lui et rattrape Cameron, qui marche devant nous d'un pas tranquille. Lorsque j'arrive à sa hauteur, il me prend la main avec gentillesse.

— J'ai deviné que vous aviez besoin de vous entretenir en privé avec votre garde.

Plutôt que de lui répondre, je hume l'air alors qu'une odeur appétissante flotte autour de nous, au milieu des parfums d'eau de rose.

— Ça sent bon ! Qu'est-ce que c'est ?

Cameron lève le nez à son tour.

— Des galettes de blé, je crois. Pourquoi ? Le marché est très sale, je vous déconseille de manger en ces lieux. Vous risquez de tomber malade.

J'émets un bruit de bouche faussement outré.

— Enfin, vous n'allez pas faire votre sucré. Vous m'avez dit l'autre fois que vous adoriez vous promener ici pour le simple plaisir de côtoyer le peuple.

— Oui, c'est exact, mais…

— Si vous voulez connaître votre peuple, Cameron, il faut aussi essayer de vivre comme lui de temps en temps.

J'ignore sa mine interrogatrice et l'entraîne à travers les étalages grouillant d'animation. Je passe de longues minutes à fouiller les boutiques, puis trouve enfin le vendeur de galettes. Même s'il grimace un peu, mon compagnon se laisse convaincre et en achète trois. Il précise au marchand de ne pas mettre de viande dans deux d'entre elles. J'apprécie cette attention.

Rakhshan a beau protester avec véhémence, Cameron lui fourre sa galette brûlante dans les mains ; même si j'en veux encore à mon garde de se montrer si sibyllin, je ne peux pas m'empêcher de rire devant son expression confondue.

Je mords dans ma portion sans attendre qu'elle refroidisse. Je retiens péniblement un soupir en sentant la sauce et la pomme de terre fondre dans ma bouche. Cameron me dévisage tout le long avec un plaisir évident, puis engloutit la sienne tout rond.

— Ce n'est pas mauvais, consent-il. C'est même délicieux.

— Vous voyez ! Rien de trop gastronomique et pourtant, j'ai le ventre plein à craquer !

Nous passons plusieurs heures à nous repaître du spectacle qu'offre le marché. Malgré ça, à chaque fois que je tourne la tête d'un côté ou de l'autre, j'ai la crainte de trouver des fioles de fluide exposées au regard et à la bourse de tous. Lorsque je m'en ouvre à Cameron, il me répond :

— Le Cycle de Saisie est terminé depuis plusieurs jours et mon père a interdit sa vente pour le moment. Si vous en voyez, ce sera sans nul doute un vendeur à la sauvette.

— Le commerce n'est-il pas étroitement surveillé ? Comment de simples vendeurs à la sauvette pourraient-ils avoir accès au fluide ?

— Il arrive que la manufacture subisse des vols sans aggravation. Mon père combat ces malotrus, vous pouvez en être certaine.

Il cherche sûrement à me rassurer en disant tout cela, mais ça ne change pas le fait que le fluide était en libre circulation il y a encore un mois…

Nous nous arrêtons devant une estrade sur laquelle un dagnir tout en muscles joue des biceps en soulevant des pierres toutes plus lourdes les unes que les autres. Son visage bardé de cicatrices est terrifiant, et je l'observe quelques minutes, totalement absorbée. Après son numéro, nous reprenons notre marche.

— Parlez-moi de cette histoire de Classes. Vous aviez évoqué les chiffres trois et quatre, la dernière fois. À quoi correspondent-ils ?

La paume de Cameron frémit légèrement dans la mienne. Je devine qu'il appréhendait que je commence à poser des questions plus indiscrètes.

— Très bien, puisqu'il le faut, soupire-t-il. Je vais vous dire tout ce que je sais.

Nous nous asseyons sur le rebord d'un muret, à l'écart des colporteurs et des commerçants. Rakhshan est le seul à rester debout. Même s'il ne nous regarde pas directement, il ne compte pas en louper une miette.

— La manufacture de Pretamia est scindée en plusieurs zones. Ne me demandez pas ce qui s'y passe exactement, car je n'en sais rien, pas plus que je ne sais comment le fluide est extrait du sang. Toujours est-il que chaque djinn est unique et la puissance du fluide varie suivant l'individu. Plus le fluide a d'effets et plus il a de chance d'être commercialisé chez des membres haut placés dans la société. Dans un marché comme celui-ci, qui n'accueille que le milieu populaire, vous ne trouverez pas de fluides qui iront au-delà de la Classe 3 ou 4.

— Comment déterminez-vous la Classe d'un fluide ?

— La Classe 4 concerne les fluides de moindre qualité ou dont l'intérêt est négligeable. On les ponctionne et on les vend à des prix dérisoires. La Classe 3 réunit les fluides communs qui améliorent la vie quotidienne sur des périodes relativement courtes. Les nobles l'utilisent comme rince-bouche, mais les dagnirs plus modestes peuvent aussi en bénéficier, moyennant une somme rondelette.

Un malaise est en train de me dévorer les chairs. Cameron s'interrompt, gêné, attendant que je recouvre mes esprits.

— Je suis navré, j'essaie de vous expliquer les choses avec le plus de douceur possible.

— Continuez, je vous prie.

Ma voix n'est qu'un murmure, mais il l'a entendue. Il s'exécute :

— Vient ensuite la Classe 2. Ce sont les fluides les plus puissants avec un effet très long qui peut aller de plusieurs mois à plusieurs années. On en trouve au palais essentiellement.

— Et qu'en est-il de la Classe 1 ?

— Il s'agit du fluide le plus rare, le plus racé et le plus recherché. Celui du Morphe. Personnellement, je n'en ai jamais vu circuler, que ce soit à la cour ou ailleurs. Le fluide des Morphes est particulièrement contrôlé et pour l'ingérer, il faut obtenir l'autorisation de mon père. Pour tout vous dire, ce fluide n'a pas de prix.

Je passe ma main sur mon avant-bras, là où le réseau de mes veines est palpable sous la pulpe de mes doigts. Dans tout mon corps circule un liquide plus précieux que de l'or. Je n'en avais même pas conscience. Pas étonnant que le sultan fasse tout son possible pour s'attirer les bonnes grâces de Daire. S'il avait accès à son sang, il pourrait utiliser ses pouvoirs à sa guise…

— Et les Intouchables ? je demande soudain, me rappelant qu'il faut certaines conditions pour boire notre essence.

— Les Intouchables ne font partie d'aucune Classe puisqu'ils ne sont pas exploitables.

— Oui, bien sûr… ça semble évident.

Je contemple les allers et venues autour de nous. Tous ces gens qui ignorent qui je suis et ce qui pulse en moi. Tous ces gens qui, s'ils en avaient le droit, n'hésiteraient pas à me vider de mon sang pour le simple plaisir de s'approprier un pouvoir que je ne connais même pas.

— Vous en avez déjà bu ?

— Pardon ? s'étrangle-t-il, pris de court.

— Le fluide… En avez-vous déjà bu ?

Il pique un fard avant de chuchoter :

— Oui.

— Quel goût cela avait-il ?

— Je n'en ai ingéré qu'une seule fois, s'empresse-t-il de préciser. Je n'avais que treize ans et l'idée de boire du sang me mettait mal à l'aise, mais j'ai voulu essayer. Ma réponse ne va pas vous plaire, j'en ai peur, mais je n'avais jamais goûté quelque chose d'aussi bon…

À la manière dont il déglutit, je devine que la salive lui est montée à la bouche à ce simple souvenir.

— C'était du fluide céleste. J'ai pu rester dans mon bain toute la journée, la tête immergée sous l'eau. Je respirais sans effort, comme s'il m'avait poussé des branchies. Après ça, je n'y ai plus jamais retouché. J'étais émerveillé par ce que tout cela m'avait procuré, bien sûr, mais je n'arrivais pas à m'ôter de la tête que j'avais volé quelque chose qui ne m'appartenait pas.

Mes yeux s'embuent en écoutant Cameron parler. Derrière sa nature de dagnir, il y a de la compassion ; c'est quelque chose que je pensais feint jusqu'à maintenant, mais il vient de me montrer qu'il n'en était rien. Ce garçon a vraiment un grand cœur.

Il glisse à terre pour se mettre à genoux devant moi. Son expression est suppliante. Ses mains enveloppent les miennes, puis les serrent avec force.

— Je ne vous veux pas auprès de moi pour votre fluide, Rozenn. Je vous veux parce que vous êtes la personne la plus insaisissable que je connaisse. Je vous veux parce qu'être à vos côtés est comme un cadeau que la vie m'a fait. Je ne désire pas votre fluide, c'est vous toute entière que je veux.

J'ouvre la bouche sans savoir quoi répondre à cette déclaration inattendue. Les mots se bloquent dans ma gorge, une larme perle au coin d'un de mes cils, puis dévale le long de ma joue. Je n'ai pas le temps de la rattraper que Cameron la cueille avant qu'elle ne roule plus loin.

— Non, ne pleurez pas, s'il vous plaît, prie-t-il. Je ne voulais pas vous peiner.

— Ce n'est pas ça, je lâche, la voix rauque d'émotion. Ce que vous me dites me va droit au cœur, mais je ne peux pas vous mentir plus longtemps.

À ces mots, Rakhshan fait volte-face, prêt à intervenir. En croisant son regard, je comprends qu'il me met en garde.

— Me mentir ? Je ne penserai jamais ça de vous.

— Vous ne saisissez pas. Je n'ai jamais voulu venir ici, encore moins épouser l'un d'entre vous. Je vous détestais avant même de vous connaître. Ma haine n'a fait que grandir en voyant les cadeaux honteux de votre père et la suffisance de votre mère. Lorsque j'ai appris que l'esclavage existait toujours, que mon père et le vôtre s'étaient contentés de nous le cacher, j'ai vu rouge, et j'ai… j'ai eu une idée.

Je laisse passer quelques secondes, attendant que Cameron réagisse, mais il ne bouge pas d'un pouce. Il me dévisage comme s'il ne me voyait pas vraiment.

Avec des trémolos dans la voix, je poursuis :

— Je me suis dit que si j'épousais celui qui hériterait du trône, je pourrais améliorer la vie de mon peuple. Je ne savais pas qui de vous ou de vos frères était susceptible d'avoir son nom dans la Grande Urne.

— Alors vous avez choisi le premier imbécile qui tentait de vous charmer.

Je pourrais démentir, à la place je fixe mon attention sur nos doigts encore entrelacés.

— J'hésitais entre vous et Callum, mais une chose en entraînant une autre… Vous étiez si gentil avec moi, si prévenant… Vous ne pouvez pas comprendre. Lors d'un vol à dos de buraq, nous sommes tombés sur une procession de djinns qui attendaient devant la manufacture. J'ai parlé à ces gens, Cameron, j'ai vu et entendu leur souffrance. Je ne pouvais pas rester sans rien faire, je devais trouver une solution et tenter d'abolir ces horribles pratiques. Même si pour tout le monde je ne suis qu'une sauvage qui n'est même pas une vraie princesse, je me sentais mal à l'idée de…

— Sachant que Callum était engagé auprès de Cece, coupe-t-il avec une voix qui crisse comme du papier de verre, vous vous êtes rabattue sur moi.

Dans son dos, Rakhshan me fait signe de répondre par la négative.

— Oui.

— Y a-t-il eu un seul moment durant lequel vous avez pris un plaisir sincère en ma compagnie ? Un moment où vous n'étiez pas occupée à me jeter de la poudre aux yeux ?

— Pendant notre leçon sur le lancer de janbiya.

— Le jour où je vous ai volé un baiser ?

— Celui-là même. J'avais passé un des après-midis les plus agréables depuis longtemps, sans avoir recours à mon aura.

Il a un petit rire, léger et incrédule ; j'ignore comment l'interpréter. Ai-je bien fait de jouer la carte de la sincérité ou va-t-il s'empresser de tout raconter à son paternel ? J'ai pris un risque énorme, mais le manipuler me demande plus que ce que je suis capable de fournir.

Sa main fourrage dans ses cheveux. Il se redresse, l'air un peu secoué.

— Je vous remercie pour votre honnêteté, Princesse. Je n'en attendais pas moins de vous.

Il a renoncé à m'appeler par mon prénom, creusant un peu plus le fossé qui vient de naître entre nous. Je demeure muette, incapable de soutenir le poids de son regard ni celui – taciturne – de Rakhshan, resté en arrière.

— Dois-je prévenir les gardes pour qu'ils nous ramènent au palais, Votre Altesse ? interroge ce dernier.

— Pas encore, lui répond Cameron. Cela vous dérangerait-il de nous laisser seuls cinq petites minutes ?

Rakhshan bombe le torse.

— Je suis chargé de protéger la princesse, je ne peux pas m'éloigner.

— Je n'en doute pas, mon brave. Je vous demande juste de vous éloigner, tout en la gardant à portée de vue.

Rakhshan réfléchit quelques secondes, puis approuve de la tête avant de mettre quelques mètres de plus entre nous, non sans me lancer une œillade d'avertissement.

Une fois qu'il est suffisamment loin, Cameron revient s'accroupir devant moi. Son visage est indéfinissable et je me demande bien à quelle sauce il va me manger.

— Vous savez, j'ai toujours pensé que c'était mon nom qui se trouvait dans la Grande Urne.

— Vraiment ? je dis sans conviction.

Il hoche la tête.

— Dès que j'ai croisé votre regard, j'ai senti que vous feriez une sultane admirable. Vous avez du cœur et même si vous ne voyez pas le bien chez tout le monde, vous êtes dotée d'un sens du sacrifice hors du commun. Je ne peux qu'admirer cela. Après vous avoir écouté parler, j'ai bien compris une chose, c'est que vous ne m'aimez pas.

Je suis sur le point de protester, mais il pose son index sur mes lèvres pour m'empêcher de l'interrompre.

— Je suis amoureux de vous. Laissez-moi vous séduire, vous adorer et vous épouser. Laissez-moi faire de vous une sultane. Ensemble, nous abolirons l'esclavage. Ce sera le début d'une nouvelle ère. Celle des djinns libres. Plus d'enclave, plus d'entrave. Juste un monde de tolérance que nous créerons vous et moi. Ne répondez pas tout de suite, prenez le temps d'y réfléchir, de soupeser le pour et le contre. Si vous pensez que je ne suis pas le prochain sultan, si vous pensez que je ne mérite pas votre amour, alors refusez. Mais s'il y a bien une chose dont je suis sûr, c'est que je peux vous rendre heureuse.

Chapitre 39

Le piège

Mon grand-père me racontait qu'il y a des millénaires, les Intouchables étaient convoités par tous. Chacun désirait s'attirer leurs bonnes grâces pour avoir un jour l'honneur de boire leur sang. Rares et précieux, on les traitait aussi bien que des rois et des reines ; gare à ceux qui cherchaient à les contraindre.
Dans leur grande clémence, il leur arrivait d'exaucer des vœux, à la condition de répondre correctement à des énigmes ou de les vaincre dans un jeu de leur choix.

Kouros Milazej,
Saeedien

Je n'ai pas répondu à Cameron. J'ai accepté de réfléchir à sa proposition. Pas par mignardise ou pour me faire désirer, mais parce qu'il m'a demandé d'envisager sérieusement l'idée que je puisse l'aimer un jour.

J'ai obtenu ce pour quoi je me battais depuis plusieurs semaines et pourtant, j'hésite encore. L'épouser serait peut-être la fin de ce monde noir où on consomme du sang comme du vin, ce serait le début d'une nouvelle vie. Une vie à ses côtés.

Seul Rakhshan est au courant de cette situation, je ne suis pas prête à la partager avec mes sœurs. Odeleen en serait sûrement ravie, Daire… Daire, je ne sais pas. Toujours est-il que si j'acceptais, tous nos problèmes seraient réglés. À condition que le nom de Cameron soit bien dans l'Urne, évidemment.

— Qu'allez-vous faire ? me demande Rakhshan.

Je me prends le visage entre les mains. Je m'étourdis à chercher une issue en vue d'un choix adéquat.

— Je ne sais pas. Le bon sens me souffle d'accepter. Ce serait tellement simple, il suffirait d'un oui…

— Que veut votre cœur, lui ?

Je lève un sourcil surpris. Parler d'affaires de ce type n'a jamais été dans nos habitudes.

— Vous voulez savoir si je suis amoureuse de Cameron, n'est-ce pas ? Je l'ignore, je n'ai pas vraiment le temps de penser à ce genre de choses, vous voyez.

Mon garde du corps demeure longuement silencieux.

— Puis-je vous donner mon avis ?

— Je vous écoute.

— En tant que djinn, je vous dirai que vous tenez une occasion, sans avoir l'assurance d'avoir misé sur le bon prince. C'est un risque non négligeable. En tant qu'ami, je ne pourrai pas m'empêcher de m'inquiéter. Vous méritez d'être auprès de quelqu'un qui vous aime, mais plus que tout, vous méritez d'aimer. D'aimer très fort.

— Peut-être qu'avec le temps… Peut-être que je l'aime déjà.

Il ne paraît pas très convaincu. Je secoue la tête, décidée à m'ôter ces problèmes de midinettes de l'esprit.

— L'amour est surfait. Jusqu'à maintenant, je n'avais jamais eu besoin de l'amour d'un homme dans ma vie. Je vais dire oui à Cameron, la prochaine fois que je le verrai.

— Réveille-la en douceur…

— Bien sûr, que croyais-tu ? Je ne suis pas un rustre.

— Et encore, le mot me paraît bien faible.

— Boucle-la.

— Si tu t'y prends de cette manière, tu vas y perdre tes dents. Je la connais, c'est une vraie manticore, quand elle s'y met.

Les voix me parviennent de loin. Une main exerce une pression douce, mais ferme sur mon épaule. J'entrouvre les paupières, complètement désorientée, avant de frotter ma joue engourdie.

À travers la pénombre, je distingue trois silhouettes. L'absence de réverbération donne l'impression qu'ils sont menaçants. Un danger. Mue par un réflexe primitif, je déplie ma canne et balaye l'air de sa morsure. Un juron étouffé me répond, me confirmant que je viens d'atteindre ma cible, suivi d'un rire bas, familier.

— Je te l'avais bien dit, Cam. C'était une idée épouvantable.

— Qui est là ? j'appelle, incertaine.

— Tu te fiches de nous ? poursuit la voix avec des accents cyniques. Je te signale que c'est ta faute si nous sommes ici en pleine nuit.

Je me dépêtre des draps et m'accroupis près de l'ombre que j'ai mise à terre.

— Cameron, c'est vous ? je bredouille. Je suis sincèrement navrée. Je ne voulais pas…

Je crois deviner un sourire flotter sur ses lèvres, mais je n'en suis pas certaine.

— Que faites-vous dans ma chambre ? Et où est Rakhshan ?

— Il n'y avait personne qui montait la garde devant votre chambre, retentit la voix posée de Cayden. Nous n'avons fait que répondre à…

Il est interrompu par un petit couinement. Samsaa vient d'émerger de sous mon oreiller et s'enroule autour de mon cou. Son pelage irradie d'une lueur fantomatique et vacillante, simple reflet de sa crainte à la vue des trois ombres devant mon lit. Baignée dans cette lumière livide, la scène m'apparaît comme surnaturelle.

— Je suis en train de rêver, c'est ça ?

— Évidemment, raille Callum, suave. Les trois frères d'un seul coup, n'est-ce pas là un de tes fantasmes les plus inavouables ?

J'espère qu'il ne voit pas mes prunelles qui ont viré au jaune face à ses insinuations déplacées. Un mufle ne se refait pas !

— Je répète, que faites-vous ici ?

— C'est de ta faute si nous sommes ici.

— Ma… ma faute ?

Quelque chose cloche dans cette histoire. Mon impression ne fait que se confirmer lorsque la porte déjà entrouverte coulisse sur ses gonds.

— Rozenn ?

Le visage d'Odeleen s'encadre dans l'ouverture. Elle se fige en apercevant les princes.

— Euh… peux-tu m'expliquer ce qu'il se passe, au juste ?

Elle croise les bras devant elle pour cacher sa tenue légère. Daire l'accompagne, l'œil circonspect et les cheveux dépeignés.

— Quelle est cette farce ? vocifère-t-elle, dépourvue de douceur. Pourquoi nous as-tu fait venir ici ? Je suis fatiguée, j'aimerais me coucher.

Au même moment, d'autres invités pénètrent dans la pièce. Je distingue sans mal la longue chevelure acajou de Cece. Dès qu'elle aperçoit Callum, elle traverse la chambre et l'enlace par la taille. Suivent Casey, Ishmer, Karmin et Aziliz, tous un peu endormis et en chemise de nuit. Ils me scrutent, hébétés. Je suis pétrifiée sur place, Samsaa battant de ses épaisses queues devant mon visage.

— Je vous assure que je ne suis pas plus au courant que vous. Je dormais et… et ils sont arrivés.

— Tu veux dire que la missive ne provenait pas de toi ? s'enquiert Ishmer en bâillant à s'en décrocher la mâchoire.

— Quelle missive ? je m'étonne.

— J'ai reçu une lettre dans laquelle tu me demandais de venir te rejoindre au plus vite.

— Oui, moi aussi, renchérit timidement Casey. J'en ai d'ailleurs été très surprise.

Chacun hoche la tête pour confirmer ses dires. Ils attendent que je leur explique quelque chose que j'ignore.

— Je… je ne vous ai jamais rien envoyé. Quelqu'un nous aura fait une mauvaise blague.

Pourtant, je n'en crois pas un mot. Un sale pressentiment s'empare de moi. Et si… et s'il s'agissait d'un piège ?

La porte grince à nouveau et nous nous tournons vers elle d'un seul tenant. Percevant ma bouffée de stress, Samsaa se met à clignoter comme une bougie instable, éclairant les hommes enrubannés aux visages dissimulés qui s'avancent dans la pièce.

Un froid polaire me traverse de part en part. D'instinct, je me précipite sur mon lit et repousse fébrilement les coussins, à la recherche de ma canne que j'ai jetée négligemment tout à l'heure. Je finis par la trouver, la déplie, et me retourne au moment où un des hommes fond sur moi. Je n'ai pas le temps de la brandir que Cameron fait rempart de son corps, m'offrant là une chance de m'échapper.

Les combats s'engagent. Un intrus utilise le manche d'un cimeterre courbe pour briser la glace du miroir sans fond et la papote pousse un cri si strident que nous sommes tous forcés de nous boucher les oreilles. Je profite de la cacophonie pour me précipiter vers mes sœurs. Daire – qui ne se munit jamais de sa canne – a trouvé refuge derrière Odeleen et Ishmer. Je l'entends sangloter.

Mon ami m'attrape par le bras, affolé.

— Sors le tranchant, Roz !

Il allonge sa canne et l'abat sur l'homme le plus proche qui s'étale sur le tapis, complètement sonné. Sous le regard éberlué de mes sœurs, j'extirpe ma lame cachée en frappant deux fois au sol. Elle brille et Samsaa – toujours perchée sur mon épaule – lui donne une teinte éthérée.

Sans plus réfléchir, je m'élance. Je vais utiliser une arme qui peut tuer. Cette idée m'effraie, mais je la chasse en fouettant l'air d'un mouvement ample. Il me semble entendre quelques gémissements, mais je ne sais pas à qui ils appartiennent ni si je parviens à entamer des peaux au passage. Tout se passe dans un désordre étourdissant. Je sens d'autres corps me bousculer, des souffles erratiques et bruyants, des cris suraigus… Pourtant, à travers le chaos ambiant, c'est la présence solide d'Ishmer à mes côtés qui m'empêche de céder à la panique.

Un coup m'atteint à la tempe et je m'écroule en me cognant le front contre le coin de la commode. J'ai l'impression d'avoir de la neige devant les yeux, le décor tourne dangereusement autour de moi. Les petites griffes de Samsaa s'enfoncent dans ma peau au moment où elle bondit pour aller se cacher sous un meuble.

Quelqu'un s'agenouille à mes côtés.

— Roz… Roz, reste consciente, je t'en supplie. Reste parmi nous.

Odeleen. J'essaie de saisir la main qu'elle me tend pour m'aider à me relever, mais au même instant, quelqu'un me soulève par les aisselles et me traîne comme un poids mort. Il y a quelque chose entre mes doigts, comme une résistance qui finit par céder après quelques secondes. Je garde la chose précieuse contre mon cœur et me recroqueville sur moi-même, laissant les ténèbres m'envahir pour de bon.

Chapitre 40

Chuchotis dans la nuit

Amadée est un vivier fait d'espoir et d'attente.
Un lieu qui renferme un trésor que seuls ceux amenés à fouler cette terre peuvent comprendre.

Merssen Messa,
Amadéane

Le vent se lève, chaud et farceur. Il frotte contre mes joues, mon front et mon menton, mais je suis bien trop faible pour lui échapper. Je laisse les grains de sable s'agglutiner dans le coin de mes yeux. Il y a quelque chose dans ma bouche. Quelque chose de si gros que je manque m'étouffer en avalant péniblement ma salive.

— Mets-leur ça sur la tête, ordonne une voix péremptoire que je ne reconnais pas.

Un épais tissu frôle mon visage. La brûlure du sable ne vient plus irriter ma peau, remplacée par le contact rêche de la toile.

Quelqu'un me soulève et ma tête dodeline avant de basculer vers l'arrière. Je n'ai pas assez d'énergie pour la relever et reste là, inerte, telle une poupée de chiffon. Mon corps passe de mains en mains comme un paquet. Quelqu'un m'installe sur une surface instable au moment où un bras s'enroule autour de mon buste. J'ai la sensation désagréable d'avoir une barre dans le dos, mais je suis bien trop faible pour réajuster ma posture.

— C'est bon, tu la tiens ? retentit une voix devant moi. Prends les rênes, dépêche-toi.

Mon corps se recroqueville de lui-même au moment où la chose sur laquelle je me trouve se met en branle. En sentant le mouvement de balancier, je comprends que je suis assise sur un shadhahvar.

La main qui me maintient droite remonte le long de mon cou. Le cavalier love ma tête dans le creux de son épaule pour que je sois plus à l'aise. Je me demande bien en quoi mon confort peut lui importer.

À travers la toile me parvient une odeur de jasmin étrangement familière. J'ai déjà senti ce parfum quelque part, mais impossible de me souvenir où. Je n'ai pas le temps de réfléchir plus avant que la monture redouble de vigueur. L'étreinte de mon ravisseur s'affermit autour de moi, m'empêchant de basculer dans le vide.

— Tout va bien avec l'autre ? demande quelqu'un.

— Celui-là est vraiment lourd !

— Ne te plains pas, normalement ils auraient dû être beaucoup plus nombreux. C'est ce que l'on appelle communément du travail de sagouin !

— Au moins, on ne revient pas les mains vides…

Je les écoute se disputer avec l'impression d'avoir déserté ma propre enveloppe charnelle. Je ne sais pas si les voix qui me parviennent sont réelles ou pas, si cette odeur qui emplit mes narines existe bel et bien. Il me semble que je tombe dans les pommes à plusieurs reprises. À chaque fois que je reviens à moi, mes ravisseurs sont toujours occupés à s'admonester les uns les autres. Seul celui qui me maintient ne desserre pas les dents. L'oreille plaquée contre lui, j'entends son palpitant battre à un rythme régulier, confiant.

À mesure que la cavalcade s'intensifie, le brouillard qui m'empêchait de penser correctement s'estompe et je remue les jambes dans l'espoir de glisser de la selle. La main du cavalier se resserre davantage autour de moi, mue par un réflexe. Le shadhahvar ralentit jusqu'à s'arrêter complètement.

— La petite s'agite ? demande un des hommes. Essaie de la calmer.

Le cavalier répond par un bruit de bouche.

— Amine, elle commence à se réveiller, poursuit son interlocuteur. Lance-moi le fluide consolateur.

Le fluide… quoi ?

Quelque chose de chaud et de liquide dégringole dans l'échancrure de mon caftan, directement sur ma poitrine. Mon corps devient complètement flasque et je retombe contre le cavalier.

— Où se situe le point de rendez-vous, exactement ?

— Près du village d'Ehskan, pas loin de la grande rivière.

Je n'ai pas le temps d'en entendre plus que l'épuisement a raison de moi.

Lorsque je reprends conscience, mes membres ne répondent toujours pas. C'est à peine si j'arrive à remuer le bout des doigts. Je ne suis plus sur le dos d'un shadhahvar, mais couchée sur une surface plane. De l'herbe, si je ne me trompe pas.

Quelqu'un gémit non loin de moi. À entendre ses intonations, j'en déduis qu'il s'agit d'un des princes, mais je n'en suis pas certaine. Je lui réponds d'une longue plainte informulée.

Une main vient trouver la mienne, sans pour autant la serrer. Je ne bouge plus, peau contre peau avec cet inconnu, et j'attends.

Je pense à Odeleen, Daire, Ishmer, Cameron, Callum et même Samsaa. Je formule une prière à Shaabi – ce que je ne fais jamais habituellement – et je lui demande de me ramener auprès d'eux pour m'assurer au moins que personne n'a succombé à l'échauffourée dans ma chambre. Rien ne se passe, je suis toujours amorphe, molle comme une pauvre chose abandonnée.

Je soupçonne les Sang Visage de m'avoir enlevée. Ces mercenaires qui hantent les contes de notre enfance et enferment les djinns les plus rares pour ponctionner leur fluide jusqu'à ce qu'il n'en reste plus une goutte dans leur organisme. Si ce sont des Sang Visage, je le jure, je tiendrai bon et ne donnerai jamais mon fluide. Jamais.

Des chuchotements me parviennent. J'ai beau tendre l'oreille, je ne distingue pas un seul mot. Enfin, des pas se rapprochent.

— Je vous ai demandé de les enlever, pas de les ligoter comme des rôtis. Retirez-leur les bâillons et ces sacs grotesques !

Cette voix, je la connais. Je la connais même très bien. Mon sang ne fait qu'un tour.

Je secoue la tête de manière imperceptible lorsqu'on me libère du sac en toile. La canopée luxuriante des arbres plonge la forêt dans une obscurité d'encre. Seuls quelques globes de lave épars illuminent les lieux.

Très lentement, je papillonne des paupières pour m'adapter à cette nouvelle luminosité, puis finis par rencontrer un regard. Un regard que je connais depuis toujours…

Celui de Rakhshan.

Pire encore, je distingue également la silhouette beaucoup plus menue juste à côté de lui : Perle. Que fait-elle là ? Je croyais qu'elle était fidèle au sultan… C'en est trop pour moi, je suis anéantie par la déception. J'essaie de remettre toutes les informations en place, mais je ne comprends pas comment ma suivante peut être complice de mon enlèvement.

— Détachez-le, lui aussi, lance mon ancien garde du corps en désignant un point sur ma droite. Vous êtes complètement fous, ma parole !

Avec mille précautions, je tourne le regard sur le côté et suis surprise de voir Callum assis dans un coin, bien éveillé et les mains liées dans le dos. Une large ecchymose s'étale sur sa pommette, attestant qu'il s'est débattu jusqu'au bout. Les ravisseurs sont allés jusqu'à le ficeler au tronc d'un arbre pour limiter ses mouvements. Les yeux rivés sur un point derrière moi, il mord furieusement dans son bâillon, brûlant de haine et de colère mêlées.

— Celui-là était trop agité, se justifie l'un des hommes cagoulés. Sa force était prodigieuse et on a dû s'y mettre à quatre pour le maîtriser.

— Je vous avais donné du fluide consolateur.

— On a vidé toute une fiole pour lui, c'est à peine si ça a fait effet.

— Foutaises ! Je vous avais bien spécifié de ne pas leur faire de mal. Regarde la princesse ! argue Rakhshan en me désignant d'un mouvement du menton.

Quelqu'un me soulève et je me retrouve à nouveau appuyée contre le cavalier mutique. Il a étendu ses jambes pour m'installer contre lui, dans une étreinte qui – en d'autres circonstances – aurait pu sembler affectueuse.

Au prix d'un effort considérable, je bascule la tête en arrière pour l'observer, ignorant les petites mouches qui dansent dans mon champ de vision. Mon cœur tombe une deuxième fois dans ma poitrine dans un bruit sourd. À moitié caché derrière un foulard, Cayden me scrute à son tour avec un regard empreint de regrets. Ses cheveux sont en bataille et une éraflure lui traverse l'arcade sourcilière.

— Je vous avais prévenus que mon frère et la princesse Rozenn ne se laisseraient pas attraper si facilement, dit-il, et j'entends sa voix profonde vibrer dans sa poitrine et tout contre mon oreille.

— Bien sûr qu'ils se sont défendus, enchérit Rakhshan, il fallait s'y attendre !

— Pourquoi faites-vous cela ? je demande avec des accents fêlés.

Ma bouche est sèche comme du papier. Les larmes me piquent les joues.

Rakhshan vient s'asseoir sur une souche d'arbre tout près de moi, les coudes sur les cuisses.

— C'est une longue histoire, Princesse. Je n'ai malheureusement pas le temps d'entrer dans les détails. La seule chose que vous devez savoir, c'est que nous défendons la cause des djinns.

Rien que ça… J'ai envie de lui hurler dessus, mais je suis bien trop harassée. À la place, je lui adresse une expression débordante d'un dégoût sans limites. Il me dévisage quelques secondes, la mine triste.

— Je suis navré d'avoir dû vous mentir tout ce temps, croyez-moi. J'ai essayé de vous orienter sur la voie la plus sage, j'ai fait de mon mieux pour vous guider lorsque vous en aviez le plus besoin. Vous êtes et serez toujours l'avenir de notre peuple.

S'il s'imagine que la flatterie et les grands discours peuvent m'atteindre, il se trompe lourdement, ce traître !

Dans mon dos, Cayden s'agite.

— Expliquez-lui ce qui se passe, elle a le droit de connaître la vérité.

Mon ancien garde du corps penche la tête en avant et soupire longuement.

— Si vous voulez tout savoir, je fais partie d'un groupe de rebelles implanté en Amadée. Je n'ai pas grandi à la Bulle, mais je suis arrivé là-bas un peu après la naissance de la princesse Odeleen. Je me suis rendu suffisamment indispensable pour intégrer la garde personnelle de l'émir Eskandar. Mon but premier était de protéger Mydriav, car les cités djinns finissaient toutes par disparaître au fil des années, le sultan gagnant de plus en plus de terrain. La Caste Maddy a toujours eu soif de conquêtes. Ce n'était qu'une question de temps avant qu'elle ne s'attaque à la Bulle. Le jour où vous avez reçu cette invitation, j'ai été surpris. Je savais Callahan fourbe, mais pas à ce point. Je suis donc resté sur mes gardes, j'ai insisté pour vous accompagner. Avant le grand départ, je suis retourné en Amadée. J'ai fait retirer mon entrave pour être certain de pouvoir vous venir en aide si la situation l'exigeait. Une fois à Pretamia, j'ai fait la rencontre du prince Cayden et une chose en entraînant une autre, j'ai découvert qu'il luttait en silence pour le droit des djinns en permettant leur expatriation vers Amadée dans le secret.

— C'est de cette façon que Rakhshan m'a parlé des rebelles, une association de djinns et de dagnirs qui défendent les mêmes valeurs, poursuit Cayden. J'ai embrassé leur cause dès que j'en ai pris connaissance, et je suis désormais une taupe infiltrée au sein du palais de mon père.

Un gémissement furieux l'empêche de continuer. Callum jette maintenant sur nous un regard empli de rage. Je sens sa brûlure jusque dans mes os. Pour lui, le sentiment de trahison doit être terrible.

— Nous avons vite compris que Daire se faisait lentement manipuler, enchaîne Rakhshan en l'ignorant superbement. Je ne comptais pas rester sans rien faire. C'est là que vous avez eu cette idée lumineuse, Princesse. Vous avez décidé de séduire le prince héritier. J'ai alors utilisé mon pouvoir.

— De quel pouvoir disposez-vous ? je l'interroge.

— Mon corps, ainsi que tout ce que je touche, perd consistance lorsque je le désire. Je peux donc traverser les murs. C'est de cette manière que je suis allé chercher le nom dans la Grande Urne sans avoir à la casser.

Une pointe de curiosité m'envahit subrepticement. Depuis tout ce temps, Rakhshan connaissait le nom de l'héritier et il ne m'a rien dit…

— Qui est-ce, alors ? j'insiste. Ne me dites pas qu'il s'agit de Cayden, ce serait bien trop facile.

Malgré la gravité du moment, un sourire très fin se met à flotter sur les lèvres du concerné.

— Vous avez raison, ce n'est pas aussi facile. En réalité, il s'agit de Callum.

Ce dernier se fige. Ses muscles saillent sous la peau nue de ses bras. J'ai la vague impression qu'il peut exploser à tout moment.

— Callum est l'héritier, je répète avec amertume. Voilà qui n'est guère étonnant.

Je le savais. Je l'ai toujours su, mais je me suis laissée évincer par Cece. Il aurait suffi que je séduise Callum, comme Rakhshan me l'avait conseillé, pour parvenir à mes fins. J'aurais pu devenir la future sultane, j'aurais pu concrétiser mes projets et aider mon peuple. Au lieu de quoi j'ai laissé cette vipère s'immiscer entre nous et s'accaparer ses faveurs. Je me suis contentée de me draper dans ma fierté de femme blessée. Si seulement j'avais su ce que je touchais du bout des doigts…

— Lorsque Callum s'est engagé auprès de Cece et que Cameron vous a avoué qu'il vous aimait, Princesse Rozenn…

Nouveau cri indigné. Rakhshan est une fois de plus coupé dans ses explications. Les yeux de Callum passent de moi à mon garde du corps, mortifiés. Manifestement, il n'était pas conscient du transport de son frère à mon égard.

Rakhshan s'éclaircit la gorge.

— Lorsque tout cela est arrivé, j'ai compris que vous alliez épouser le mauvais prince. Cece n'avait aucune intention de changer quoi que ce soit dans le régime dagnir et le prince Callum ne semblait pas vraiment au fait avec la cause des djinns. Nous avons donc été contraints d'appliquer notre solution de secours : enlever les invités de Callahan Maddy… et son héritier par la même occasion. Cayden a simulé son propre rapt. C'était l'unique moyen de déstabiliser la Caste.

Il balaye le groupe de rebelles d'un air peu amène.

— Je constate qu'ils se sont débrouillés comme des manches durant cette embuscade.

Ses acolytes baissent la tête, honteux.

— Et mes sœurs ?

Les mots sortent difficilement, j'ai la sensation d'avoir du verre pilé dans la gorge. L'expression de Rakhshan se fait accablée. L'homme près de lui rétorque d'une voix rocailleuse :

— Nous n'avons pas réussi à mettre la main sur elles. Les princes de Brymeriel les protégeaient beaucoup trop bien.

Elles sont encore enfermées dans le palais de Pretamia. Elles sont là-bas alors que je suis ici. Comment veiller sur elles, maintenant ? Comment m'assurer qu'Odeleen ne s'épuisera pas, que Daire n'adoptera pas la vie qui s'offre à elle ?

— Ramenez-moi au palais, je décrète avec fermeté. Elles ont besoin de moi. Qui sait ce que le sultan va faire d'elles, maintenant qu'il ne lui reste plus qu'un fils à marier !

— Je suis désolé, mais c'est impossible. La seule chose que je peux vous promettre, c'est que nous allons faire notre possible pour les récupérer rapidement, avant que le sultan ne fasse plus de dégâts encore.

Je serre les dents jusqu'à en avoir mal aux mâchoires.

— Vous ne comprenez pas. Elles sont livrées à elles-mêmes, elles…

— Vous serez plus utile à votre cause en Amadée qu'à Pretamia.

— Je n'ai rien à faire là-bas.

— Bien sûr que si. Nous allons commencer par déverrouiller votre entrave. Vous apprendrez à contrôler ce nouveau pouvoir et pourrez retourner chercher vos sœurs… et pourquoi pas renverser le gouvernement en place, qu'en dites-vous ?

Les mots de Rakhshan coulent dans mes veines comme du miel et pourtant, ça me semble trop simple, trop beau pour être vrai.

— Et combien de temps cela va-t-il prendre ? j'insiste avec un rien d'acidité. Callahan Maddy constitue un véritable danger pour mes sœurs. Elles ne sont pas en sécurité à Pretamia.

Le regard de mon garde du corps se voile légèrement.

— Vous êtes bien trop précieuse pour que l'on se permette de vous laisser partir tout de suite. Le sultan Maddy a désormais votre petite sœur dans son camp. Si nous voulons répliquer, il nous faut une Morphe dans le nôtre.

Un sourire sans joie retrousse mes lèvres.

— Corrigez-moi si je me trompe : êtes-vous en train d'insinuer que je devrai livrer bataille contre ma propre sœur ?

— Ne vous méprenez pas, Princesse Rozenn, je parle juste de l'éloigner de l'emprise néfaste de Callahan, rien d'autre. Vous conviendrez qu'il sera difficile de lui faire entendre raison. Les Maddy sont dépositaires de ce luxe et de ces privilèges qu'elle chérit tant. Ils vont utiliser votre enlèvement à leur avantage pour alimenter sa loyauté à leur égard.

C'est vrai, je le sais, je le sens, et j'en suis toute retournée. Rakhshan a raison depuis le début, mais cela n'empêche pas ces informations d'avoir l'effet d'un poison que l'on m'injecte une goutte après l'autre.

Péniblement, j'essaie de m'asseoir dans une position plus confortable et heurte au passage l'épaule de Cayden, appuyé sur moi. Quelque chose s'échappe de ma main et tombe dans l'herbe. Rakhshan se penche pour s'en emparer avant que j'aie le temps d'esquisser un geste, puis le soulève à hauteur des yeux.

— Le sautoir d'Odeleen, je souffle. J'ai dû le lui arracher sans le faire exprès, dans la précipitation.

Mon garde du corps me le passe autour du cou avec douceur. Le bijou vient se blottir entre mes seins. J'ai l'impression qu'il palpite comme un cœur miniature contre ma peau.

— Il y a en Amadée quelqu'un qui pourra certainement s'occuper de délivrer le malheureux enfermé dans cet artefact.

— Parce que vous pensez qu'un esclave est retenu là-dedans ?

Près de moi, Cayden semble tout aussi choqué que moi par cette perspective.

— Cela ne fait aucun doute. Croyiez-vous que les voix qu'entendait votre sœur n'étaient que le fruit de son imagination ? Ce djinn emprisonné n'est pas le seul à avoir été abandonné à son triste sort, et c'est également pour cette raison que nous luttons.

— Rozenn…

Cayden vient d'expirer un souffle un peu tremblant, tinté de fébrilité.

— Rozenn, vous devriez accepter notre proposition.

Ses prunelles sont comme deux puits dans lesquels je peux lire les mêmes appréhensions que les miennes et plus encore. Il sait des choses que j'ignore.

— Je ne suis peut-être pas le futur sultan présumé, je ne suis peut-être rien du tout, mais j'arrive à reconnaître une injustice quand j'en vois une.

J'ai passé des années à soutenir les vôtres dans l'ombre et je suis désormais prêt à le faire au grand jour. Votre garde du corps a raison, il faut agir pour aider les djinns, pour faire cesser l'esclavage. J'ai vu des choses à Pretamia dont vous n'avez même pas idée. Mon père a arrêté certaines activités pour ne pas vous froisser, mais elles perdurent sans que personne ne s'en plaigne. Ça ne peut plus continuer, croyez-moi.

Seul un grognement de protestation étouffé lui répond. Le visage lugubre de Callum promet bon nombre de problèmes à venir. Contrairement à son cadet, il n'a nullement l'intention de rejoindre la cause des Amadéans.

Je tourne et retourne ces paroles dans mon esprit, je les absorbe péniblement. Je m'imagine découvrir l'origine de mon fluide et voir cette horrible marque disparaître. Je m'imagine infiltrer Pretamia et revenir en conquérante mettre un terme à l'esclavage des miens.

Ma décision est prise.

Le cœur gros, je murmure :

— Très bien. Faites de moi une rebelle.

Remerciements

Rozenn, c'est un peu le bébé que personne n'attendait. Il a germé dans mon esprit sans prévenir et m'a entraînée plus loin que prévu. Cet univers oriental, j'en rêvais depuis des années sans jamais oser me lancer. Il est maintenant ce qu'il est grâce au soutien et à l'amour de personnes formidables, qui m'ont aidée à le concrétiser.

Je commencerai par remercier ma maman, ma toute première et plus fidèle lectrice, celle qui s'est réjouie autant que moi devant ce projet et qui n'a cessé de me demander « Alors, quand est-ce que tu m'envoies la suite ? ».

À mon papa, pour ses conseils sages et avisés, pour son implication sans faille dans chacun de mes projets et pour son avis toujours honnête.

À Yann, qui m'a écoutée monologuer des heures au téléphone sur mes projets, mes histoires et mes intrigues. Merci pour tes idées, merci pour ton oreille attentive, petit moche.

À Romain, pour toutes ces fois où tu m'as vue marteler les touches de mon ordinateur comme une possédée, sans jamais te plaindre. Merci de croire en moi et en mes romans.

Je remercie également tout le reste de ma famille. Je vous embrasse bien fort !

Que serait Rozenn sans une équipe de bêtas-lecteurs qui déchire ?

Justine : grâce à toi, la dignité de Rozenn est intacte ! Elle ne se balade plus toute nue dans les couloirs du palais. Merci d'être ma première bêta après toutes ces années d'amitié.

Ophélie : pour ton œil de lynx et tes blagues dans les grands moments de craquage.

Manon : pour ton enthousiasme (« Tant de mystèères. Je poursuis ! ») et ton habileté à déceler les répétitions.

Agathe : pour tes conseils de syntaxe et tes réactions à chaud qui m'ont bien fait rire.

Léa : pour ton implication sans faille. Pour tes conseils dans tous les domaines, pour ces discussions sur Facebook, sur Skype et même une nuit durant de longues heures à Rennes. Mes yeux ont saigné, mais ça en valait la peine !

Caroline : pour tes remarques toujours très justes et l'aide que tu m'as apportée afin d'affiner la psychologie de mes personnages.

Je remercie également mes toutes premières lectrices. Vos avis m'ont fait chaud au cœur : Adeline, Morgane, Manon D et Aurélie !

À mes sœurs nébuleuses, le comité de soutien le plus perché du monde ! Adeline, Léa, Manon (double remerciement, vous êtes gâtées !), Sara et Céline. Merci pour vos encouragements, votre folie contagieuse et nos fous rires mémorables. Je ne pouvais pas rêver meilleures nébuleuses.

Et bien sûr un immense merci à Marion Obry, mon éditrice. Merci d'avoir cru en Rozenn, merci de m'avoir appelée le jour de mon anniversaire pour m'annoncer la bonne nouvelle, merci d'avoir su si bien capter l'essence de mon univers, merci pour ton écoute et ta disponibilité. Bref, je pense que je ne l'ai pas encore assez dit : *merci !*

Je remercie également toute l'équipe éditoriale : Patricia Lo (pour cette couverture à tomber !), Blanche (pour avoir dessiné les entraves) et Sandra (pour les corrections éditoriales).

Et merci à vous, lecteurs, d'avoir donné une chance à Rozenn, Odeleen, Daire, Cameron, Callum, Cayden et tous les autres. J'espère qu'ils vous ont apporté un peu de rêve. On se retrouve très vite avec le tome 2 !

Retrouvez toutes les publications
de notre maison d'édition sur :

plumeblanche-editions.fr

Vous avez aimé
Rozenn
de Laëtitia Danae ?

Vous aimerez les autres titres de notre
Collection Plume d'Argent

Plume d'Argent COLLECTION

numérique

Impression & brochage - France

Numéro d'impression : N21395180608 - Achevé d'imprimer : Juin 2018

Dépôt légal : Décembre 2017

IMPRIM'VERT®